GÂTEAU D'AMOUR

W0319814

De la même autrice, aux éditions Charleston

M'asseoir cinq minutes avec toi, 2021
Les étoiles brillent plus fort en hiver, 2021
Les tortues ne fêtent pas Noël sous la neige, 2022
Les perce-neige s'éveillent sous les flocons, 2022
D'un commun accord, 2023
Sous le ciel d'Eagle Bay, 2024
Et viva la vida !, 2024

© E.J.L., 2019

© Charleston, une marque des éditions Leduc, 2024
76, boulevard Pasteur
75015 Paris – France
www.editionscharleston.fr

ISBN : 978-2-38529-165-5

Maquette : Patrick Leleux PAO

Pour suivre notre actualité, rejoignez-nous sur Facebook (Éditions.Charleston), sur Instagram (@editionscharleston) et sur TikTok (@editionscharleston) !

Charleston s'engage pour une fabrication écoresponsable ! Amoureux des livres, nous sommes soucieux de l'impact de notre passion et choisissons nos imprimeurs avec la plus grande attention pour que nos ouvrages soient imprimés sur du papier issu de forêts gérées durablement.

Sophie Jomain

GÂTEAU D'AMOUR

Roman

J'ai
Lu

À ce si joli soleil qui brille même
quand je ne le vois pas.

Précédemment…

Clinique Saint-Roch

Antoine avait le sourire aux lèvres en quittant son bureau, cet après-midi-là. À partir de maintenant, il était en vacances pendant six semaines consécutives. Prendre d'aussi longs congés ne lui était jamais arrivé – en réalité, il n'en avait pas eu depuis deux ans, il n'attendait que ça. Il avait prévu de se terrer dans sa maison au bord de la Méditerranée et n'avait planifié ni sorties ni activités quelconques ; il passerait peut-être tout son temps à dormir, ou presque.

Avant de partir, il décida de dire au revoir à l'éminent Dr Cédric Berckin pour le narguer un peu. Il le savait sur le rush en permanence depuis que le comité d'administration avait annoncé le départ du directeur actuel. En temps ordinaire, Cédric ne comptait déjà pas ses heures, mais pour être bien vu de ses pairs, il les accumulait davantage et multipliait les occasions de faire rentrer de l'argent dans les caisses de la clinique. L'argent, le nerf de la guerre ! Cédric était un excellent praticien, mais s'il était nommé à la tête de l'établissement, ce serait surtout pour ses incroyables facultés à séduire les donateurs. Aucun ne lui résistait.

Antoine prit l'ascenseur pour rejoindre le service de chirurgie orthopédique. Par habitude, il s'arrêta pour saluer la secrétaire de Cédric et en profita pour lui demander s'il était disponible ou en rendez-vous.

— Je vous déconseille de passer la porte de son bureau, l'avertit-elle.

Il fronça les sourcils.

— Pour quelle raison ? Il y a un problème ?

L'assistante remonta ses lunettes sur son nez.

— Il est en pleine discussion avec sa femme, enfin... en pleine dispute, plutôt.

Antoine plissa le front.

— Qu'en savez-vous ?

Elle haussa les épaules.

— On les entend depuis le couloir.

Antoine la remercia pour ces informations et, poussé par la curiosité, il décida de vérifier ce qu'on entendait précisément depuis ce fameux couloir, lequel était désert. Pas une infirmière, aide-soignante ou médecin n'avait pris le risque de rôder dans les parages, et on ne percevait pas un bruit. Pour le moment...

Il s'installa à un point stratégique, c'est-à-dire juste en face du bureau de Cédric, et attendit. La dispute ne tarda pas à éclater une nouvelle fois.

— Je te l'interdis ! gronda son ami d'une voix menaçante.

— Tu n'as pas ce pouvoir, Cédric, rétorqua Annabelle, visiblement hors d'elle.

— C'est ce que tu crois ! Ose, et je jure que je te détruirai !

— Je prends le risque !

Interloqué, Antoine attendit une réplique verbale qui ne vint pas. À la place, il perçut le bruit mat et étouffé d'un coup qu'on inflige. Tous ses cheveux se hérissèrent sur sa nuque. Sans réfléchir une seconde de plus, il fonça vers la porte et l'ouvrit à la volée. Ce qu'il découvrit le tétanisa dans l'embrasure. À genoux devant le bureau de son mari, ses longs cheveux blonds devant les yeux, Annabelle se cachait la joue d'une main tandis que Cédric se tenait à quelques pas d'elle, la respiration haletante et les poings serrés. Quand elle vit Antoine, elle se remit sur ses pieds, dévoilant un profil enflé et une lèvre fendue dont s'écoulait un filet de sang.

— Ton souhait va se réaliser, siffla-t-elle à son attention. Je rends sa liberté à ton merveilleux ami !

Elle se rua vers l'extérieur, le bouscula et partit en courant dans le couloir.

Totalement abasourdi, Antoine pivota vers Cédric. Écarlate, ce dernier avait du mal à contenir sa colère et observait l'oncologue avec une férocité qu'il ne lui connaissait pas. Puis le regard d'Antoine fut attiré par les minuscules taches rouges qui maculaient la blouse blanche du chirurgien. Du sang. Frais. Et qui appartenait à Annabelle. Celui d'Antoine ne fit qu'un tour.

Cédric Berckin venait de frapper son grand amour.

Il allait le tuer.

Prologue

1997

— Je suis rentrée !

Annabelle claque la porte du pavillon et entre en trombe dans le salon.

— Tu ne devineras jamais la conversation que je viens d'avoir avec Cédric Berckin, c'était halluci... Maman ?

Aucune réaction. Évelyne Saulier est assise sur le vieux rocking-chair, elle se balance devant la baie vitrée, le regard perdu sur le jardin. Ses longs cheveux blonds dont le lustre faisait son succès jadis sont désormais ternes et abîmés. Sa peau est pâle et ridée, son visage émacié mangé par de lourds cernes semblant ne jamais vouloir disparaître. Ses grands yeux brillent toujours d'un bleu profond, mais la tristesse les voile chaque jour davantage. Aujourd'hui, son expression est encore plus grave que d'habitude.

Annabelle pose son sac de sport par terre et rejoint sa mère.

— Que se passe-t-il ?

— L'institut Hermus vient de nous écrire, répond-elle d'une toute petite voix.

Annabelle est comme privée d'air. Il s'agit de Charles, son petit frère.

— Qu'est-ce qu'ils ont dit ?

— Qu'il est admissible.

Annabelle manque laisser exploser sa joie en hurlant. Son frère a peut-être un espoir de guérison !

— Mais c'est merveilleux ! Charles est au courant ?

La quadragénaire ne sourit pas, elle, ce qui coupe la jeune fille dans son élan.

— Il y a un problème ?

— Nous devons réunir 200 000 francs, Annabelle.

L'annonce gronde tel un coup de tonnerre et finit par lui voler son sourire.

— 200 000 francs ? Pour... Quand ?

— Si j'accepte l'offre de l'institut, ton frère et moi devrons partir pour l'Angleterre la semaine prochaine.

Annabelle se sent glacer de l'intérieur. La semaine prochaine ? Ils ne pourront jamais réunir autant d'argent en si peu de temps ! Ils sont piégés, Charles est piégé... Même si l'institut accepte de repousser l'accueil de son petit frère, du temps, ils n'en ont pas. Les Saulier vivent une course contre la montre, Charles affronte en duel la mort elle-même, et cette garce gagne tous les jours un peu plus de terrain. Elle ne se gênera pas pour le leur prendre plus tôt que prévu s'ils ne trouvent pas un moyen rapide d'améliorer ses conditions de vie, à défaut de pouvoir le guérir...

La vie n'a pas gâté Charles, il n'a que dix ans et souffre de fybrodisplasie ossifiante progressive ; tels sont les termes barbares donnés à la maladie de l'homme de pierre. Les premiers symptômes sont arrivés sournoisement deux ans après sa naissance. Au fur et à mesure des années, les poussées sont de plus en plus violentes, lui ossifient les muscles, les tendons, les ligaments, le font souffrir et l'immobilisent chaque fois davantage. Charles est comme prisonnier d'un second squelette qui finira par le statufier pour de bon, le clouera sur un fauteuil roulant jusqu'à ce qu'il s'éteigne faute de pouvoir respirer.

On ne sait toujours rien des causes de la maladie, mais un nouveau programme de recherche est en cours et permettra de le soulager. Du moins, toute la famille Saulier le souhaite. Ils ont attendu avec beaucoup de patience qu'on leur dise qu'il était admissible aux derniers essais cliniques et, alors qu'un petit espoir montre le bout de son nez, l'argent fait obstacle ? C'est si injuste...

Annabelle serre les poings. Elle n'a plus assez de larmes pour pleurer, elle en a déjà tellement versé, et ses parents se battent pour paraître aussi solides que le roc. Hors de question qu'elle lâche prise, ils ont besoin de sa force et de son soutien.

Évelyne Saulier se lève pour faire face à sa fille, les mâchoires crispées.

— 200 000 francs, c'est le minimum. Le nouveau fauteuil roulant connecté de Charles nous coûtera à lui seul 70 000 francs. Quant aux frais inhérents aux premiers essais cliniques, ils s'élèveront à 130 000. Minimum.

Annabelle se passe une main dans les cheveux. Du haut de ses dix-neuf ans, elle n'a déjà que trop conscience du coût de la vie, lequel triplera en Angleterre.

— Nous ne vivons plus que sur le salaire de ton père, reprend Évelyne, et il faudra bien que je me loge sur place... Il ne peut pas tout prendre en charge et personne ne nous prêtera cet argent, nous sommes déjà si endettés...

La maladie de Charles a obligé sa mère à arrêter de travailler afin de s'occuper de lui à plein temps, et les frais médicaux sont de plus en plus importants. L'association qu'ils ont créée six ans plus tôt les aide beaucoup, mais elle ne suffit pas à recueillir les fonds nécessaires. Les aides gouvernementales non plus.

Évelyne fait quelques pas et se laisse tomber sur le canapé, accablée par tout le poids du monde. Elle est si légère que les coussins s'enfoncent à peine sous son poids. Elle baisse les paupières et contemple ses doigts, la gorge nouée.

— Mon petit garçon va mourir parce que nous n'avons pas de solution...

Le cœur d'Annabelle vole en éclats.

— Oh, maman...

Elle s'installe à côté d'elle et lui prend la main.

— Nous allons en trouver une. Je te le promets.

Annabelle ne fait jamais de promesses en l'air. Évelyne lève des yeux humides et pleins d'amour vers sa fille.

— Tu deviendras un brillant médecin, je n'en doute pas une seule seconde, mais pas suffisamment tôt pour sauver ton frère.

Annabelle comprime la main de sa mère entre ses doigts. Ce n'est pas son ambition d'embrasser la carrière de chercheur qui lui fait faire une telle promesse. Non, c'est autre chose de bien moins glorieux, mais ça, sa mère l'ignore. Elle n'en saura même jamais rien. Personne n'en saura jamais rien.

— Tu as mangé aujourd'hui ? s'enquiert Annabelle alors qu'elle connaît déjà la réponse. Si je te fais chauffer un peu de soupe, tu en boiras ?

Du potage, il y en a toujours ici. C'est que ce que Charles préfère manger. Pas seulement parce que c'est plus pratique pour lui et qu'il peut la boire seul, à la paille, mais parce qu'il aime vraiment ça.

— Je n'ai pas très faim, mais si je veux tenir le coup, je dois avaler quelque chose.

La force est ce qu'Annabelle admire le plus chez sa mère. Évelyne a conscience que s'il lui arrive quelque chose, si elle tombe malade, c'est le bien-être de Charles qui en pâtira ; aussi se bat-elle chaque jour pour tenir debout. Elle faiblit, mais se reprend quoi qu'il arrive.

Sylvain Saulier, le père d'Annabelle, n'est pas en reste, loin de là. Il travaille comme un forcené pour subvenir aux besoins de sa famille, cumule les heures, les jobs de week-end qui rapportent deux ou trois sous de plus. Annabelle ne connaît aucun homme aussi courageux que lui. Leur situation est un cercle vicieux. Si Évelyne n'était plus capable de s'occuper de Charles, Sylvain devrait arrêter de travailler et l'enfer dans lequel ils sont tous les quatre enfermés serait encore moins vivable qu'aujourd'hui.

Annabelle embrasse sa mère sur la joue et rejoint la cuisine afin de lui préparer un plateau. Elle n'en mangera que la moitié, mais ce sera déjà ça.

Évelyne remercie sa fille et boit quelques gorgées.

— Et toi, ma chérie ? Qu'est-ce que ce Cédric t'a raconté ? Il est toujours amoureux ? Antoine ne va pas être content.

— Des bêtises, comme d'habitude, élude Annabelle. Je vais voir Charles !

— Annabelle, attends...

Le cœur de la jeune fille se met à battre plus fort. Elle n'a pas envie que sa mère insiste, elle serait obligée de lui mentir.

— Dix ans d'écart, ça fait beaucoup, ma chérie.

— À peine deux ans de plus qu'entre papa et toi, rétorque-t-elle en sortant de la pièce.

Annabelle longe le couloir jusqu'à la chambre de Charles. Il a toujours besoin de se reposer une petite heure l'après-midi avant ses exercices avec le kiné. La jeune femme sait combien les séances sont éprouvantes pour lui, elle veut l'encourager avant de repartir à la fac, et surtout, l'embrasser. Ce qu'elle ne manque jamais de faire, parce qu'aussi triste que soit la réalité, Annabelle n'est jamais sûre qu'il sera encore en vie lorsqu'elle rentrera.

Un enfant sur deux millions seulement est touché par la fibrosdyplasie, et il a fallu que ça tombe sur Charles, alors qu'Annabelle n'a jamais rien contracté de plus grave qu'une grippe. Malgré elle, c'est la culpabilité qui l'a poussée à entreprendre des études de médecine. Peut-être aura-t-elle un jour l'occasion de se racheter d'être née en si bonne santé ? Elle l'espère de toute son âme.

— Maman t'a mise au courant ? demande Charles lorsque sa sœur pénètre dans la chambre.

Elle referme la porte derrière elle et s'approche avec un petit sourire triste.

— Oui...

Charles a du mal à marcher sans aide, mais il peut encore se redresser quand il est allongé, ce qu'il ne manque pas de faire pour accueillir sa sœur. Il s'adosse à la tête de lit et remonte la couverture sur son corps chétif. Charles est grand, mais sa maladie l'empêche de grossir en conséquence.

— Ce n'est pas grave, dit-il en haussant les épaules. L'institut donnera la place à quelqu'un d'autre.

Annabelle a envie de pleurer, mais elle se retient. Il n'y a pas une once d'amertume dans la voix de son frère. Il énonce un fait, c'est tout, et Annabelle pourrait jurer qu'il se réjouit pour le futur heureux élu.

— Ils ne la donneront à personne, lui certifie-t-elle en s'asseyant sur son lit. Cette place, elle est pour toi. Tu l'as attendue assez longtemps.

Il gratte sa jolie tête blonde. Car chez les Saulier, tout le monde se pare d'une chevelure couleur miel – et d'un regard bleu. Enfin, Sylvain Saulier est à moitié chauve, il ne peut plus en dire autant ! À son grand dam.

— Je n'ai pas peur de mourir, tu sais, annonce soudain Charles.

Ce qui a l'effet de frigorifier Annabelle.

— Eh bien moi, j'ai peur que tu meures.

— Pourquoi ?

Annabelle sourit et lui caresse les cheveux.

— Parce que si tu meurs, tu emporteras la moitié de mon cœur et je ne survivrai pas bien longtemps.

Charles roule des yeux.

— N'importe quoi !

Il se penche un peu et attrape sa montre sur la table de nuit.

— Tu veux bien me la mettre ?

La motricité fine l'a quitté depuis longtemps, mais Charles dit à qui veut l'entendre qu'il voit là un bon moyen de se faire servir. Il n'en pense rien, mais c'est un petit garçon courageux et positif. Annabelle le prend souvent en exemple.

Elle l'aide à attacher le bracelet et vérifie l'heure.

— Le kiné va arriver d'une minute à l'autre, je t'aide à monter dans ton fauteuil ?

— Non, appelle maman. Il faut que je fasse pipi et je n'ai pas envie que tu voies mon...

Anabelle éclate de rire.

— Ton petit oiseau, je l'ai déjà vu des centaines de fois, gros nigaud !

Charles rougit jusqu'aux oreilles.

— Oui, mais à l'époque, il était tout petit.

— Et je parie que c'est toujours le cas.

— Même pas vrai ! s'offusque Charles. Maintenant, va chercher maman.

Annabelle referme la porte de sa chambre, ferme les yeux et prend une profonde inspiration.

Comme elle l'aime, ce gamin... Elle ferait n'importe quoi pour lui. S'Il existait vraiment, Dieu lui en serait témoin : ce soir, Annabelle réglera tous leurs problèmes. Ce soir, elle acceptera l'offre que lui a faite Cédric Berckin.

Antoine, son grand amour, aura le cœur brisé et le sien saignera, mais Charles vivra encore un peu. Rien n'est plus important.

1

Vingt et un ans plus tard

— Ne bougez pas, madame Lilas, je vais vous aider.

Annabelle sort du bus la première. Elle se positionne devant les marches et offre le bras à la vieille dame à laquelle elle tient compagnie plusieurs demi-journées par semaine depuis un peu plus d'un mois.

— Merci, ma chère, je suis traitée comme une reine avec vous.

Annabelle sourit. Mme Lilas est une nonagénaire délicieuse et pleine de vie. À quatre-vingt-onze ans, coquette, maquillée et toujours tirée à quatre épingles, elle se rend partout pour peu qu'elle soit accompagnée. Il est très difficile de résister à son charme comme à sa bonne humeur. Mme Lilas est ce genre de personne âgée que tout le monde rêve d'être plus tard et Annabelle ne fait pas exception à la règle : dans ses vieux jours, si c'est possible, elle aimerait vieillir aussi bien qu'elle.

— Faites attention, les trottoirs sont humides, je ne voudrais pas que vous fassiez une mauvaise chute.

— Je risque surtout de m'envoler avec tout ce vent ! s'amuse Mme Lilas en prenant appui sur sa canne en bois de rose. J'ai toujours détesté le mois de novembre.

Il est vrai que Mme Lilas est frêle. Mais par chance, l'arrêt n'est pas très éloigné de la place Louis-Lépine où elles doivent se rendre. Elles n'auront pas à marcher beaucoup.

— Que souhaitez-vous faire en premier, madame Lilas ? La cathédrale ou le marché aux fleurs ?

Visiter un endroit populaire de Paris est le rituel du vendredi matin.

La vieille dame raffermit son bras autour de celui d'Annabelle et, de son autre main, lui tapote le biceps avec affection.

— Ce qui me ferait plaisir, Annabelle, c'est que vous m'appeliez Albertine.

Annabelle sourit avec sincérité.

— Eh bien, si vous m'y autorisez, ce sera avec plaisir... Albertine.

La joie se dépeint sur le visage ridé de cette dernière et remplit le cœur d'Annabelle d'une douce chaleur. Depuis un peu plus de deux mois, elle travaille pour une agence de services à la personne et officie en tant que dame de compagnie auprès de personnes âgées. Elle les aide à faire leurs courses, les emmène se balader au parc, ils boivent du thé à s'en faire éclater la vessie et Annabelle les écoute raconter leurs souvenirs de jeunesse en épluchant leurs vieux albums photo.

Annabelle a quitté son futur ex-mari pendant l'été, début juillet, et s'est retrouvée sans argent, il lui a donc fallu chercher un emploi de toute urgence ; Cédric ne lui verse pas un centime. Toutefois, elle n'a pas choisi cette profession par contrainte, c'est l'envie de partager qui l'a poussée, et même si elle n'en récolte qu'un maigre salaire, en aucun cas elle ne regrette son choix. Elle a passé les vingt dernières années de sa vie à faire semblant de se complaire dans le rôle de femme de chirurgien coté. Aujourd'hui, elle se sent enfin utile. La relation qu'elle entretient avec chacun de ses petits vieux lui rappelle combien la vie est riche et mérite d'être vécue. Et vivre, c'est tout ce à quoi elle aspire, désormais.

Albertine force sur le bras d'Annabelle, signe qu'elle s'apprête à dire quelque chose. Annabelle la côtoie depuis quelques semaines seulement, mais a l'impression de la connaître depuis une éternité. Albertine Lilas a tout un tas de tics qui la font beaucoup rire. Si elle a soif, elle sort le bout de sa langue à intervalles réguliers. Si elle a faim, elle se frotte l'estomac. Et quand elle a sommeil, elle pince très fort les lèvres et gonfle les narines pour éviter de bâiller. Albertine est sans doute la plus dynamique de ses usagers. Par exemple, elle considère que, pour prendre un bon coup de vieux, il n'y a rien de tel que se mettre à faire la sieste tous les jours. Annabelle l'aime vraiment beaucoup. Albertine Lilas ne ressemble à personne et lui apporte la chaleur dont elle a tant manqué ces dernières années.

— J'avais une fille, le saviez-vous ? Vous me faites penser à elle, Annabelle. Oh, Ghislaine était bien moins jolie que vous, mais possédait les mêmes cheveux blonds soyeux.

« Était », « possédait »... La plupart des parents ne voient pas mourir leurs enfants, mais Albertine approche des cent ans. Annabelle songe à tout ce que la nonagénaire a dû vivre, à tout ce qu'elle a vu, à la richesse de son passé, et ose la question découlant de cette confidence :

— J'ignorais que vous aviez une fille, Albertine. Est-elle décédée il y a longtemps ?

Un sourire triste s'étire sur le visage de Mme Lilas.

— Une éternité, et de la plus belle et dramatique des façons : en donnant naissance à mon petit-fils, Jacques. Elle aurait eu soixante-quatorze ans le mois dernier, Jacques en a cinquante-cinq.

Cinquante-cinq ans, et pourtant, au ton de sa voix, Albertine semble toujours le considérer comme l'enfant qui peuple ses souvenirs.

— Vous le voyez souvent ?

— Non, trop rarement. Il habite à l'autre bout de la France. Marseille ! Et vous, mon petit, vous avez des enfants ? demande Albertine alors qu'elles s'arrêtent au passage piéton.

Un sentiment d'impuissance envahit Annabelle comme chaque fois qu'on lui pose la question. Elle n'a jamais eu voix au chapitre, elle est stérile, et Cédric a toujours refusé d'adopter. Annabelle aurait pu insister et le mettre au pied du mur, mais la vérité est qu'elle a pris très peu de décisions dans sa vie. Sa situation, ses choix passés ne lui ont jamais permis d'être libre de décider quoi que ce soit. Jusqu'à aujourd'hui... Mais à quarante ans, elle se trouve trop vieille pour devenir maman. Même si d'aucuns affirment qu'on lui donne dix ans de moins. Ce qui l'a toujours fait sourire, car peu importe l'apparence, finalement, on a toujours l'âge de ses os.

— Non, Albertine, finit-elle par répondre, je n'en ai jamais eu l'occasion.

La vieille dame est aussi subtile qu'intelligente, profondément empathique aussi, elle comprend les regrets dans la voix d'Annabelle et change de sujet.

— Je vais rapporter un pot d'hibiscus rouges.

— Mais... ce n'est pas du tout la saison.

— Pour les fleurs artificielles, il n'y a pas de saison, ma chère !

— Pour la poussière non plus...

Loin de s'en faire, la vieille dame s'accroche à son idée.

— C'est pourquoi j'ai une femme de ménage. Allons au marché aux fleurs. Ensuite, nous irons boire un chocolat chaud.

Inutile d'insister, Albertine aura toujours le dernier mot. Le privilège de l'âge...

Lorsqu'elles atteignent la place Louis-Lépine, il se met à pleuvoir des cordes. Mme Lilas ne s'en laisse pas conter et offre son parapluie à Annabelle. Dessous, il y a de la place pour accueillir au moins trois personnes. Elles se promènent une petite demiheure dans les allées, il n'y a pas grand monde, puis dégotent quelques cactus ornementaux pour Albertine qui n'a trouvé aucune plante artificielle. Enfin, comme le vent souffle de plus en plus fort, elles décident d'aller se réfugier dans un salon de thé.

Il y fait chaud, l'endroit est accueillant avec ses fauteuils en velours de toutes les couleurs, ses tables basses baroques et ses photos des années 1930 accrochées aux murs. Des portraits, des clichés de famille, de vieilles théières exposées sur des étagères, des guéridons habillés de napperons... Annabelle a presque l'impression de se trouver chez Albertine. D'ailleurs, cette dernière ne s'y trompe pas.

— On se croirait à la maison ! s'exclame-t-elle en s'installant dans un confortable canapé vert bouteille. Si j'avais su, j'aurais apporté mon ouvrage. Vous tricotez, Annabelle ?

— Pas du tout. Mais ma grand-mère m'avait appris à crocheter lorsque j'étais petite. J'ai tout oublié.

Le visage d'Albertine s'illumine.

— J'ai encore de bons yeux, je pourrais vous apprendre, qu'en dites-vous ?

Annabelle lui promet qu'elles essaieront lors de leur prochain rendez-vous.

La spontanéité des personnes âgées est sans doute ce qu'Annabelle préfère dans son travail. Remplir le temps qui leur reste à vivre est tout ce qu'il leur importe, et lorsque, comme Albertine Lilas, ils ont la chance d'être en excellente santé, ils sont prêts à faire des tas de choses. Annabelle ne s'ennuie pas une seconde avec eux.

Albertine accompagne son chocolat chaud d'un éclair au café, sa pâtisserie préférée. Elle se moque comme d'une guigne d'être à une heure du repas de midi, elle le déguste dans un silence presque religieux pendant qu'Annabelle boit du thé. Quand elle en a avalé la dernière gorgée, la vieille dame sonde Annabelle de ses grands yeux bleus, si clairs, qu'on pourrait presque voir à travers.

— Vous ne portez pas d'alliance, fait-elle remarquer.

Ce n'est pas le sens de l'observation qui lui manque. Et c'est la deuxième fois que Mme Lilas ose une question personnelle. Tout ça en une matinée. Jusque-là, Annabelle ne s'est jamais épanchée sur sa vie privée, mais aujourd'hui, parce qu'Albertine s'est confiée à elle à propos de sa fille décédée, elle a envie de s'ouvrir un peu à son tour.

— Je me suis séparée de mon mari.

— Ce sont des choses qui arrivent. J'ai perdu le mien très tôt, peu de temps après la naissance de notre fille, mais je me suis toujours dit que si ça n'avait pas été le cas, je l'aurais quitté avec pertes et fracas !

Annabelle sourit.

— Il était difficile à vivre ?

— Oh, non ! Lucien était tout ce qu'il y a de plus gentil, même un peu trop. Il était, disons, plus attaché à sa mère qu'à moi et ne manquait pas de courir vers elle dès qu'elle en avait besoin. C'est-à-dire tout le temps ! Il est mort d'une mauvaise grippe alors que Ghislaine venait d'avoir un an. Et vous, ma chère Annabelle, qu'a fait votre mari pour que vous décidiez de reprendre votre liberté ?

Annabelle ne peut s'empêcher de sourire avec amertume. La liberté... Albertine n'aurait pas pu trouver un mot plus juste.

Donc, qu'a bien pu faire Cédric pour qu'elle s'en aille ? Il l'a couverte de bijoux, de vêtements somptueux, l'a emmenée dans les plus beaux endroits du monde et lui a fait découvrir le Paris de la noblesse et de la bourgeoisie la plus enviée. Grâce à lui, elle a côtoyé des stars de cinéma, de la chanson, elle a déjeuné et dîné à la table de quelques grands hommes politiques, elle a rencontré les représentants des plus grandes familles de France et a été élevée au rang de « Femme de ».

Elle a possédé tout ce dont une épouse peut rêver, mais elle a été privée de l'essentiel : l'estime de soi. Avec Cédric, Annabelle n'a jamais été autre chose qu'une créature qu'on expose, qu'on montre avec une fierté malsaine et calculatrice. Elle a toujours été belle, même très belle, a toujours suscité les regards jaloux, et être envié était ce que Cédric aimait le plus au monde. Il ne s'en est jamais lassé et l'avis d'Annabelle sur le sujet n'a jamais compté.

Elle l'a quitté, parce qu'elle le devait.

Elle contemple la vieille dame avec beaucoup de douceur et opte pour une vérité en demi-teinte, incapable de cacher le voile de détresse qui lui recouvre le visage chaque fois qu'elle évoque son passé aux côtés de Cédric Berckin.

— Il était... petit.

Albertine ouvre de grands yeux étonnés.

— Au sens propre ou au sens figuré ?

— Les deux. Il arrivait à Cédric de mettre des talonnettes lorsque je portais des escarpins un peu trop hauts. Il ne supportait pas que je le dépasse.

Albertine fronce les sourcils.

— Alors vous avez bien fait de le quitter, ma chère, il n'y a rien de pire qu'un homme mesquin.

Elle boit une gorgée de son verre d'eau qu'elle repose sur le napperon crocheté, s'essuie le coin des lèvres et pose sur Annabelle un regard espiègle que cette dernière ne lui connaissait pas encore.

— Mais dites-moi, était-il petit... partout ?

Interloquée, Annabelle cligne des paupières. Ne sachant pas trop sur quel pied danser, elle considère Mme Lilas avec le plus grand étonnement et comprend très vite que celle-ci compte pourtant bien sur une réponse. Annabelle se détend et visualise son futur ex-mari dans sa plus triomphante nudité. Elle amorce un sourire en coin, prenant conscience qu'elle détient le pouvoir de se venger sans qu'il le sache, d'attenter à sa virilité toute-puissante, image du mâle absolu. Elle sent l'amusement lui picoter le nez, résiste encore une ou deux secondes, puis finit par lâcher dans un rire étouffé :

— Il tiendrait dans... dans une coquille d'huître !

Albertine accueille sa révélation avec la satisfaction et la complicité d'une amie de longue date. Elles gloussent sans se soucier de la clientèle un peu guindée du salon de thé. De toute façon, le rire communicatif et chaleureux d'Albertine Lilas réchaufferait la banquise en un clin d'œil. Leurs voisins de table finissent par se dérider et céder à l'amusement sans même comprendre de quoi il retourne. La réputation de Cédric Berckin ne s'en remettrait jamais ! Annabelle reprend son souffle et porte la main à son thorax en offrant à la vieille dame un sourire rayonnant de joie.

— Dieu que ça fait du bien !

— Ma chère Annabelle, rire de bon cœur est tout ce dont une femme a besoin pour panser ses plaies, et les vôtres sont bien trop visibles pour être délaissées. Vous avez un rire qui s'envole. Ne cessez jamais de rire, Annabelle.

Le sourire d'Annabelle se fane malgré elle. Aussi toussote-t-elle, le regard fuyant, et replie-t-elle avec soin sa serviette, l'air de rien. Mais la jeune femme a mis des masques pendant tant d'années pour cacher ses émotions qu'elle s'en est lassée jusqu'à l'écœure-ment. Depuis qu'elle est partie, Annabelle est devenue très mauvaise comédienne, il n'y a qu'à voir le regard qu'Albertine pose sur elle. Mais la future ex-Mme Berckin n'est pas prête à montrer ses blessures. La convalescence est loin d'être terminée et c'est seule qu'elle désire la mener. Pas question de livrer quoi que ce soit à qui que ce soit. Elle consulte sa montre et prétexte vouloir éviter les heures de pointe en partant un peu plus tôt.

Albertine la regarde avec une étrange compassion. Annabelle en est toute retournée et s'en veut presque de la distance qu'elle impose entre elle et cette femme si adorable. Puis cette dernière se lève avec toute la prestance que son vieux corps lui permet d'avoir et déclare avec entrain :

— Vous avez raison, partons ! Je ne veux pas prendre le risque de manquer mon émission télévisée.

Annabelle se garde de tout commentaire et l'aide à enfiler son manteau. Elle lui offre le bras, puis elles quittent le salon de thé pour affronter la pluie, bien serrées l'une contre l'autre, jusqu'à l'arrêt de bus le plus proche.

Albertine Lilas sourit. Annabelle ne le sait pas encore, mais ce jour-là, elles ont scellé leur destin.

2

Gros-Jean comme devant. C'est comme ça que se sent Antoine Saint-Armand en sortant de la réunion avec le conseil d'administration de la clinique. Combien de temps encore tiendra-t-il le coup devant leurs exigences de rentabilité chaque année plus drastiques ? Ces gens-là n'ont aucun cœur. Il a essayé de négocier de toutes ses forces le licenciement de sa plus ancienne collaboratrice, mais rien, elle n'aura droit à rien de plus que ce que la convention prévoit pour ceux qui décident de quitter le navire. Peu importe qu'ils aient d'excellentes raisons, qu'ils soient pris à la gorge, et que leurs propres enfants soient dans une situation épouvantable à des centaines de kilomètres. « Quand on démissionne, on assume les conséquences qui vont avec, point », a martelé Cédric Berckin.

Meredith assiste Antoine depuis qu'il dirige le service d'oncologie pédiatrique, et elle était déjà là quinze ans plus tôt. C'est grâce à elle que l'unité tourne avec autant d'efficacité. Elle connaît les rouages de l'administration et les dossiers comme sa poche. Aucun patient ne lui est inconnu, le personnel se repose sur elle pour chaque chose, c'est la meilleure interlocutrice qu'on puisse rêver d'avoir sur son lieu de travail. Elle n'a jamais compté ses heures, elle a sacrifié bon nombre de congés pour permettre à ses collègues de partir en vacances avec leurs enfants, et elle s'est ruiné la santé à faire le travail de deux ou trois personnes quand il y avait des arrêts maladie. Antoine trouve aussi injuste qu'écœurant qu'on la force à démissionner pour rejoindre son fils gravement blessé dans un accident de voiture. À trois ans de la retraite, ils pourraient lui offrir un départ anticipé, n'importe quoi qui ne la laisse pas sans un sou après tout ce qu'elle a donné à cet établissement. Non... rien, et Antoine sait très bien pourquoi.

Après vingt ans d'amitié, Cédric Berckin a une dent contre lui, et pas des moindres. Maintenant qu'il est passé de chirurgien orthopédiste émérite à chef de clinique, il entend faire payer à Antoine le coup de poing magistral que celui-ci lui a infligé après qu'il a lui-même frappé sa future ex-femme dans son bureau. C'était il y a quatre mois et demi. Antoine n'a pas supporté de voir Annabelle agenouillée sur le sol, la lèvre fendue et la joue tuméfiée. La blonde sulfureuse et lui n'étaient plus en très bons termes ces dernières années, mais aucune femme ne mérite qu'on la traite de la sorte. Cédric en a fait les frais et goûté la colère d'Antoine. Cédric a bien essayé de le faire renvoyer, mais le conseil d'administration n'a pas suivi. Alors il trouve des moyens détournés pour l'emmerder. Meredith est un dommage collatéral et c'est inadmissible.

Comment tout ce chapelet de médecins bien-pensants peut-il se laisser abuser et se soumettre à l'autorité de Berckin ? Tout le monde sait ce qui s'est passé des mois plus tôt, Cédric a même failli ne pas pouvoir se présenter à la direction de la clinique, mais finalement, tous ont fermé les yeux. Pourquoi ? L'appât du gain. Être dans les bonnes grâces de Cédric Berckin, c'est s'assurer un avenir financier confortable. Antoine déteste tous ces hypocrites déguisés en gentilshommes, et qui plus est, qui ont le culot de participer à des œuvres caritatives pour se donner bonne figure. Antoine adore son métier, mais pas le milieu dans lequel il évolue. Très souvent, il se dit qu'une vie de médecin de campagne serait sans doute plus éprouvante, mais ô combien plus gratifiante. Ces derniers mois, il n'a jamais si souvent songé à se reconstruire ailleurs.

C'est la mort dans l'âme qu'il rejoint le bureau de Meredith derrière lequel, concentrée sur sa tâche, elle attend qu'il vienne lui dire à quelle sauce elle va être mangée.

Il est 20 heures, elle aurait dû rentrer chez elle depuis longtemps. La sexagénaire remarque sa présence et lève sur lui de grands yeux ourlés de cils gris.

— Docteur ? Tout va bien ? Vous êtes pâle comme un linge.

Meredith et son altruisme légendaire... Antoine refoule un haut-le-cœur.

— Je n'ai pas de bonnes nouvelles...

L'assistante coince une mèche de cheveux argentés derrière son oreille et soupire, la tête haute. Antoine l'admire. Sa situation va devenir précaire, elle aurait toutes les raisons de fondre en larmes, mais Meredith a toujours eu les épaules solides.

— Je m'en doutais, docteur. Vous avez fait votre possible et je vous en remercie. Je vais poser ma démission, je n'ai pas le choix.

Dieu qu'Antoine déteste l'humanité, parfois.

— J'ai réussi à négocier un préavis d'un mois au lieu de deux. C'est tout ce que j'ai pu obtenir.

Elle hoche la tête.

— C'est déjà beaucoup.

C'est que dalle ! Bien sûr, elle sera près de son fils plus vite que prévu, mais à quel prix ?

— Réussirez-vous à me trouver un ou une remplaçante dans les temps ? s'enquiert-elle.

— Ne vous inquiétez pas pour ça, Meredith. Je doute d'être capable de dégoter une nouvelle perle rare, mais ce ne sont pas les demandes d'emploi qui manquent. Écoutez... vous avez été une collaboratrice exceptionnelle et j'aimerais faire quelque chose pour vous.

Meredith sourit au médecin.

— Docteur Saint-Armand, vous avez toujours été d'une grande gentillesse à mon égard, et chaque jour travaillé avec vous a été un vrai plaisir. Vous ne me devez rien du tout.

Antoine se perd dans le bleu profond des yeux de Meredith et a presque envie de la prendre dans ses bras. Ce qu'il ne fait pas, sa discrète et pudique assistante ne s'en remettrait jamais. Quoi qu'il en soit, il fera ce qu'il faut pour qu'elle ne parte pas les mains vides, quitte à y mettre de sa poche. Elle l'a soutenu et épaulé dans les situations les plus stressantes, son aide a été inestimable et il veut qu'elle le sache.

Antoine observe son visage crispé et lui sourit.

— Rentrez chez vous, Meredith, on est vendredi et il est déjà tard.

La sexagénaire hoche la tête et se lève pour ranger ses affaires.

— Ne vous en faites pas pour moi, docteur. J'ai plus d'une corde à mon arc.

Ne désirant pas prolonger le supplice de son assistante, il se contente d'acquiescer.

— Bonne soirée, Meredith, à lundi.

— Bonne soirée, docteur.

Antoine la regarde marcher jusqu'à ce qu'elle disparaisse au fond du couloir, puis se réfugie dans son bureau. Il s'installe dans son fauteuil, dos à la porte encore ouverte, et ferme les yeux. Autour de lui, une massive table en bois d'ébène sur laquelle il a l'habitude de rédiger de longues notes d'intention, des ordonnances, des comptes rendus ; un épais tapis berbère, un canapé en cuir deux places, une large baie vitrée qui lui renvoie une lumière éclatante les jours de grand soleil. Il est soudain pris d'une envie de rire sur sa situation de dandy, de médecin installé dans une confortable bourgeoisie. Il ne manque de rien, vit selon son bon plaisir, au gré de ses envies, de ses caprices. Oui, Antoine Saint-Armand baigne dans un confort que beaucoup lui jalouseraient, mais à quoi tout ceci lui sert-il ? Contrairement à Meredith, à quarante ans, à part ses parents installés sur l'île d'Oléron, il n'a personne de qui prendre soin. Il n'a ni femme ni enfant. Sa vie se décompose entre son travail, de rares sorties chez ses amis les plus proches, et lui-même. D'une certaine façon, il envie la force de son assistante qui lui donne le pouvoir de déplacer les montagnes dans les pires situations. Perdre son salaire n'a aucune importance puisqu'elle possède l'essentiel : l'amour des siens.

Pourtant, d'aucuns diront qu'Antoine a tout pour plaire, le physique, l'esprit, la situation professionnelle, et qu'il n'a qu'à tendre la main pour cueillir la femme qui comblera son vide affectif, mais Antoine a eu le cœur brisé à l'âge de vingt ans, et jamais, ô grand jamais, il n'a fait en sorte de recoller les morceaux. Il les a conservés dans une boîte fermée à double tour, avec comme inscription sur le couvercle « Souviens-toi de te méfier », sa citation préférée.

— On ne peut pas gagner à tous les coups, n'est-ce pas, mon vieux ?

Antoine serre les dents et fait pivoter son fauteuil. Il s'empare d'un dossier, de son stylo Montblanc et, sans même le regarder, répond à Cédric Berckin qui se tient en maître sur le seuil de la porte.

— Non, en effet. Tu finiras bien par t'en rendre compte, toi aussi.

— C'est une menace ?

Antoine prend le temps de signer un document, rebouche son stylo et lève enfin les yeux sur l'arrogant directeur de clinique.

— C'est une vérité. Tôt ou tard, les gens qui usent et abusent des autres finissent par être utilisés à leur tour.

Cédric prend un ton pincé.

— Tu as toujours porté ta prétendue perfection comme un étendard. Tu te crois vraiment au-dessus de tout ? Tu penses que rien ne peut t'atteindre ?

C'est l'hôpital qui se fout de la charité ! Bon Dieu, ce type n'est pas croyable !

— Non, le jour où j'aurai la monnaie de ma pièce, je saurai pourquoi. Je doute que tu aies l'humilité d'en dire autant.

Il voit le chirurgien devenir rouge d'une colère contenue.

— Tu ne sais rien de ce qu'elle m'a fait vivre pendant vingt ans, rien du tout !

Antoine serre les dents. Annabelle revient donc sur le tapis... Cédric pense pouvoir se justifier de l'avoir cognée ? De quel droit ? Peu importe ce qu'elle lui a fait subir, Antoine aussi a souffert de l'égoïsme d'Annabelle, mais jamais il n'aurait porté la main sur elle. Jamais.

— Non, répond Antoine, je ne sais rien et tu sais pourquoi ? Parce qu'elle ne m'a rien dit, parce qu'aussi détestable soit-elle, elle ne s'est jamais abaissée à faire ce que tu fais en ce moment.

Du reste, il n'a revu Annabelle qu'une seule fois depuis ce fameux soir où Cédric l'a frappée. Fière jusqu'au bout des ongles, après un bref entretien, son amour de jeunesse lui a demandé de disparaître, lui aussi. Elle veut faire table rase du passé. Antoine a entendu dire qu'elle s'est trouvé un petit appartement dans le 10e arrondissement de Paris, rien de plus, et il n'a pas cherché à en savoir davantage.

Cédric siffle de mépris.

— Elle est sournoise, méfie-toi, mon vieux. Elle t'aura comme elle m'a eu.

— Je me méfie, oui. Mais de toi, répond Antoine en signant un nouveau feuillet.

Cédric éclate d'un rire si démesuré qu'Antoine lève la tête. Cédric prend alors cet air de supériorité qu'il adore revêtir et qu'Antoine déteste du plus profond de son âme.

— Tu as raison, car désormais, c'est moi qui fais la pluie et le beau temps, ici. Tâche de t'en souvenir.

Sur quoi il tourne les talons, laissant Antoine les mâchoires plus crispées que jamais. Juste avant de passer la porte, le chirurgien marque un temps d'arrêt et ajoute sans se retourner :

— À l'occasion, si tu la croises, tu diras à Annabelle que je suis en train de réfléchir au renouvellement de la pension de son frère. Au cas où...

Fils de pute !

Cédric se sait tout-puissant sur ce sujet. Qu'il joue sur cette corde pour asseoir son pouvoir est dégueulasse. Certes, Annabelle a dû prendre ses précautions avant de partir et mettre un bon paquet d'argent de côté, mais il doute que ce soit suffisant sur le long terme. Les soins de Charles Saulier sont exorbitants. On parle de 9000 euros par mois pour être nourri, logé et surveillé jour et nuit dans un établissement privé. Sans compter qu'à trente-deux ans, le gamin est déjà en fin de vie, il ne doit lui rester, dans le meilleur des cas, guère plus que dix années. Le déposséder de ces avantages réduirait comme peau de chagrin le peu de temps qu'il lui reste.

Antoine bout de l'intérieur, si bien que tous ses muscles sont tendus au point de devenir douloureux. Il doit encore travailler sur plusieurs dossiers, rendre visite à quelques-uns de ses patients, alors il est nécessaire qu'il se calme. Il a toujours fait office de médecin posé et flegmatique, mais que cette étiquette est dure à porter lorsque vous avez envie d'envoyer chier la Terre entière !

Il fait pivoter son fauteuil pour faire face à la baie vitrée.

Annabelle et lui s'évitent comme la peste depuis plus de vingt ans, mais il peut se mentir autant qu'il veut, la plaie est toujours béante. Pendant toutes ces années, il a appris à muscler son indifférence, à paraître plus froid et désintéressé avec elle qu'avec n'importe qui d'autre, même son expert-comptable peut se vanter d'obtenir plus de chaleur de sa part. Mais ça n'a jamais suffi, et les derniers événements ont fait ressurgir des sentiments qu'il aurait préféré avoir oubliés.

Il était jeune, crédule, stupide et il aurait tout donné pour elle. Mais qu'aurait-il pu faire face à la fortune de Cédric Berckin et tout ce qu'il promettait de lui apporter ? Annabelle l'a profondément marqué, non pas parce qu'il en était amoureux et qu'elle l'avait plaqué pour un autre, mais parce qu'à l'époque, il avait une confiance aveugle en elle et en leur amour. Il riait, était fier, empli de certitudes et de projets d'avenir. Quiconque l'aurait mis en garde contre la vénalité d'Annabelle aurait fini au tapis tant il était sûr d'elle. Sûr d'eux. C'est d'être tombé de si haut qui l'avait brisé, et après tout ce temps, il ressent toujours cette sensation de membres désarticulés. Il n'a jamais su faire le deuil de sa rancœur, jamais su extraire l'amertume qu'il goûte encore sous la langue. Mais si, un jour, il s'était juré de lui faire payer toute cette souffrance, il n'en est plus là, et surtout pas en se réjouissant de la situation dans laquelle Cédric risque de mettre le frère d'Annabelle et toute sa famille.

Il ne l'a pas revue depuis des mois. Doit-il la prévenir ? Doit-il accepter d'être instrumentalisé par

Cédric ? Irrité, Antoine se lève et remet le fauteuil en place. Non, ce n'est pas son problème. Il ne s'interposera pas plus qu'il l'a déjà fait.

Il compose le numéro du pôle des infirmières et prévient l'équipe qu'il vient rendre visite à ses jeunes patients avant de rentrer chez lui.

Ils sauront le sortir de lui-même, comme toujours.

3

La studette dans laquelle vit Annabelle n'a d'appartement que le nom. C'est propre, refait à neuf, mais à peine plus grand qu'une chambre classique. Un lit, une commode, un placard mural, un coin cuisine minuscule et une salle de bains/toilettes dans laquelle il est impossible de faire entrer plus d'une personne. Tout ce qu'elle possède est dans ces quinze mètres carrés. Elle n'a pris qu'une seule valise en partant, dans laquelle elle a entassé l'essentiel. Quelques vêtements de rechange, deux paires de chaussures, une trousse de toilette et sa boîte à bijoux à moitié vide. Les plus belles pièces, c'est Cédric qui les a toujours, jalousement enfermées dans un coffre-fort dont lui seul possède la clé. Il les lui avait offertes, et décidait du moment où elle pouvait les porter ; quand il exposait Annabelle à tout le gratin...

Annabelle n'a jamais eu l'occasion de récupérer davantage de vêtements ou d'objets personnels. Cédric ne le lui a pas permis. Il a fait changer les serrures et les codes d'accès de la maison et donné des consignes strictes au personnel ; Annabelle ne pourra remettre un pied chez eux que lorsqu'elle décidera de revenir. Définitivement.

Elle pose son sac à main sur la commode en pin, veille à fermer la porte à double tour et retire son manteau et ses bottines qu'elle a achetés à bas prix pour affronter l'hiver. Pour éviter de dépenser trop d'argent, Annabelle fait presque tous ses trajets à pied et n'achète des tickets de métro qu'au compte-gouttes. Ce soir, le froid et l'humidité lui ont gercé les pieds.

Elle s'installe sur son lit et se masse les orteils pour les réchauffer. Qu'importe les ampoules, elle a passé une merveilleuse journée en compagnie d'Albertine Lilas. Elle s'allonge sur le matelas un instant et fixe le plafond, songeant à sa nouvelle vie.

Elle n'a plus rien. Pour subvenir à ses besoins, payer son loyer et la caution du studio, Annabelle a dû vendre une bague et un collier de perles. C'étaient de très belles pièces de joailliers réputés, mais le montant qu'elle en a tiré a à peine suffi à lui sortir la tête hors de l'eau pendant deux mois. Son travail comme dame de compagnie la sauve du gouffre, mais ne lui permet guère plus que boucler ses fins de mois. Tout est calculé au détail près : nourriture, factures d'eau, d'électricité, de téléphone mobile nécessaire pour être joignable par l'agence et ses usagers. Elle est bien loin du faste qu'elle a connu. Car contre toute attente, pendant ses vingt années passées avec Cédric, elle n'a pu mettre un centime de côté. Du moins, rien de plus que ce qu'elle a caché sous le matelas. Cédric contrôlait tout, avait les yeux partout. Annabelle ne manquait de rien, mais elle devait demander. Toujours demander.

Lorsqu'elle est partie, son tout premier plaisir a été d'ouvrir un compte en banque, bien maigre, certes, mais à son nom de jeune fille. Son nom à elle : Annabelle Saulier. Repartir à zéro, tout reconstruire, rien n'avait eu plus d'importance que ça. L'ombre de Cédric était encore là, prégnante, pesante, mais ce n'était qu'une ombre.

Oh, il sait où elle habite et s'arrange pour le lui faire comprendre. Trois fois déjà, la fente de sa boîte aux lettres a été bouchée par de la colle et du papier. Le gardien est catégorique, aucun des locataires de l'immeuble ne ferait une chose pareille, et elle le croit sur parole. Ici, les gens travaillent du matin au soir, ils ont mieux à faire que jouer les vandales. Une autre fois, Annabelle a même retrouvé un prospectus pour des vêtements féminins, dans lequel toutes les blondes aux yeux bleus avaient été affublées du mot « salope » sur le visage, au feutre noir. Blondes aux yeux bleus, comme elle...

Le gardien l'a exhortée à porter plainte, mais Annabelle n'a aucune preuve et Cédric est un homme aussi intelligent qu'influent. Il saura démontrer qu'il n'y est pour rien. Alors, Annabelle est sur le qui-vive, elle sait qu'elle ne sera jamais tranquille tant qu'ils n'auront pas divorcé. Mais elle n'est pas prête, elle doit assurer ses arrières, réfléchir à la situation de Charles.

Quand elle a épousé Cédric, il s'est engagé, devant notaire, à toujours prendre en charge son frère, même si Cédric se retrouvait veuf, même si c'était Annabelle qui devenait veuve. Une donation serait faite dans ce sens à l'institut Hermus. Annabelle a sacrifié de sa personne pour obtenir cette faveur, elle a sacrifié beaucoup ; ses études, son amour-propre, sa vie de femme et... l'homme qu'elle aimait. Aujourd'hui, elle ne veut pas de l'argent de Cédric, tout ce qu'elle souhaite, c'est que Charles puisse finir sa vie dans les meilleures conditions, pas dans un mouroir médicalisé. Elle sait que si elle demande le divorce, elle risque de tout anéantir. Car Cédric n'aura aucune pitié. Annabelle préfère ne pas y penser.

Vers 18 heures, après une très courte sieste, Annabelle se prépare pour rejoindre le Néon d'argent. Afin d'augmenter ses revenus, elle travaille comme serveuse dans un bar un vin, trois soirs par semaine, du jeudi au samedi.

Elle se maquille un peu, coiffe ses longs cheveux blonds en un chignon désordonné, enfile un chemisier blanc, un pantalon cigarette noir et sa paire de ballerines. Emmitouflée dans son manteau, elle quitte l'immeuble sous un vent glacial.

Le Néon d'argent est un endroit pour clients privilégiés. Tout y est plus cher qu'ailleurs, mais la déco et l'ambiance qu'il offre n'ont pas leur pareil. De bons vins, de bons whiskys, des fauteuils confortables, des vitraux par endroits, on a un peu l'impression de se retrouver dans un salon du XIXe siècle. Annabelle y fait des extras depuis un mois et demi et s'y rend avec plaisir. Le patron est sympa, ses collègues bien plus jeunes qu'elle et bourrés d'énergie. Quand elle arrive, Steffy, la barmaid, termine d'ajouter des peaux d'orange dans son rhum arrangé. D'aucuns diraient qu'elle fait les meilleurs de la ville. Steffy s'essuie les mains et se tourne vers Annabelle.

— Salut, bombasse ! J'espère que t'aimes le jazz, ce soir, on y a droit !

Annabelle jette un œil dans le fond de la salle, des musiciens sont en train de s'installer. Elle sourit et retire son manteau.

— À part que ça m'endort, je n'ai rien contre. Il y a déjà du monde...

— Comme toujours le vendredi ! Dépêche-toi, Éric est d'une humeur de chien. Il a reçu un recommandé ce matin, ajoute-t-elle en gloussant.

Annabelle hoche la tête et traverse le bar pour rejoindre les vestiaires. Le bureau du patron, Éric Soulas, est juste en face. La porte est ouverte. Il est devant sa table et semble éplucher une liasse de documents comptables, le front soucieux.

— Bonsoir ! lance Annabelle.

— Soir...

Steffy l'avait prévenue. Quelque chose ne tourne pas rond.

Annabelle accroche ses vêtements à un cintre et, pendant qu'elle noue son tablier noir autour de la taille, se rapproche de l'embrasure de la porte.

— Je peux faire quelque chose pour vous ?

Éric Soulas lève la tête et affiche un air surpris. C'est un homme d'une quarantaine d'années, ils doivent avoir le même âge avec Annabelle. Ils font à peu près la même taille, mais conçu comme une armoire à glace, le crâne rasé, le nez un peu tordu et le regard dur, Éric dégage un charisme digne d'un boxeur. Ici, pas grand monde n'ose le contredire ni le déranger quand il est occupé, ce qu'Annabelle vient pourtant de faire.

— C'est gentil de proposer, mais non, j'ai juste besoin de concentration.

Elle s'autorise un sourire amusé, lisse le petit logo argenté brodé sur la poche de son tablier et s'apprête à commencer son service.

— Annabelle, la retient Éric avant qu'elle ne disparaisse. En fait, si... est-ce que vous pouvez dire aux musiciens de jouer moins fort ?

— De jouer moins fort ? Mais ils n'ont pas encore commencé.

Éric lui fait un clin d'œil.

— Quand ce sera le cas, alors.

Annabelle disparaît en riant. Éric est ce qu'il est, et dirige son établissement d'une poigne de fer depuis dix ans, mais il ne manque pas d'humour et d'humanité. Elle se souvient de leur première rencontre il y a quelques mois. Elle était passée devant le Néon d'argent où une affiche « cherche serveur » avait été accrochée à la vitrine. Éric l'avait scrutée, l'air étonné qu'elle ait passé leur porte. Il n'avait pas mis cinq minutes avant de comprendre qu'Annabelle n'avait encore jamais vraiment eu l'occasion de travailler. Elle était habillée avec goût, possédait une diction parfaite et un physique très appréciable, il lui a dit avoir estimé ne pas prendre de risque en l'engageant. Mais ce qui a vraiment fait pencher la balance en faveur d'Annabelle, c'est la réponse qu'elle lui a donnée quand il lui a demandé pourquoi elle voulait travailler ici. Elle avait répondu sans même réfléchir « parce qu'ici, je ne suis personne ». Éric l'avait longuement regardée, puis avait tendu la main, leur accord était scellé.

— Grouille, il y a du monde, lui dit Patrice, le collègue avec qui elle partage le service.

Grand, fin et aussi agile qu'un gymnaste, il se glisse entre les tables avec un plateau semblant deux fois plus lourd que lui. Annabelle se dépêche, va récupérer un bloc-notes et un stylo derrière le comptoir.

— Un groupe vient de s'installer aux tables devant la vitrine, l'informe Steffy. Il n'est pas 19 heures et les mecs sont déjà bien excités. Bon courage !

L'endroit est plutôt huppé, mais les bonnes manières ne sont pourtant pas toujours au rendez-vous. Annabelle ne compte pas le nombre de fois où ses interlocuteurs se sont adressés à ses seins plutôt qu'à elle. Elle pourrait jouer les offusquées, se dire qu'elle est tombée bien pas, mais en réalité, ce qui se passe ici ou dans les cocktails de monsieur l'ambassadeur, c'est du pareil au même. Les amis de son futur ex-mari n'éprouvaient aucune gêne à la regarder tel un morceau de viande sur un étal de boucher. Ça rendait fier Cédric, mais si elle avait le malheur de trop sourire ou d'attirer trop de compliments, il lui rappelait devant tout le monde que son physique, c'était tout ce qu'elle avait, et que si son intelligence était mise à nu comme elle exposait son décolleté, personne ne prendrait la peine de lui adresser la parole. Ça faisait rire tout le monde. Ils cachaient leur gêne ou essayaient de détendre l'atmosphère, mais ils riaient. Il a fallu des années à Annabelle pour qu'elle annexe son orgueil au plus profond d'elle-même, se taise et apprenne à jouer les idiotes en toutes circonstances. Mieux vaut sourire à l'humiliation que lui laisser voir ses larmes.

Maîtresse d'elle-même, Annabelle s'approche de la table et offre un visage avenant.

— Bonsoir, messieurs, qu'est-ce que je vous sers ?

Six visages se tournent vers elle.

Il y a un moment de flottement, Annabelle reconnaît l'un d'entre eux. C'est Gérard Dumontel, un confrère de Cédric, il travaille à la clinique comme radiologue. Il ne saura pas à quel point cette rencontre inattendue la refroidit de l'intérieur. Depuis sa séparation avec Cédric, elle n'a encore jamais rencontré quelqu'un de leur entourage, elle a toujours veillé à ne pas se retrouver aux mauvais endroits, pour ne pas expliquer, pour ne pas se justifier. Elle en pleurerait.

Leurs regards s'accrochent, il semble ne pas comprendre ce qu'elle fait là. Il ne sait pas à quel point le cœur d'Annabelle est en train de cogner dans sa poitrine. Elle fixe les yeux sur ses lèvres, devine les questions qu'il s'apprête à poser, mais qu'il retient *in extremis.* En bonne intelligence, il fait même semblant de ne pas la reconnaître.

— Un *single malt.* Sec, s'il vous plaît.

Les mains tremblantes, Annabelle prend la commande de chacun et retourne au comptoir glisser le bout de papier à Steffy.

— Hé ! Tu es blanche comme neige, tout va bien ?

Annabelle ouvre un bouton de son chemisier, elle a l'impression d'étouffer.

— Non… Pardonne-moi, tu peux te charger de leur servir leurs verres ?

— Pas de problème, mais... qu'est-ce qu'il t'arrive ?

Annabelle lève la main et se précipite vers les vestiaires. Elle s'enferme dans les toilettes et s'assied sur la cuvette, incapable de retenir ses larmes. Car tout ne se résume pas à croiser un homme qui connaît son ex-mari ou à montrer à quel point elle n'a plus le même train de vie. Ce qu'elle ne veut pas, c'est qu'il sache, lui. Qu'il vienne ici, qu'il prenne la place de ces gens et la regarde, la scrute, l'observe avec un sourire narquois. Elle ne l'a pas revu depuis qu'elle est partie et ne se sent pas la force de déjà l'affronter. Vingt ans de vie commune avec cet homme l'ont rendue incapable de ne pas trembler devant lui. Elle préfère le laisser croire qu'elle pourrait revenir un jour plutôt que sceller son intention de le rayer de sa vie. Il lui faut du temps, encore un peu plus de temps pour guérir... Sa rencontre, ce soir, avec Gérard Dumontel pourrait ne pas lui en donner l'occasion. Une bouffée d'angoisse lui monte dans la gorge, elle est incapable de réprimer le sanglot qu'elle essaie d'étouffer, en vain.

— Annabelle, vous vous sentez bien ?

— Oui, Éric, ça va, j'arrive tout de suite.

Elle s'essuie le visage avec un peu de papier toilette et tire la chasse d'eau avant de sortir. Éric l'attend derrière la porte, le visage grave.

— Que se passe-t-il ?

Inutile de feindre que tout va bien. Dans la mesure où il l'a probablement vue courir jusqu'aux toilettes, il n'en croirait pas un mot.

— Un problème avec un client ? insiste-t-il.

— Non, pas du tout. J'ai juste eu un haut-le-cœur.

Il fronce les sourcils.

— Et vous avez vomi, c'est pour ça que vous avez les yeux rouges, en déduit-il, bien moins convaincu qu'Annabelle ne le voudrait.

Mais elle joue le jeu, puisqu'il a l'air de lui tendre une perche pour qu'elle n'ait pas plus d'explications à donner.

— Exactement, mais je me sens mieux, à présent.

— OK. Dans ce cas, retournez en salle et évitez de dégobiller sur les clients.

Annabelle resserre sa queue-de-cheval, prête à reprendre son service.

— Annabelle ? l'arrête Éric en rejoignant son bureau. Nous ne sommes pas une annexe des urgences ; si vous vous sentez mal, rentrez chez vous.

Il ne la regarde pas, mais elle acquiesce et disparaît.

— Tout va bien ? s'inquiète Patrice, l'autre serveur, en venant récupérer un plateau.

Annabelle jette un œil à la table de Gérard Dumontel. Il lui tourne le dos.

— Oui, merci... Patrice, je sais que tu n'aimes pas les changements de dernière minute, mais... tu veux bien qu'on échange nos zones ? S'il te plaît ?

Il lève les yeux au ciel et lâche un soupir exagéré.

— J'ai un ticket avec le bassiste, tu fais vraiment chier.

Annabelle lui sourit et se retient de ne pas lui claquer une bise sur la joue.

— Merci !

— Ouais, bon, assez discuté, les consos ne vont pas se servir toutes seules, râle Steffy en désignant le plateau. Table 12 !

— Je te revaudrai ça, promet Annabelle à Patrice.

— J'y compte bien. Allez, j'ai des pourboires à ramasser.

Vers 2 heures du matin, la salle est vide, propre, le rideau métallique est tiré et les musiciens sont partis. Le groupe de Gérard Dumontel est resté deux bonnes heures, et pas une fois le regard du radiologue n'a recroisé celui d'Annabelle. Il a eu la décence de rester discret, mais la boule qui comprimait le ventre d'Annabelle ne l'a pas quittée de toute la soirée. Quand Éric propose à l'équipe de partager une planche de charcuterie et fromage avant de partir, elle est incapable d'avaler quoi que ce soit. Éric débouche une bouteille de nuits-saint-georges et la pose sur la table.

— Servez-vous, dit-il à l'attention de Patrice et Steffy. Annabelle, vous pouvez venir dans mon bureau une minute, s'il vous plaît ?

Elle croise les regards surpris de ses collègues, puis le suit.

Éric ne s'installe pas sur son fauteuil, mais sur le bord de la table. Annabelle referme la porte derrière elle et reste immobile. Elle attend.

— Je vous ai observée toute la soirée, vous aviez l'air encore plus contrariée que moi, et vous avez échangé votre zone avec Patrice. Qu'est-ce qui vous a mis dans cet état, tout à l'heure ?

— Éric, je suis désolée, vraiment. Rien de grave, c'est personnel.

— Le personnel n'a rien à faire ici, lui rappelle-t-il.

— Vous avez raison, et ça ne se reproduira pas.

Elle ne le quitte pas des yeux quand elle prononce cette phrase. Elle veut qu'il sache qu'il peut compter sur elle. Elle ne peut pas se permettre de perdre ce job, et Éric le sait, même s'il n'en connaît pas la raison. Elle veut qu'il ait confiance en elle et en sa fiabilité.

— Je sais que vous ferez tout ce qu'il faut pour, lui assure-t-il, mais si, pour une raison ou pour une autre, quelqu'un vous ennuie alors que vous êtes en poste, je veux le savoir.

— Ce n'est pas le cas, mais d'accord...

Avant de se lever, Éric la fixe encore quelques secondes, donnant l'impression de passer un contrat tacite avec elle ; elle laisse ses problèmes au vestiaire, et lui, il veille sur elle tant qu'elle est sous sa responsabilité, ici, au Néon d'argent. L'entretien est bref, mais clair.

— Allons-y, décrète-t-il, j'aimerais me coucher avant 3 heures du matin.

Annabelle acquiesce, elle rembauche à 8 heures le lendemain, avec un usager qu'elle doit emmener au marché. Elle va être épuisée.

4

Évidemment, personne n'a pensé à recharger le réservoir...

Antoine fulmine en débranchant la cafetière en urgence. C'est comme ça tous les lundis. L'appareil finit par se calmer dans une succession de borborygmes. Il ouvre le placard mural et en sort une bouteille d'eau minérale presque vide.

L'ironie de la situation ne lui échappe pas. Les coupes budgétaires frappent le personnel de plein fouet, mais on ne lésine pas à la dépense quand il s'agit d'acheter une cafetière à expresso haute pression et broyeur à grains dernier cri. Ou comment tenter de noyer le poisson à coups de petites attentions.

Antoine pourrait très bien prendre son café dans son bureau où l'attend sa Nespresso personnelle, mais il a besoin d'être au plus près de ses collègues afin de montrer qu'il fait corps avec eux face aux bouleversements financiers que connaît la clinique. S'isoler dans sa tour d'ivoire serait désastreux pour le moral des troupes. Et puis cette salle de repos est comme un sas de décompression après la visite quotidienne de ses petits malades. Le cas du jeune Léopold le perturbe comme rarement un patient l'a poussé dans ses retranchements.

Quand Antoine s'est spécialisé dans l'oncologie pédiatrique, son mentor n'a eu cesse de le prévenir : « Ces jeunes malades te donneront les plus grandes leçons de toute ta vie de médecin. Tes sentiments oscilleront entre l'injustice et la compassion, la révolte et la fatalité, la joie et la tristesse. Il te faudra museler ta colère face à la souffrance, la laisser te stimuler, et pas t'aveugler. Quelle que soit la tempête dans ton cœur, tu ne dois jamais la montrer à ces enfants. Tu seras leur seul repère, et en ce sens, tu te dois d'être une figure calme et rassurante. Et... ne t'attache pas trop à eux. »

Cette dernière phrase, le jeune Antoine l'avait prise comme un concentré de cynisme qui l'avait profondément choqué. Vingt ans plus tard, il reconnaissait que son professeur lui avait dispensé le meilleur des conseils. Côtoyer la mort et les larmes au quotidien oblige à se protéger émotionnellement. Face à la souffrance et aux angoisses des familles, il n'a pas le droit de paraître ébranlé, hésitant ou fuyant. Rien n'est pire que le doute, et il se doit d'apporter toutes les réponses aux questions qu'on lui pose. Même les plus dures.

En ouvrant le robinet de l'évier pour remplir le réservoir de la cafetière, un jet d'eau froide asperge sa blouse et sa cravate.

— Mais c'est pas vrai !

Il attrape un rouleau d'essuie-tout pour éponger le plus gros de la fuite, quand une voix dans son dos le fait se retourner.

— Des soucis, Antoine ?

Le médecin dévisage le nouvel arrivant. Gérard Dumontel, l'un des deux radiologues du service. Un excellent praticien, avec lequel il travaille depuis plusieurs années maintenant. D'un geste las, Antoine désigne l'évier et la paillasse.

— Rien de grave. Simplement, les gens pourraient penser à ceux qui suivent et qui voudraient bien se servir un café sans se faire tremper de la tête aux pieds.

Dumontel arbore un petit sourire complice, s'assoit et extrait une barre chocolatée de sa blouse tandis qu'Antoine finit de nettoyer les dégâts et lance enfin le café tant désiré.

Les yeux rivés sur sa tasse en train de se remplir, il souffle :

— Je reviens de la consultation du petit Léopold Adamcki...

Gérard Dumontel avale sa bouchée.

— Ah.

Dans le service, tout le monde connaît le cas de ce jeune patient, et de l'étrange relation qu'il est en train de tisser avec le docteur Saint-Armand. Ce garçon de dix ans a développé un glioblastome. Une tumeur au cerveau ne laissant que peu de chances de survie. Léopold a déclenché une pathologie cancéreuse qui touche exclusivement des patients après cinquante ans, et dont le diagnostic est extrêmement funeste. Et pourtant, en dépit d'un traitement lourd et douloureux, l'enfant irradie d'une joie de vivre défiant l'entendement.

Le garçon, d'une intelligence aiguë, est tout à fait conscient de la gravité de sa situation. Malgré cela, comme beaucoup de petits patients hospitalisés dans le service, il impressionne docteurs et aides-soignantes par sa résilience, son humour et sa force de caractère.

— Je pense à un nouveau protocole de soins, explique Antoine en saisissant sa tasse. Une chirurgie d'exérèse suivie d'une radio-chimiothérapie.

Gérard Dumontel acquiesce, muet. Antoine n'est pas dupe.

— Tu n'y crois pas, c'est ça ?

Le radiologue lève les mains, peu soucieux de s'aventurer sur ce terrain.

— Je n'ai rien dit de tel, Antoine. C'est toi le spécialiste, pas moi. Juste...

Il s'interrompt, mais Antoine le relance :

— Nous sommes entre professionnels, Gérard, et c'est toi qui lui fais passer tous ses scanners. J'ai besoin de ton avis.

Dumontel soupire, engouffre le reste de sa barre et déglutit avec difficulté.

— Très bien. Tu as vu comme moi l'évolution de la tumeur dans l'hémisphère. Elle est malheureusement déjà bien infiltrée dans le parenchyme cérébral. L'ablation est plus que délicate, et aura de toute façon des conséquences importantes. Tu connais les chiffres mieux que moi, Antoine...

Ce dernier ne répond pas. Il plisse les yeux et porte la tasse à ses lèvres. Bien sûr qu'il les connaît, ces chiffres. Deux mille cinq cents cas de cancers infantiles chaque année en France. Cinq cents morts annuels. Le glioblastome est le second cancer le plus mortel chez l'enfant, le troisième chez l'adulte.

Et alors, on fait quoi ? On baisse les bras ? On se soumet à la loi implacable des chiffres, comme le conseil d'adminis-tration de l'hôpital le fait avec son budget ? Antoine n'a jamais laissé des statistiques lui dicter sa conduite.

— Je les connais, Gérard. Et ces chiffres disent également que quatre enfants cancéreux sur cinq en guérissent aujourd'hui. C'est ce chiffre-là qui me stimule, moi. Il est hors de question qu'on laisse ce gamin crever sans rien tenter.

— Tu as raison, Antoine. Bien sûr...

Le professionnalisme et la volonté inoxydable du docteur Saint-Armand ont depuis longtemps dépassé les murs de la clinique Saint-Roch. Il est de cette race de docteurs qui n'abandonnent que lorsque l'impossible a été réalisé, ou que la souffrance du patient oblige à renoncer. Mais tant qu'il reste une once d'espoir, il ne lâche rien.

Antoine n'est pas un doux idéaliste. Il sait s'avouer vaincu quand il le faut, mais il a la tête sur les épaules et la force de ses convictions. Ne lui est-il pas arrivé de sauver certains patients dont le pronostic était pourtant négatif ? Tout le service a encore en mémoire le cas du jeune Paul de Bérail, condamné par l'ensemble du corps médical pour une leucémie agressive, mais qu'Antoine avait arraché à une mort programmée. Et si l'histoire se répétait ?

Un long silence s'installe entre les deux hommes, que Gérard Dumontel décide de rompre en changeant de sujet.

— Tiens, tu ne devineras jamais qui j'ai croisé, il y a trois jours, dans un bar à vin. Annabelle Berckin, l'ex-femme du patron. Enfin, je ne sais pas si elle s'appelle toujours ainsi, je suppose que oui, mais c'était elle, j'en suis sûr...

En entendant le nom de son amour de jeunesse, Antoine ne peut réprimer un spasme, et quelques gouttes de café viennent maculer sa blouse déjà trempée. Dumontel n'a rien remarqué et poursuit :

— Mais tiens-toi bien, le plus incroyable, c'est que je ne l'ai pas vue en tant que cliente, mais en tant qu'employée. Tu t'imagines, toi ? La femme du big boss, serveuse dans un bar ?

Antoine en a le souffle coupé. Il s'assoit en tâchant de ne rien laisser paraître de son trouble. Qu'est-ce que c'est que cette histoire ? Annabelle, serveuse dans un troquet ? Ce n'est pas possible.

— Et... tu es sûr que c'était bien elle ? demande-t-il de la façon la plus détachée possible. Tu n'as pas pu te tromper ? Avoue que ce serait étrange, tout de même.

— Je suis catégorique, assène le radiologue. C'est un café assez chicos, le Néon d'argent, plutôt son genre d'ailleurs, mais en tant que cliente, tu vois ? Elle m'a reconnu, et j'ai tout de suite compris qu'elle ne voulait pas que je lui parle devant tout le monde. De mon côté, je n'ai pas voulu la gêner davantage. D'ailleurs, elle ne s'est plus approchée de notre table de toute la soirée.

Il laisse passer quelques secondes et reprend :

— Qu'est-ce qui lui est arrivé ? Même si le patron et elle sont séparés, elle a quand même dû récupérer un beau paquet de fric, non ?

Antoine essaie de paraître désinvolte, mais sous son crâne, les interrogations s'entrechoquent. Quatre mois plus tôt, après qu'il avait mis sa main dans la figure de son mari, Annabelle avait été très claire : elle ne voulait plus avoir de contacts avec quiconque. Sa décision était sans appel, et bien qu'elle lui eût malmené un cœur déjà mal rafistolé, il l'avait respectée. Face à sa volonté inflexible, il n'avait pas tenté de prendre de ses nouvelles. Et de toute façon, pour faire quoi ? En avait-il seulement envie ?

Fidèle à ses habitudes, Antoine s'était plongé corps et âme dans le travail, multipliant les aventures sans lendemain, tâchant en vain de se sortir de la tête cette femme si fière et si inaccessible qu'est Annabelle Berckin-Saulier.

— Je ne sais pas, finit-il par répondre à son collègue. Tu en as parlé à Cédric ?

— Tu es fou ? s'exclame Dumontel. Tu me vois aller le voir pour lui demander s'il sait que sa femme travaille dans un bar ? Quand on sait comment il aimait à l'exhiber comme un trophée dans tous ses cocktails, ce n'est pas moi qui irai soulever les tentures pour voir ce qui se passe derrière tout ce cirque.

— Oui, bien sûr... Tu as sans doute raison.

Parler d'autre chose. Ne pas montrer que cette nouvelle le perturbe. Antoine se lève un peu trop brusquement et, montrant du doigt sa blouse humide et tachée :

— Excuse-moi, Gérard, il faut que j'aille me changer. On se revoit très vite pour le protocole d'intervention du petit Léopold, d'accord ?

Il ne laisse pas le temps au radiologue de répondre, sort de la salle de repos en trois enjambées et regagne son bureau en trombe, sous les yeux éberlués de Meredith.

Il claque la porte derrière lui, arrache sa blouse et manque faire sauter les boutons de sa chemise. Torse nu au beau milieu de son bureau, il s'arrête soudain et s'oblige à respirer profondément. Cet accès de nervosité est ridicule. Pourquoi se mettre dans des états pareils ? Après tout, Annabelle a été très claire : elle ne veut d'aide de personne, et n'a pas l'intention de laisser quiconque d'autre entrer dans sa vie. Alors pourquoi continuer à se retourner l'âme pour une beauté si froide et égoïste ? Et puis Gérard a raison, elle a bien dû mettre un paquet d'argent de côté, cette mascarade ne fait sûrement que l'occuper.

Antoine se fait craquer le cou et regagne son bureau. Il ouvre un tiroir dont il extrait une chemise propre parfaitement repassée.

Debout devant le miroir, en train de peaufiner son nœud de cravate, il repense alors à la discussion houleuse avec Cédric Berckin, quatre jours plus tôt. Au fiel qui imprégnait chacune de ses paroles dès qu'il évoquait Annabelle, et surtout aux menaces à peine voilées concernant le frère de cette dernière.

Antoine suspend son geste. Cette ordure aurait-elle mis sa menace à exécution ? Cet emploi de serveuse est-il destiné à aider Annabelle à financer les soins de son petit frère ?

Il secoue la tête. C'est ridicule, les frais médicaux engagés sont si importants qu'un maigre salaire d'employée de salle ne suffirait pas à en assurer le quart, et Cédric n'oserait quand même pas...

Lui revient alors en mémoire le verdict sans appel de Jane Stewart, quelques mois auparavant lors d'une soirée de gala. Jane avait surpris Cédric Berckin en train de malmener Annabelle qu'elle avait retrouvée en larmes dans les toilettes. L'avocate en avait déduit que Cédric avait tout du pervers narcissique. Antoine avait alors cherché à nuancer ses propos, mais aujourd'hui, cette hypothèse prend chair et le glace d'effroi. A-t-elle vécu cette pression pendant longtemps ? Antoine ne sait rien de leur relation. Blessé dans son âme, il n'a jamais cherché à savoir. Tout ce qu'il a voulu faire, c'est ramasser les morceaux de son cœur brisé sans espoir de savoir les recoller.

D'exaspération, il arrache sa cravate, attrape son téléphone et fait défiler le répertoire. Trois sonneries et, Dieu merci, son interlocutrice décroche.

— Bonjour Jane, c'est Antoine. Tu aurais quelques minutes à m'accorder ?

Jane s'est installée en France, avec Martin et leur fils Louis. Elle s'est associée à Adrien de Bérail et partage les mêmes locaux. Une belle plaque en bronze orne la porte du cabinet : *De Bérail & Stewart*. Ça en jette. Antoine a toujours trouvé que Jane était une avocate brillante, et sa réputation est telle qu'il est étonné qu'elle ait réussi à se libérer si vite pour le recevoir. D'autant que pendant un mois, elle est seule à diriger le cabinet, Adrien étant sur une grosse affaire au Luxembourg.

Antoine pénètre dans le bureau, accueilli par la rousse incendiaire dont les longs cheveux bouclés arrivent en dessous des épaules. Il l'a toujours pensé, Jane est l'une de plus belles femmes qu'il lui ait été donné de rencontrer.

— Je te remercie de m'avoir reçu aussi rapidement, Jane. Comment vont Martin et votre fils ?

— Tout le monde va bien, dit-elle avec un fort accent américain. Mais je suppose que tu n'es pas venu pour prendre des nouvelles de ma famille.

— Tu as raison...

Jane se dirige vers une table basse, attrape une Thermos chromée, leur sert deux cafés et l'invite à s'asseoir. Antoine ne peut s'empêcher de sourire devant l'assurance qui transpire de chacun de ses gestes. Jane Stewart a longtemps été une femme libre et indépendante, des qualités qui séduisaient ses nombreuses conquêtes masculines autant qu'elles les faisaient fuir. Volontiers cassante et arrogante, il lui aura fallu une aventure tumultueuse avec Martin Legrand pour que son humanité affleure et qu'elle tombe enfin l'armure dans laquelle elle aimait à se réfugier. Elle reste néanmoins une avocate redoutable et redoutée, qui force l'admiration. Il est inutile de tergiverser avec une femme de cette trempe, aussi Antoine lâche-t-il :

— C'est au sujet d'Annabelle.

Petit sourire en coin de Jane.

— C'est le contraire qui m'aurait étonnée, dit-elle sans une once de moquerie. Que se passe-t-il ? Je pensais que tu n'étais plus en contact avec elle.

— C'est toujours le cas. Mais toi, tu as des nouvelles ?

Jane lève un sourcil inquiet.

— Moi ? Non. Tu sais bien qu'elle a fait le vide autour d'elle quand elle a quitté Cédric. Elle a décrété qu'elle ne voulait plus voir personne, et je serais bien la dernière à lui jeter la pierre. Pourquoi me poses-tu cette question, il y a un problème ?

Antoine se passe la main dans les cheveux, ne sachant par où commencer.

— Écoute, c'est certainement très bête, mais un de mes collègues affirme l'avoir vue servir dans un bar.

Jane Stewart a beau être rompue aux joutes verbales dans les prétoires, elle manque tout de même recracher son café.

— Attends, on parle bien d'Annabelle Berckin ? s'esclaffe-t-elle. La madone des soirées de l'ambassadeur ? Qui porte sur elle des bijoux hors de prix ? Annabelle, serveuse dans un café ? Ton ami a dû confondre, ça n'est pas possible.

Antoine ne sait sur quel pied danser. Il objecte :

— Oui, c'est ce que j'ai d'abord pensé, bien sûr, mais... Mais j'ai toutes les raisons de le croire.

À l'hilarité succède le sérieux. Jane se penche et demande :

— Antoine... Qu'est-ce qui te laisse penser que c'est Annabelle ?

— Je savais qu'après être partie de chez elle, elle avait trouvé un petit appartement dans le 10e, loin de ses standards habituels, mais je supposais qu'elle avait largement de quoi subsister.

— Hum. À ce que je sache, le divorce n'a pas été prononcé. Donc sans jugement, pas de pension ni de division des biens. Autrement dit, si Cédric ne lui verse rien, il n'est pas dit qu'elle ait forcément de quoi subvenir à ses besoins.

L'analyse de l'avocate coupe le souffle d'Antoine. Il n'y avait pas pensé une seule seconde. C'est pourtant tellement évident.

— Ce n'est pas tout, poursuit-il d'une voix blanche. J'ai eu une discussion avec lui il y a quelques jours. Il m'a laissé entendre à demi-mot qu'il ne tenait qu'à lui d'arrêter de payer les frais d'hospitalisation du frère d'Annabelle. Pour se venger.

— L'ordure ! fulmine Jane.

— Tu l'en crois capable ?

— Si je l'en crois capable ? Antoine, te souviens-tu de la dernière chose que je t'ai dite à son sujet ?

Le médecin baisse la tête et murmure :

— Que Cédric était un manipulateur narcissique...

— Et cette situation nous le confirme, bouillonne l'avocate. Bon sang, peu importe qu'il soit dans la légalité ou non par rapport à Annabelle et sa famille, le simple fait qu'il s'en vante prouve à quel point il cherche à garder son ascendant sur cette pauvre fille. Je déteste employer cette expression, Antoine, mais je te l'avais bien dit...

— Et je regrette de ne pas t'avoir prise au sérieux, crois-le bien.

Jane ne répond pas tout de suite. Elle se relève, lisse sa jupe et va contempler la rue en contrebas par la grande fenêtre. Antoine respecte sa réflexion, et ressent un soulagement quand elle finit par réintégrer le canapé.

— La première question que tu dois te poser, Antoine, c'est si *tu* as envie de faire quelque chose.

— Je ne sais pas, répond-il avec honnêteté.

Jane soupire.

— Je comprends... Écoute, c'est à la fois simple et complexe. Il faudrait déjà savoir ce qui est légalement acté entre Annabelle et Cédric, tant au niveau de leur contrat de mariage que par rapport à son frère. La manipulation et le harcèlement auxquels il doit se livrer peuvent être ravageurs, mais face à ce fléau, heureusement, la loi reste la loi, et Cédric ne peut agir en toute impunité. Le souci, c'est qu'Annabelle s'est coupée de tout le monde, et que si elle n'entame aucune démarche d'elle-même, on ne peut rien faire à sa place. Fière comme on la connaît, je doute qu'elle revienne nous voir de son propre chef, et je me vois mal l'appeler la bouche en cœur pour lui demander si elle a besoin d'aide.

— Qu'est-ce qu'il reste comme alternative, alors ?

Jane fixe Antoine dans les yeux, de son regard implacable auquel il est impossible de se soustraire.

— Je vais être directe : éprouves-tu toujours des sentiments pour elle ?

Antoine aimerait se lever et quitter ce bureau devenu soudain oppressant, marcher à grandes enjambées dans les rues de Paris en se foutant de tout, des amours de jeunesse contrariées comme des enfants qui meurent. Mais il n'en fait rien et, sans ciller, répond d'une voix ferme :

— Je veux juste savoir si elle va bien.

Un sourire bienveillant étire les lèvres de l'avocate.

— Dans ce cas... Comment as-tu dit que s'appelait le bar où ton collègue l'a vue, déjà ?

— Le Néon d'argent.

— Bien. Comme je suppose que personne ne t'attend chez toi le soir, je te conseille d'aller y boire un verre un de ces quatre, en sortant du travail.

Antoine ne lâche pas Jane des yeux.

Très bien. C'est ce qu'il fera.

5

Albertine vit dans un appartement rempli de souvenirs heureux, entourée de photos d'un Paris d'un autre temps, de bibelots hérités de sa famille, de bouquets de fleurs séchées et de meubles doyens, témoins de chaque instant de sa longue et belle vie. Elle y a presque toujours vécu. Albertine aime se réveiller ici tous les matins, retrouver l'odeur familière du café et prendre son petit déjeuner dans son fauteuil de velours marron, devant la fenêtre donnant sur les jardins du parc Monceau. La journée, elle crochète, tricote, brode, se rappelle. En presque cent ans, on peut passer le reste de sa vie à ne faire que se souvenir de ce qu'on a été, aimé, et perdu.

Albertine Petit, épouse Lilas, est bien née, et a eu une existence bien remplie. Elle ne s'est jamais ennuyée. Sa mère était professeure des écoles dans l'un des premiers établissements mixtes parisiens, son père en était le directeur. Ils avaient une vie confortable et avaient chacun hérité de la fortune et des biens de leurs parents. Les Petit étaient amoureux de tout, ainsi ont-ils beaucoup voyagé, appris à leur fille plusieurs langues, dont deux mortes, le latin et le grec, et lui ont inculqué le goût de la curiosité.

Albertine s'est mariée trop tôt, et si ses parents l'ont soutenue, ils lui en ont beaucoup voulu. Mais l'impétueuse jeune fille était d'une époque où le ventre d'une femme ne devait pas s'arrondir avant le mariage. Lucien Lilas et Albertine Petit se sont enflammés et ont dû se marier.

Quelques mois avant la déclaration de la Seconde Guerre mondiale, les Petit ont été mutés dans le sud de la France où ils sont restés jusqu'à leur mort.

Leur fille, Ghislaine, est née peu après leur union, Lucien l'a à peine connue, il est décédé d'une mauvaise grippe un an après sa naissance. Albertine s'est consacrée à l'éducation de cette enfant qu'elle aimait de tout son cœur. Si les rêves des Petit pour leur fille s'étaient écroulés – Albertine n'a pas fait de grandes études, n'a pas exercé le métier qu'ils avaient espéré pour elle –, ils ont été des grands-parents admirables, protecteurs et bienveillants.

Puis Albertine est rentrée à Paris en 1955, retrouvant l'appartement familial du 8e. Elle avait vingt-huit ans, Ghislaine en avait onze. Elle a trouvé un emploi de réceptionniste dans un grand hôtel du 16e. Le salaire était convenable. En plus de l'argent que ses parents lui versaient chaque mois, Ghislaine et Albertine menaient un train de vie que bien des Parisiens leur auraient envié.

Comme ses parents l'avaient fait pour elle, Albertine avait beaucoup misé sur l'avenir de sa fille. Mais Ghislaine était libre et sauvage, et les années

1960 si douces. Un jour, elles ont appris qu'elle était enceinte, Ghislaine ne savait pas qui était le père. Elle est morte en couches des suites d'une embolie amniotique, elle avait tout juste dix-neuf ans. Emportée par le chagrin, la vie d'Albertine aurait pu s'arrêter là aussi, s'il n'y avait pas eu Jacques, ce petit être blond et joufflu qui avait survécu. Elle l'a élevé comme s'il s'était agi de son propre enfant. Jacques lui a apporté les meilleures années de sa vie. Il est devenu avocat, et quand il a eu trente ans, il a souhaité s'installer dans la maison familiale des Petit, à Saint-Paul-de-Vence.

Albertine s'empare du portrait de son petit-fils posé sur le guéridon et lui sourit. Il lui manque chaque jour. Le temps passe si vite...

La vieille dame regarde l'heure sur l'horloge en bois de rose qui appartenait à sa mère ; 10 heures, Annabelle ne devrait plus tarder.

C'est Jacques qui lui a demandé de faire appel aux services d'une dame de compagnie. Il n'est pas assez présent et déteste savoir que sa grand-mère est isolée. Albertine a accepté sans rechigner, elle savait que ça lui ferait du bien, elle se sentait seule, parfois, et Annabelle est une femme délicieuse et adorable. Si bien que, depuis qu'elle est entrée dans sa vie, les lundis, mercredis et vendredis sont devenus ses jours préférés.

Annabelle n'est pas très bavarde et n'aime pas se confier. Le secret qu'elle cache la rend plus touchante encore et donne envie à la vieille dame de lui apporter toute sa bienveillance et son soutien. Aussi a-t-elle quelque chose à proposer à Annabelle. Elle connaît les besoins de sa dame de compagnie, même si celle-ci ne s'en est jamais ouverte à elle.

La jeune femme ne porte aucun bijou, une paire de chaussures qu'elle ne semble jamais quitter, met presque toujours les mêmes vêtements, mais possède les manières d'une reine. Annabelle a eu un train de vie bien plus prestigieux que celui qu'elle a aujourd'hui, c'est évident. Albertine ne veut pas savoir pourquoi, elle souhaite juste lui tendre la main et adoucir son existence. Cette superbe femme semble en avoir besoin.

La nonagénaire se lève, débarrasse son plateau et rejoint la salle de bains pour se préparer. Il fait très beau aujourd'hui, elles sortiront se promener au parc.

*

Annabelle regarde sa montre, elle est en retard. Sa boîte aux lettres a encore été vandalisée ce matin. C'est la quatrième fois, mais à la différence de d'habitude, le coupable a été pris la main dans le sac par M. Benoit, le gardien, et ce dernier a menacé d'appeler la police. C'est parce qu'Annabelle l'en a dissuadé qu'il ne l'a pas fait. Il s'agit d'un gosse de seize ans à peine. Sa motivation, c'est le billet de cinquante euros qu'il reçoit chaque fois. Annabelle n'a pas eu besoin de lui demander qui lui donnait cet argent, elle le savait très bien. Le gardien a pris le nom et prénom du gosse, ainsi que le numéro de sa carte d'identité. S'il recommence, il aura rendez-vous au poste.

— Je ne sais pas qui vous veut du mal à ce point, mais vous devriez porter plainte, a de nouveau conseillé M. Benoit. Sans compter que ce n'est pas très bon pour l'image de la résidence. Je vais devoir en parler à votre propriétaire.

Annabelle lui a demandé de ne rien faire et lui a promis de s'occuper de régler le problème, que ça ne se reproduirait plus. Elle ne veut pas mettre le gamin dans une situation compliquée. Depuis quatre mois, Annabelle essaie de rassembler les morceaux d'elle-même laissés de côté pendant vingt ans. Plus que tout, elle veut se reconstruire, et elle n'a que trop conscience que la première étape commence par affronter celui qui a fait d'elle ce qu'elle est devenue. Mais le simple fait d'entendre la voix de Cédric la tétanise. Pendant toutes ces années, il a exercé sur elle un pouvoir et une pression continus. Elle revoit son visage fermé et glacial. Elle se souvient de ses silences prolongés quand elle avait fait quelque chose qui lui avait déplu, de ses petites phrases assassines, tranchantes et qui ne rataient jamais leur cible. Il la rabaissait et l'écrasait tout en prétendant ne vouloir que son bonheur, que le meilleur pour eux, tout en affirmant, après coup, que s'il avait été rude, c'était sa faute à elle, qu'elle l'avait poussé à bout, qu'il n'était comme ça avec personne d'autre.

Il y a une grande différence entre pratiquer la manipulation de temps en temps et être un manipulateur. Cédric a toujours sévi dans la deuxième catégorie, et seule Annabelle le sait.

En société, Cédric jouait un rôle. Tantôt drôle et affectueux, autoritaire, mais sécurisant, il distillait une impression de confiance. La mère de Cédric le voyait comme un homme de caractère, exemplaire, bon et généreux, intelligent, cultivé et altruiste. Elle ne cessait de rappeler à Annabelle la chance qu'elle avait de l'avoir, et combien son défunt mari aurait été fier de son fils. De l'extérieur, les gens regardaient Annabelle d'un air envieux, convaincus qu'elle vivait avec l'homme idéal et qu'elle n'avait aucune raison de se plaindre, qu'elle possédait tout ce qu'une femme peut rêver d'avoir. De fait, elle s'est longtemps sentie coupable de manquer de reconnaissance envers celui qui avait permis à son frère de vivre dans les meilleures conditions possibles. Et elle ? N'avait-elle pas été entourée de soie, de caviar et de diamants ? Oui, elle l'avait été, comme elle avait été enfermée dans une cage dorée, seule.

Elle n'a pas encore tourné la page, et tant qu'elle ne l'aura pas fait, elle sera dépendante de son passé.

Le bus s'arrête rue de Monceau, à deux pas de l'immeuble d'Albertine Lilas. Annabelle en descend, les jambes tremblantes. Elle resserre l'étoffe de son châle autour de ses épaules et court rejoindre le hall d'entrée pour sonner à l'interphone. Mme Lilas lui ouvre aussitôt.

Annabelle retrouve la vieille dame et son sourire bienveillant, et ça lui fait du bien.

— Chère Annabelle, comme je suis heureuse de vous voir. Entrez et ne restez pas sur le palier, vous avez l'air d'être frigorifiée !

— Bonjour, madame Lilas. Je vous prie de m'excuser pour mon retard.

— Albertine, la reprend-elle avec un air faussement sévère qui fait sourire Annabelle. Vous deviez m'appeler par mon prénom.

— Oui, Albertine, pardon.

— Installez-vous, je rapporte du café.

Annabelle rejoint le salon et s'assoit dans un des fauteuils tout près de la fenêtre.

Le rituel est toujours le même, Albertine fait le premier service, puis au fur et à mesure de la journée, c'est Annabelle qui prépare le thé et veille à ce qu'elle ne manque de rien.

— J'ai préparé un cake au citron, j'espère que vous aimez ça, lui dit Albertine en revenant avec un plateau.

Elle tremble un peu. Annabelle voudrait faire un geste pour l'aider, mais Albertine l'en dissuaderait aussitôt.

— Oui, je vous remercie.

— Servez-vous !

Annabelle ne se fait pas prier. Elle n'a rien eu le temps de manger avant de partir. Elle mord dans une part de gâteau avec délectation. Albertine fait toujours d'excellentes pâtisseries.

— J'aimerais beaucoup que nous allions nous promener au parc, ce matin. Quoique je vous trouve un peu pâlotte. Tout va bien ?

— Oui, pardonnez-moi. Une petite contrariété qui m'a mise en retard ce matin, rien de bien méchant.

Albertine la regarde d'un air suspicieux.

— On a vandalisé ma boîte aux lettres. Ce n'était pas la première fois, et le gardien de mon immeuble a pris le coupable la main dans le sac. Un adolescent. Il a fallu régler le problème.

— Une boîte aux lettres ? Quelle idée ! Cette jeunesse est tout à fait incompréhensible pour une vieille dame comme moi.

Annabelle lui rend un sourire un peu crispé, elle en a déjà bien assez dit.

Au bout d'une petite demi-heure, Albertine propose qu'elles profitent du soleil pendant qu'il y en a encore. Elles quittent l'appartement et pénètrent dans le parc Monceau par l'entrée principale où la rotonde de Chartre s'élève fièrement.

En cette saison, les arbres sont nus, mais la pelouse est verdoyante, entretenue comme un bijou précieux. À bien des égards, ce petit parc et ses curiosités historiques le sont. Un pont à l'italienne, les ruines d'une naumachie qu'on jurerait antique, une pyramide égyptienne, des statues de marbre, une grotte et sa cascade... Annabelle sait qu'Albertine a toujours beaucoup aimé ce lieu, elles y viennent une fois par semaine, et l'endroit préféré de la vieille dame, c'est l'unique banc de pierre en face du bassin et de ses colonnes corinthiennes.

Elles marchent un moment, observant les joggers, les amoureux en promenade, parlent de la pluie et du beau temps, puis elles atteignent l'emplacement tant convoité par Albertine et s'y assoient.

— C'est comme si ce banc m'attendait, commence Albertine en regardant au loin. Je ne l'ai jamais trouvé occupé en venant ici. Enfant, j'ai volé un canif à mon père pour y graver mes initiales. Je grattais en cachette chaque fois que nous y venions avec mes parents. Regardez, vous les trouverez juste en dessous. Je suis née Petit.

Annabelle se penche et les voit, un A et un P que l'usure du temps a patinés, mais pas effacés.

— Et vous, ma chère Annabelle, vous ne m'avez jamais parlé de votre enfance.

La première image qui vient à l'esprit d'Annabelle, c'est son petit frère. Avant lui, elle se souvient que le temps lui paraissait si long. Quand il est né, il est devenu sa lune et son soleil, elle voulait toujours s'occuper de lui.

— J'ai grandi dans un joli pavillon de banlieue. Mon père était ingénieur pour l'agroalimentaire, et ma mère était enseignante en école primaire, comme la vôtre.

— Ils sont tous les deux à la retraite ?

— Mon père en est tout proche. Quant à ma mère, elle ne travaille plus depuis longtemps. Elle s'est arrêtée deux ans après la naissance de mon frère.

— Ah.

Annabelle baisse les yeux sur ses doigts entremêlés. À quoi bon taire cette partie-là de sa vie ? Albertine veut partager quelque chose avec elle, Annabelle l'a compris.

— Charles est atteint d'une maladie orpheline qui a conduit mes parents à faire beaucoup de sacrifices. Lorsque Charles a pu être complètement pris en charge, ma mère était épuisée, incapable de renouer avec la vie professionnelle. Elle avait des années de repos à rattraper.

— De quoi souffre-t-il, si ce n'est pas trop indiscret ?

— La maladie de pierre. Ses os se calcifient et l'immobilisent. Il ne peut plus se déplier.

La main gantée d'Albertine se pose sur celles d'Annabelle.

— Je suis désolée de l'apprendre, ma petite.

« Ma petite. » Dans sa bouche, c'est si apaisant. Annabelle n'a connu aucun de ses grands-parents, Albertine est sans doute la personne la plus âgée qu'elle ait jamais côtoyée. Elle est touchée par l'affection que lui porte la vieille dame, et elle veut qu'elle sache que c'est partagé. Alors elle lui raconte le combat de son frère, celui de ses parents, mais elle ne parle pas de Cédric. Que vingt ans plus tôt, elle l'a épousé par dépit. Qu'il était de dix ans son aîné, qu'il n'était pas aussi beau que les hommes qu'elle aurait pu rencontrer, pas aussi beau qu'Antoine, mais qu'il l'aimait sincèrement et qu'il voulait faire d'elle sa femme. Elle avait cru pouvoir l'aimer en retour, mais ça n'a jamais été le cas, elle n'a pu lui donner que sa loyauté et sa reconnaissance, il n'a su le lui pardonner et il lui a fait payer.

— Où vit votre frère désormais ? lui demande Albertine.

— Dans une résidence spécialisée tout près de Fontainebleau.

Albertine s'abîme dans un étrange silence. Elle réfléchit, elle analyse, Annabelle l'a compris. Comment sa famille peut-elle parvenir à subvenir aux besoins si onéreux de leur fils ? C'est la question qu'elle se pose, que tout le monde se pose. Mais Albertine est une femme intelligente, elle n'insiste pas, du moins sur ce sujet.

— Annabelle, commence-t-elle d'un ton presque solennel, veuillez me pardonner mon observation. Les personnes âgées n'ont plus autant de filtres que quand elles étaient plus jeunes, et à presque cent ans, ce n'est pas près de s'arranger ! Vous avez de belles manières, et les vêtements que vous portez prouvent que votre train de vie a été bien meilleur qu'aujourd'hui. Je suppose que ce n'est pas par passion que vous faites ce métier, mais par obligation, je me trompe ?

— J'aime beaucoup ce que je fais.

— Je n'ai pas dit le contraire, mon petit, mais si la vie ne vous y avait pas obligée, vous ne seriez pas là, assise avec moi.

Annabelle soupire et lui sourit. Malgré elle, elle sent que ses yeux la picotent.

— Vous avez raison. En quittant mon époux, j'ai renoncé à une existence financièrement très confortable. Mais je ne regrette rien.

— Je sais, la rassure Albertine en lui tapotant la main, je sais. Vous occupez-vous de beaucoup de gens à part moi ?

— Quatre, mais vous êtes celle avec qui je passe le plus de temps.

— Parce que je suis celle qui paie le plus ! s'amuse-t-elle. Trêve de plaisanterie. Combien vous rémunère l'agence qui vous emploie ?

Surprise par la question, Annabelle écarquille les yeux.

— Eh bien... Mon taux horaire est au salaire minimum.

— Donc combien gagnez-vous par mois ? Ma question est indiscrète, mais pas dénuée d'intérêt.

Annabelle hésite à lui répondre. Elle pense comprendre ce que la vieille dame s'apprête à lui proposer, passer directement par elle pour se faire un peu plus d'argent. Mais Annabelle a signé un contrat très strict avec l'agence : elle ne s'engage sur aucun accord extérieur avec un ancien client, sans quoi elle perdrait la totalité de ses usagers. Elle ne peut se le permettre.

— Écoutez, Albertine, je sais ce que vous essayez de faire et je suis touchée par votre confiance, mais je n'y suis pas autorisée. Passer directement par vous entraînerait l'annulation de tous mes contrats à l'agence.

Albertine émet un petit claquement de langue agacé.

— Là n'est pas la question, ma chère. Combien vous rapportent tous vos contrats réunis par mois ?

— Oh ! laisse échapper Annabelle quand elle comprend que Mme Lilas est prête à la payer autant. Albertine, je...

— Je n'ai jamais été une femme égoïste, mais parfois, ça fait du bien de l'être. Ce que j'aimerais, Annabelle, c'est vous engager pour moi seule et augmenter nos heures ensemble. Je prendrais en charge vos trajets, l'essence et les frais kilométriques si vous devez prendre votre voiture, vos repas si nous déjeunons ensemble, vos congés payés, et votre couverture sociale. Cinq demi-journées par semaine. Nous alternerions matins et après-midi. Je vous propose 1800 euros bruts et vous offre le champagne d'ici quinze minutes si vous acceptez ma proposition.

1800 euros ? Annabelle ne sait pas quoi dire. C'est 1000 euros de plus que ce qu'elle gagne à l'agence. C'est même davantage que ce qu'elle gagne en ajoutant le salaire du Néon d'argent. Si elle cumule les deux, elle pourrait envisager de changer d'appartement ou de louer une voiture de temps en temps.

— C'est trop… s'entend-elle dire au lieu d'accepter.

— C'est beaucoup, mais ce n'est jamais trop quand il est question d'argent ! Et ne vous faites pas de souci pour moi. Si je vis dans un appartement comme le mien, c'est que j'ai des ressources. Et puis, je déduirai 50 % d'impôts de ce que je vous donne. Vous auriez tort de dire non. Et si ça peut vous rassurer, vous me rendriez même service !

Elle se tourne un peu plus vers elle et emprisonne ses mains dans les siennes.

— J'aime la vie, Annabelle, mais ce qu'il m'en reste n'est plus assez long pour que je ne profite pas de chaque instant. Votre compagnie est délicieuse et j'ai envie de terminer cette ligne droite avec une amie à mes côtés. Acceptez mon offre. S'il vous plaît.

Annabelle avale sa salive. Elle n'a pas été aussi bouleversée depuis si longtemps...

— D'accord, s'entend-elle dire.

Le visage de la vieille dame s'éclaire. Annabelle ne l'a jamais vue sourire de cette façon.

— Je vous laisse quand même prendre vos dispositions auprès de l'agence et de vos petits vieux, s'amuse-t-elle. Le temps qu'on vous remplace.

Annabelle a le cœur gonflé de reconnaissance et d'affection pour cette nonagénaire unique et précieuse.

— Merci, Albertine. Vous êtes ma bonne étoile.

— Allons, allons... Je ne suis qu'une vieille dame égocentrique à qui rien ne résiste !

Elle consulte la fine montre en or à son poignet et lève sur Annabelle un regard presque enfantin.

— Mon cardiologue ne serait sans doute pas d'accord avec moi, mais il est 11 heures et ce n'est jamais trop tôt pour une coupe de champagne. Allons-y, nous avons quelque chose à fêter !

6

Annabelle passe une partie du jeudi après-midi à prendre ses dispositions auprès de l'agence après leur avoir fait part de l'offre de Mme Lilas. Elle leur explique qu'elle ne peut se permettre de décliner une telle opportunité. La responsable, bien que comprenant sa situation, demeure inflexible et lui rappelle les conséquences. Si Annabelle et Mme Lilas devaient ne pas s'entendre, il ne faudra pas qu'elle espère retrouver un contrat chez eux.

Elle signe tous les documents nécessaires, s'engage à rester jusqu'à la fin de la semaine suivante, le temps d'être remplacée et de dire au revoir à ses usagers, et quitte l'agence le cœur plus léger qu'elle ne l'aurait imaginé.

À 18 heures, elle commencera son service au Néon d'argent, aussi rentre-t-elle chez elle pour se préparer et manger quelque chose. Elle a encore trois bonnes heures.

En arrivant dans l'allée, elle remarque que sa boîte aux lettres a déjà été réparée, alors machinalement, elle l'ouvre et y trouve une enveloppe contenant une convocation au commissariat de police. Rien n'y est précisé, à part qu'elle doit s'y rendre au plus tôt, mais son sang se glace. Qui d'autre, à part Cédric, pourrait être mêlé à ça ? De quelle façon, elle ne le sait pas, mais son cœur bat si fort qu'elle est obligée de se retenir au mur pour ne pas flancher.

Elle reprend son souffle, se remet les idées en place et décide de ne pas jouer avec l'angoisse qui semble monter à une allure vertigineuse. Autant en avoir le cœur net. Elle tourne les talons et quitte l'immeuble pour rejoindre le commissariat.

Annabelle est reçue presque aussitôt par un officier de police. Elle s'assoit sur la chaise qu'on lui propose, les muscles tendus.

— Pourquoi m'a-t-on convoquée ? demande-t-elle.

L'officier, un homme d'une quarantaine d'années, grand et fin, consulte son dossier comme pour en vérifier la raison. Annabelle est soulagée, c'est que ça ne doit pas être bien grave.

— Ce matin, votre boîte aux lettres a été vandalisée pour, si j'en crois mes notes, la quatrième fois.

Annabelle en reste quelques instants sans voix. On l'a fait venir pour ça ?

— Oui, tout à fait, mais je n'ai pas porté plainte.

— Vous, non, mais le syndicat d'initiative responsable de la copropriété, oui.

— Oh.

Il lève un sourcil.

— Ça vous surprend ?

— Oui, ce n'était pas très grave. Enfin, les autres fois. Tout juste du papier mouillé qui empêchait qu'on y dépose du courrier.

— Mais cette fois-ci, la porte a été forcée.

— Certes, mais... De là à déposer une plainte.

Il prend des notes et ça la stresse.

— On essayait de voler votre courrier ?

Annabelle a le sentiment de prendre une douche froide. Elle n'y avait même pas songé. Pour elle, Cédric essayait juste de l'intimider.

Serait-il capable d'aller jusque-là pour savoir comment et de quoi elle vit ? Ce qu'elle dépense ? Elle loue un meublé et ne reçoit aucune facture à part les traites de son loyer. Si l'intention de Cédric était de chercher des informations de ce côté-là, il doit être bien déçu.

— Je ne sais pas, répond-elle à l'officier de police.

Il note.

— Vous connaissiez le jeune qui a vandalisé votre boîte aux lettres ?

— Non.

L'agent pose son stylo et croise les bras devant lui.

— Madame Berckin... Le jeune homme en question est mineur. Pour une destruction de boîte aux lettres, il ne risque pas grand-chose. En revanche, il a été payé pour le faire, le saviez-vous ?

Annabelle se raidit. Inutile de mentir, le concierge a déjà dû dire ce qu'il savait, et le gosse a dû en faire autant pour se disculper.

— Écoutez, répond Annabelle. Le gamin a répondu qu'on l'avait payé. Cinquante euros. Il ne m'a pas dit par qui, affirmant qu'aucun nom n'a jamais été échangé.

— Mais vous avez une petite idée, n'est-ce pas ?

Annabelle soupire.

— Oui, mais mon avis n'est pas une preuve. Je pense qu'il s'agit de Cédric Berckin, mon futur ex-mari. Nous sommes séparés depuis un peu plus de quatre mois. Pourquoi fait-il ça ? Pour me nuire ? Me mettre la pression ? Me pousser à bout pour que je revienne ? Pour s'amuser ? Je ne sais pas quoi vous dire, nous ne nous sommes revus qu'une seule fois depuis que je suis partie. Il m'a mise à la porte lorsque je suis venue chercher mes affaires, le lendemain.

— Souhaitez-vous déposer une plainte contre lui ? demande l'officier, le plus sérieusement du monde.

— À quel titre ? Je n'ai aucune preuve. Monsieur, je ne veux ni de son argent ni d'aucun de ses biens. Tout ce que je souhaite, c'est être libérée de cet homme. Je ne porterai pas plainte contre lui. Libre au syndic de le faire, mais ce sera sans mon aide. Je ne veux pas être impliquée.

— Vous l'êtes déjà, vous m'avez donné son nom.

Annabelle blanchit.

— Vous ne pouvez pas faire ça...

— L'interroger ? Bien sûr que si.

— Mais il va savoir que c'est moi qui...

Un vent de panique submerge Annabelle, les mots s'étranglent dans sa gorge.

— Sans aucun doute, madame Berckin. Avez-vous peur de lui ?

Elle baisse les yeux et ne répond pas.

— Est-il violent avec vous ?

Elle repense à la gifle qu'il lui a assénée, des mois plus tôt, dans son bureau, et ferme les paupières.

— Madame Berckin ?

Annabelle avale sa salive et le regarde.

— La meilleure façon de vous protéger de lui est de déposer une plainte.

— Je n'ai aucune preuve et c'est un homme influent.

— Peut-être, mais il n'est pas au-dessus des lois.

— Je n'ai aucune preuve de ce que j'avance ! répète-t-elle en s'énervant. Il va me pourrir la vie davantage et je n'ai pas les moyens de fuir, vous comprenez ?

— Alors, déposez une plainte contre X. À la demande du syndic, nous ferons une enquête de voisinage et remonterons jusqu'à votre mari. Dans un premier temps, votre nom ne sera même pas cité.

Annabelle secoue la tête et se lève.

— Non, je regrette.

— Madame Berckin, l'arrête-t-il avant qu'elle ne passe la porte. Tenez.

Elle se retourne, il est en train de griffonner sur une carte de visite.

— Voici mon numéro de téléphone. Derrière, il y a les coordonnées d'une association pour la défense des femmes battues.

— Je ne suis pas battue, affirme-t-elle en relevant le menton.

— La violence a bien des visages, madame Berckin. Prenez cette carte.

Annabelle la considère quelques secondes, puis s'en empare pour qu'il lui fiche la paix.

Elle ne l'utilisera pas. Jamais. Tirer un trait sur Cédric, c'est ne pas s'appesantir sur la vie qu'elle a eue avec lui. C'est aller de l'avant et se reconstruire. Pas besoin de pansements, elle est plus forte que ça.

Annabelle sort du commissariat les jambes tremblantes. Elle n'a plus le temps de repasser chez elle pour se changer avant de se rendre au Néon d'argent, elle est déjà en retard. Elle porte un jean, un pull à col roulé et des bottines, elle aura chaud, mais elle est présentable, c'est l'essentiel. Elle court à l'angle de la rue et récupère un bus sans avoir l'occasion de s'asseoir et faire le point sur ce qui vient de se passer, c'est bondé de monde. Secouée et pressée contre les voyageurs en sueur qui rentrent de leur journée de travail, Annabelle ferme les yeux et retient un haut-le-cœur. Elle aurait cent fois préféré marcher.

Elle arrive au Néon d'argent une demi-heure plus tard, elle aurait dû commencer son service il y a quarante-cinq minutes déjà. Elle traverse la salle sans prendre la peine de saluer ses collègues et file dans les vestiaires.

— Vous êtes en retard, lui fait remarquer Éric depuis son bureau, sans même lever la tête.

— Oui, pardon... J'ai été retenue au commissariat, ma boîte aux lettres a été vandalisée.

Éric la regarde enfin.

— C'est arrangé ?

— Oui, ne vous inquiétez pas, tout va bien, le rassure-t-elle en nouant son tablier. Je me mets au travail !

Éric hoche la tête et la suit du regard jusqu'à ce qu'elle disparaisse.

Annabelle déteste cette situation, elle a toujours été quelqu'un de fiable et n'aime pas déroger à ses obligations. Elle travaillera davantage pour que personne n'ait rien à lui reprocher.

Elle se dirige vers le bar tout en resserrant sa queue-de-cheval. La porte d'entrée s'ouvre. Machinalement, elle lève les yeux et s'apprête à lancer un « bonsoir » avenant, mais les mots restent coincés en voyant qui est entré. Elle se tétanise au milieu de la pièce, le souffle court, et n'est plus capable de faire un geste.

Antoine n'est pas du genre à tergiverser quand ses décisions sont prises. Les responsabilités inhérentes à son métier lui ont façonné un caractère déterminé. Tous les jours, il est amené à faire des choix, des arbitrages radicaux, souvent vitaux. Il sait prendre le temps de la réflexion, peser le pour ou le contre, mais quand il se décide, il ne revient jamais en arrière.

Il lui a fallu trois jours pour se convaincre de venir ici, mais maintenant qu'il est là, il ne changera pas d'avis, même s'il marque un temps d'arrêt quand il la voit.

Elle est toujours aussi belle, de cette beauté froide qui la rendrait inaccessible s'il n'y avait, parfois, cette flamme dans son regard qu'il est peut-être le seul à connaître. Un souvenir ardent qui lui tord le ventre et lui rappelle que les cicatrices que l'on pense cachées sous les poids des ans ne sont jamais oubliées.

Son hésitation est infime, déjà il se reprend et avance vers elle, le regard dur.

— Bonsoir, Annabelle.

Au mouvement de sa gorge, il comprend qu'elle accuse le coup.

Il prend le temps de la dévisager, sans ciller. Sa queue-de-cheval stricte, un pull col roulé, un jean sur lequel est jeté un tablier duquel dépassent un carnet de commandes et une large pochette reliée par une chaînette.

Antoine sent un goût de cendres lui monter dans la bouche. Où est passée l'Annabelle Berckin sophistiquée, apprêtée, brillant des mille feux dont son connard de mari aimait à l'orner ? La femme qui se tient devant lui, son amour de jeunesse, est descendue de son piédestal. Bon sang, Dumontel avait raison, Annabelle est serveuse dans un bar branchouille, où elle doit passer ses soirées à servir des notables en goguette, à esquisser des sourires tristes à des clients lourdauds en espérant des pourboires importants.

Elle a perdu de sa superbe, et n'en est que plus désirable.

— Qu'est-ce que tu fais ici ? demande-t-elle d'une voix où perce l'angoisse.

Il tourne la tête, regarde autour de lui et hausse les épaules.

— Eh bien... boire un verre. Ça me semble être le lieu adéquat, non ?

Le sourire qui accompagne sa réponse n'a pas l'effet escompté. À la surprise succède l'hostilité. Annabelle attrape un plateau d'un geste nerveux et rétorque :

— Et de tous les bars de Paris, c'est justement dans celui-ci que tu as envie de venir... Je t'ai connu moins hypocrite, Antoine.

Le médecin claque la langue. Il s'en veut d'avoir voulu entamer la conversation de façon détachée. Comme s'il ne la connaissait pas. Annabelle la rentre-dedans, et son refus légendaire des convenances.

— OK, tu as raison. Je suis venu te parler.

Elle plante un regard glacial dans le sien.

— Me parler ? J'ai pourtant été claire, Antoine. Je ne veux plus rien avoir à faire avec quiconque. Je te pensais davantage homme de parole, et que tu respecterais ma décision.

— Oui, bien sûr, répond-il d'une voix conciliante. Je ne voulais pas t'importuner et... je ne te traque pas, si c'est ce que tu crois. J'ai eu des nouvelles de toi par personne interposée et j'ai voulu m'assurer que tout allait bien.

Elle repose son plateau sur le bar, dans un grand bruit métallique qui fait se retourner quelques têtes. Les poings sur les hanches, elle a toutes les peines du monde à ne pas lever la voix.

— Vraiment ? Ou souhaitais-tu voir de tes propres yeux quelle est ma vie, désormais ? Eh bien comme tu peux le constater, Antoine, tout va pour le mieux. Comme je m'ennuyais dans ma tour d'argent, j'ai trouvé ce moyen pour m'encanailler. Je m'éclate tous les soirs en faisant du bénévolat comme serveuse, pour le simple plaisir de me faire tripoter les fesses. Ça te va ?

Antoine n'en croit pas ses oreilles, partagé entre la consternation de voir Annabelle tombée si bas, et l'injustice d'être rabroué de la sorte. Il hésite entre la conciliation ou rentrer dans la joute oratoire à son tour, quand une voix dans son dos le devance.

— Bonsoir, monsieur. Annabelle, est-ce que tout va bien ?

Il se retourne et se retrouve face à une armoire à glace, tendance rugbyman. L'homme est plus petit que lui d'une bonne tête, mais transpire l'assurance et la testostérone. Son crâne rasé, sa barbe épaisse et soigneusement taillée, et les muscles qui roulent sous sa chemise en soie en imposent. Il fait machinalement tourner une chevalière autour d'un doigt épais et dévisage Antoine sans ciller.

L'hostilité entre les deux hommes est immédiate, presque brutale.

— Oui, oui, Éric, tout va bien, s'excuse Annabelle. Monsieur est un vieil ami qui m'a reconnue à travers la vitrine et qui est venu me saluer.

L'homme au physique de lutteur tend une main puissante à Antoine. Sa poigne est ferme, avec juste ce qu'il faut de force pour marquer sa territorialité.

— Éric Soulas, propriétaire de l'établissement. Je suis ravi que vous ayez retrouvé votre amie, mais comme vous pouvez le constater, Annabelle est en plein service, aussi vous serais-je reconnaissant de bien vouloir différer vos retrouvailles et de la laisser travailler.

La voix est cordiale, le sourire de circonstance, mais le ton est sans appel. Malgré son assurance, Antoine est déstabilisé.

— Oui, bien sûr. Je n'en ai que pour une minute.

L'armoire à glace jette un regard à Annabelle, qui lui répond par un sourire d'excuse crispé.

— Une minute, pas une de plus, monsieur. Ou je me verrai dans l'obligation de vous faire quitter les lieux.

Passé le moment de surprise, Antoine sent la colère le gagner.

— Je ne suis pas un de vos consommateurs éméchés en train de harceler votre personnel avec des blagues graveleuses. Vous recevez tous vos clients avec la même morgue ?

Sans se démonter, Éric tire sur les pans de son gilet et rétorque :

— J'ignorais que vous étiez client, monsieur, vous n'en donnez pas l'impression.

Antoine prend alors conscience que depuis cinq minutes, il est planté dans l'entrée du Néon d'argent, le pardessus encore sur le dos. Il plisse alors les yeux et fait semblant de s'absorber dans la contemplation des bouteilles présentées derrière le comptoir.

— Oui, bien sûr, où avais-je la tête ? Je vais m'installer et vous commander... voyons, un Léoville Las Cases 2009, s'il vous plaît.

Le patron accuse le coup. Sans se départir de son sourire professionnel, il répond :

— Je suis désolé, monsieur, mais nous ne servons pas ce cru.

— Oh, vraiment ? C'est dommage. Servez-moi un château Cheval Blanc 1985, en ce cas.

Du coin de l'œil, Antoine aperçoit Annabelle qui se liquéfie. Pourtant, il ne peut s'empêcher de jubiler, et face au gérant qui a perdu son petit sourire carnassier, il enchaîne :

— Non plus ? Aucune chance d'avoir un bâtard-montrachet 2000, je suppose ? Dites, c'est bien un bar à vin ici, ou un troquet PMU ?

— Antoine, ça suffit !

Annabelle l'attrape par le bras, tout en bredouillant des excuses à son patron.

— Je suis désolée, Éric. Je raccompagne monsieur et reprends aussitôt mon service. Tout va rentrer dans l'ordre.

Elle entraîne Antoine vers la sortie, sous le regard incendiaire d'Éric Soulas. Arrivés sur le trottoir, elle explose.

— Tu as perdu la tête ? Tu veux que je me fasse virer ou quoi ? Tu ne trouves pas la situation assez humiliante, pour venir ainsi me mettre plus bas que terre devant tout le monde ?

La colère d'Antoine est redescendue aussi vite qu'elle est montée. Il sait qu'Annabelle a raison. Pour autant, il ne cherche pas à lui présenter ses excuses et saute du coq à l'âne.

— Comment va Charles ?

Passé la surprise de la question, l'évocation de son frère calme aussitôt Annabelle.

— Pourquoi tu me parles de lui ?

Antoine enfonce les mains dans les poches de son pardessus. Du menton, il désigne l'intérieur du Néon d'argent.

— Tu as raison, je m'en voudrais que tu perdes ton job à cause de moi. Retourne vite travailler ou tu vas avoir des problèmes.

L'inquiétude se lit dans les grands yeux d'Annabelle.

— Je n'aime pas ce que tu es en train de faire, Antoine. À quoi joues-tu ?

Il la dévisage, voit ses lèvres trembler. Elle ne le laisse pas indifférent et cette faiblesse le rend fou.

— Je me fais du souci pour toi, et pour ton frère aussi...

— Pourquoi ?

Derrière la porte vitrée du café, la silhouette trapue d'Éric Soulas les observe.

— Il y a un soir de la semaine où tu ne travailles pas ?

— Le lundi et le mardi, répond-elle.

— Alors mardi prochain, même heure, au bar de La Coupole.

Antoine tourne les talons sans attendre sa réponse ni même lui dire au revoir. Il sait qu'elle le suit du regard, et sans doute ne comprend-elle pas à quoi il joue.

Tant pis. Il sera bien temps de le lui expliquer.

S'il en est encore capable.

7

— Et tu connais la différence entre un homme et une femme ?

Annabelle regarde son frère en fronçant les sourcils.

Une question pareille ne peut pas avoir une réponse aussi facile. Elle connaît bien Charles et ses blagues.

Il a eu trente-deux ans le mois dernier, mais il fait toujours les vannes les plus pourries de l'univers.

— Je ne sais pas... quinze centimètres ?

— Ah ah ! Donc la différence entre.

— Quinze centimètres, je t'ai dit !

Il éclate encore plus de rire.

— Et moi, je viens de te donner la réponse. La différence entre !

Annabelle secoue la tête, il est irrécupérable.

— Mais quand même, ajoute-t-il, je te trouve super optimiste. Tu sais quelle est la taille moyenne d'un pénis français ?

— Douze centimètres, répond-elle sans hésiter.

Charles fait mine d'être étonné.

— Tu attestes ?

De la main, Annabelle fait semblant de tirer une fermeture Éclair imaginaire sur sa bouche.

— J'en étais sûr, Cédric a une petite bite.

— Charles ! s'exclame Annabelle en regardant autour d'eux.

Dans la salle de séjour, personne n'en perd une miette.

Son frère est hilare. Il tressaute sur son fauteuil roulant automatisé qui le maintient droit comme un *i*, et son visage, encadré par deux coussinets, fait trembler l'appuie-tête.

Charles se reprend et lui fait signe de monter la paille de son Coca jusqu'à ses lèvres.

— D'ailleurs, mon chou, comment va mon beau-frère détesté ? demande-t-il après avoir bu une longue gorgée.

En dépit du fait que Charles sait que Cédric paie pour ses soins en institut, il ne l'a jamais vraiment apprécié. Charles l'a toujours trouvé arrogant, autoritaire et condescendant envers le personnel de la clinique. Particulièrement les infirmières et aides-soignantes. Il lui avait souvent dit qu'il ne comprenait pas pourquoi sa sœur avait quitté Antoine pour lui. En réalité, personne n'a jamais saisi, parce que personne n'en connaissait la raison. Bien sûr, les parents d'Annabelle ont toujours été très reconnaissants à Cédric, mais bien qu'elle ait évité d'aborder le sujet avec eux, ils se sont longtemps inquiétés de savoir si elle voulait l'épouser pour sauver son frère. Annabelle n'a eu de cesse d'affirmer le contraire, les a rassurés autant qu'elle a pu, mais la phrase prononcée par sa mère le jour de son mariage avec

Cédric est restée gravée dans sa mémoire : « Ne te renie jamais pour un homme, même pas pour celui qui te sauvera la vie. » Évelyne Saulier savait quels sacrifices sa fille avait consentis.

Charles était encore jeune quand Annabelle est devenue Mme Berckin, mais il était plus mature que les enfants de son âge, il a très vite compris qu'en se mariant, sa sœur avait renoncé à beaucoup de choses. Quand, peu de temps après leur union, Annabelle avait annoncé à ses parents qu'elle arrêtait ses études de médecine pour se consacrer à sa vie de femme, les Saulier s'étaient mis dans une colère noire. Et lorsque Annabelle avait retrouvé son frère dans sa chambre, qu'il lui avait demandé pourquoi elle faisait cela et qu'elle lui avait répondu que c'était parce que son mari avait besoin d'elle à la maison, Charles lui avait dit sans ciller que sa maison ne serait pas un toit, mais une prison.

Il n'a jamais su à quel point il avait raison, Annabelle a toujours tu ses difficultés de couple, sa souffrance de femme. Elle s'est efforcée de faire bonne figure, devant ses parents et devant Charles, et aujourd'hui encore, personne ne sait. Pour sa famille, Annabelle vit avec Cédric et file le plus parfait des amours malheureux.

— Ton beau-frère détesté se porte comme un coq en pâte ! lui répond-elle.

— Ça, pour être un coq… persifle Charles. Il est gentil avec toi, n'est-ce pas ?

Plus de vingt ans qu'Annabelle travaille cette mimique de femme épanouie. Elle la ressert, inaltérable, impénétrable.

— C'est l'homme le plus adorable du monde, tu le sais bien. Mais assez parlé de Cédric. Dis-moi, on est mardi, et si je ne m'abuse, tu as dû recevoir de la visite, ce matin. Comment va cette charmante kinésithérapeute avec qui tu « discutes » trois fois par semaine ? Comment s'appelle-t-elle, déjà ? Annie ?

Annabelle observe le visage de son frère. Avec les années, de la barbe lui a poussé sur les joues, mais Charles a toujours l'air d'un enfant, à ses yeux. Et quand il rougit, comme maintenant, elle a encore plus envie de le serrer contre elle, ce qu'elle évite de faire s'il ne l'y a pas invitée. Il n'a aucun moyen de l'en empêcher et Annabelle met un point d'honneur à respecter son corps autant que sa volonté.

Donc, la kiné. C'est une jeune femme fraîchement diplômée et d'à peu près l'âge de Charles. Elle lui prodigue des soins deux fois par semaine, et les séances se terminent toujours par de longues discussions autour de bouteilles de Coca et de paquets de chips, ou devant l'écran géant dans la chambre de Charles. Ils ont découvert qu'ils partageaient la même passion pour les films de Billy Wilder. La dernière fois qu'Annabelle a rendu visite à son frère, ils étaient en train de regarder *Embrasse-moi, idiot* et Charles riait aux éclats.

Ces moments que lui offre la jeune Annie, c'est du temps volé à la solitude et au désir de mourir qui cueille Charles chaque matin quand il se réveille. Il n'a plus aucune mobilité, plus aucune autonomie depuis près de huit ans. Il bouge les doigts et actionne la manette de son fauteuil roulant, c'est tout ce qu'il peut encore faire. La maladie l'a foudroyé et ne lui a rien épargné. Charles fait preuve d'une force qui suscite l'admiration de tous. Lorsque Annie l'a rencontré, la première fois, elle lui a dit qu'il était un titan, et il a ri.

— Charles, tu rougis ! se moque Annabelle. Elle te plaît, pas vrai ?

— Ouais, même que j'ai le zizi tout dur quand je pense à elle.

Choquer sa sœur, c'est son sport préféré, mais Annabelle ne s'en est jamais laissé conter.

— T'aurais pas l'air malin si je lui répétais !

Charles la gratifie d'un clin d'œil mutin.

— Essaie, tu me rendras peut-être service.

L'alarme du téléphone d'Annabelle sonne. Il est midi, elle a rendez-vous avec l'un de ses usagers avec qui elle doit déjeuner pour la dernière fois. Elle devra, par la même occasion, lui annoncer qu'elle sera bientôt remplacée. C'est un crève-cœur pour Annabelle : ses petits vieux, elle les aime tous.

Elle embrasse son frère et promet de revenir le voir avant la fin de la semaine. Le week-end est réservé à leurs parents qui viennent chercher Charles et en profitent pour lui faire changer d'air. Annabelle est la bienvenue, mais eux non plus n'ont jamais beaucoup aimé Cédric, alors la jeune femme a pris l'habitude de ne pas s'imposer. Et il est encore trop tôt pour leur parler de son changement de situation.

— N'oublie pas de me rapporter des macarons au café ! lui lance-t-il avant qu'elle ne quitte le grand salon.

— Juré !

Annabelle s'en va avec la promesse que si elle les oublie, elle en entendra parler pendant des semaines. Mais absolument rien ne pourrait l'empêcher de rendre son frère heureux. Pas même une boîte de macarons de chez Ladurée qui lui coûte plus que ce qu'elle ne dépense en quatre repas.

Elle saute dans un bus pour récupérer le RER et se retrouve une nouvelle fois coincée en heure de pointe. Quand on gagne suffisamment d'argent pour prendre un taxi à chaque occasion, on ne se rend pas compte à quel point les transports en commun peuvent être étouffants. Il y a quatre mois, quand elle s'est retrouvée seule alors qu'elle n'en avait plus fait l'expérience pendant près de vingt ans, il lui a semblé qu'elle ne parviendrait jamais à y arriver. Les odeurs de sueur, la chaleur et la promiscuité l'auraient presque rendue claustrophobe. Aujourd'hui, elle est devenue madame tout le monde et prend conscience combien sa prison dorée l'a si longtemps coupée de la vraie vie.

Antoine a eu l'air choqué de la voir travailler dans un bar, mais s'il savait combien elle ne regrette rien de son ancienne vie ! Pour fuir Cédric, elle aurait été capable de se cacher sous une peau d'âne et se nourrir de cailloux. Et elle aurait dû le faire plus tôt, car si le matelas de sa chambre de bonne est aussi dur qu'une paillasse, elle n'a jamais aussi bien dormi.

Les gens comme Antoine ne pourraient pas comprendre. Surtout pas lui. Depuis vingt ans, il la voit comme une opportuniste superficielle et égocentrique. Comme la femme qui n'a pas hésité à lui briser le cœur pour servir ses propres intérêts. Que lui dira-t-elle lorsqu'ils se verront tout à l'heure et qu'il lui posera des questions ? La vérité ? Non. Elle détesterait voir dans son regard que c'est bien fait pour elle, que c'est tout ce qu'elle mérite et que la vie que lui a menée Cédric était sa punition.

Annabelle a appris à ne faire confiance à aucun homme et à ne jamais partager ses émotions. Une psychologue qu'elle avait rencontrée il y a des années lui avait dit que c'était la clé de la délivrance. Que moins elle montrerait ce qu'elle ressent, moins elle serait exposée. Antoine a prétendu être inquiet pour elle et son frère. Mais pourquoi le serait-il ? Il la déteste depuis tant d'années. Elle ne sait pas exactement pourquoi il veut la voir, mais si c'est pour se réjouir de son sort, il repartira déçu. Annabelle est devenue un roc. Personne ne lui fera plus courber l'échine, même pas l'homme qu'elle a toujours aimé.

*

La Coupole... Antoine ne sait pas à quel point il a été maladroit en lui donnant rendez-vous dans cet endroit. Elle regrette de ne pas lui avoir dit qu'elle ne préférait pas se retrouver ici, mais prise au dépourvu, elle n'a pas su comment réagir, quant à annuler, elle n'a pas osé.

Lorsqu'elle vivait avec Cédric, elle devait s'y rendre au moins deux fois par semaine et y avait toujours rendez-vous avec « les femmes de ». Des femmes comme elle. Elles refaisaient le monde, échangeaient des idées, décidaient de quelle association soutenir, se donnaient un semblant d'importance... Elles partageaient une coupe de champagne, puis elles allaient dîner au restaurant de l'hôtel.

Annabelle entre en serrant les dents et regarde sa montre ; il est 18 h 30, c'est encore un peu tôt pour croiser quelqu'un.

Afin de passer inaperçue et faire couleur locale, Annabelle s'est fait un brushing et s'est maquillée. Elle a dû ressortir des vêtements qu'elle n'a jamais eu l'occasion de reporter, et s'acheter une paire d'escarpins bon marché dont elle espère qu'on n'y verra que du feu. Elle a donc mis l'unique robe qu'elle a apportée, une forme crayon intemporelle, bleu marine, habituellement portée en été. Lorsqu'elle est partie, Annabelle n'a pas vraiment réfléchi aux saisons à venir, alors, pour faire illusion, un gilet de laine fine et des bas bleus font l'affaire.

Elle pénètre dans le restaurant où l'attend Antoine. Il est installé au bar, un whisky est posé devant lui. Quand il la remarque, il vide son verre d'une traite et attend qu'elle le rejoigne.

Le cœur qui s'emballe, l'estomac qui se serre, le temps n'a jamais réussi à calmer les réactions de son corps quand elle le voit. Il ne l'a plus jamais touchée, plus jamais effleurée depuis ce jour où tout a été fini entre eux, mais sa peau conserve son empreinte, chaque fois qu'il la regarde, elle réagit, frémit. Il a toujours été si beau. Ses épaisses mèches blondes n'ont pas pris un seul cheveu blanc, le coin de ses yeux est à peine ridé et le bleu de son regard toujours aussi glacial quand il le pose sur elle. Annabelle prend une inspiration mesurée et s'approche.

— Bonsoir.

— Bonsoir. Champagne ? demande-t-il d'un air narquois.

Elle secoue la tête et s'efforce de sourire.

— Non. Un Schweppes agrumes, s'il te plaît.

Le barman fait signe qu'il a entendu.

— Et pour vous, monsieur ?

— La même chose.

Antoine ne buvait pas d'alcool, lorsqu'il était plus jeune. Même pendant leurs nombreuses soirées étudiantes, elle ne l'a jamais vu ivre. Il détestait ne pas avoir le contrôle et se donner en spectacle était pire que tout, pour lui. Annabelle était bien moins raisonnable, mais quand elle était près de lui, elle ne risquait rien, le monde lui appartenait.

De la main, Antoine l'invite à le suivre. Il traverse le bar et lui propose de s'installer sur une banquette, à l'écart. Annabelle prend place en face de lui, les jambes serrées et le dos droit. Elle ne sait pas ce qu'il veut lui dire, elle ne sait pas pourquoi ils se retrouvent là, elle ne sait même pas pourquoi il a frappé son mari lorsqu'il a débarqué dans son bureau, quatre mois et demi plus tôt. Elle relève le menton, croise les mains sur ses genoux, et attend.

Elle a la dignité d'une reine, et elle est si belle dans cette robe. Ses cheveux sont libres sur ses épaules, plus longs que dans son souvenir. Antoine n'aurait pas besoin de deux verres, mais d'une dizaine pour lui cacher son trouble. S'il en croit sa situation, elle a tout perdu et s'efforce de ne rien montrer. La fragilité qu'elle camoufle le rend fou. Ça ne devrait pas. Ça ne devrait pas...

— Pour quelle raison voulais-tu me voir ? finit-elle par demander.

Il se ressaisit et crispe les mâchoires. Par quoi commencer ? Prendre des nouvelles ? Lui répondrait-elle seulement par autre chose qu'un laconique « bien », ou une phrase du genre de celle qu'elle lui a servie au Néon d'argent ? Il en doute. Il pourrait lui dire que son futur ex-mari est un connard, même si elle est bien sûr déjà au courant, mais sait-elle à quel point ?

Faire simple, court et direct. Il ne doit pas s'éterniser ici. Ce n'est pas bon pour lui.

— J'ai eu une entrevue avec Cédric, la semaine dernière.

— Une entrevue ? Vous travaillez ensemble, vous ne vous voyez pas tous les jours ?

Il esquisse un petit sourire en coin. À une époque, Cédric était son mentor, il avait toute son admiration. Il a suffi de quelques secondes et d'une lèvre fendue pour qu'il tombe de son piédestal.

— Le moins possible, répond-il avec contenance.

— Tu as toujours été un homme bien, murmure-t-elle comme pour elle-même.

C'est si inattendu qu'Antoine ne sait plus quoi dire. Il se racle la gorge et bénit le serveur qui pose les verres sur la table, à ce moment-là.

— Je voudrais te parler de Charles.

— De Charles ?

— Écoute, je ne vais pas y aller par quatre chemins. Lors de cette... entrevue avec Cédric, il a laissé entendre qu'il pourrait arrêter de payer pour l'institut où se trouve ton frère.

Il dévisage Annabelle, rien ne bouge sur son visage, elle ne cligne même pas les yeux.

— Il s'est engagé devant notaire, dit-elle.

— Même en cas de divorce ?

— Si je meurs, il est obligé de subvenir à ses besoins, répond-elle avec un trémolo dans la voix.

— Mais pas en cas de divorce, n'est-ce pas ?

Annabelle porte une main à sa poitrine. Elle panique. Il voudrait enjamber la table qui les sépare, la prendre dans ses bras et lui dire que tout va bien se passer, mais il ne le fait pas.

— Non...

— Tu as pensé consulter un avocat ?

— Non... je... je n'ai même pas les documents en ma possession. Tout est resté chez Cédric.

— Oui, je comprends, dit-il en fronçant les sourcils, mais un avocat pourrait en demander une copie pour défendre tes intérêts.

Annabelle est subitement prise d'un rire nerveux qu'il a du mal à comprendre.

— Antoine, pour le moment, je gagne à peine 900 euros par mois et vis dans un logement qui m'en coûte un peu plus de la moitié. Et même en gagnant deux fois plus, comment voudrais-tu que je demande les services d'un avocat ? Je ne saurais avancer de tels frais.

Antoine a l'impression de se prendre une claque. Bien sûr qu'elle ne travaille pas dans un bar à vin par pur plaisir. C'est juste qu'il ne l'imaginait pas en être à ce point. Ces vêtements, ces chaussures flambant neuves, ses ongles manucurés... Elle donne le change, bordel, mais c'est tout ce qu'elle fait. Qu'est-ce qu'il peut être con !

Il la dévisage un peu plus, s'accorde quelques secondes pour réfléchir avant de reprendre la parole et de dire quelque chose d'intelligent, cette fois.

— Est-ce que tu es restée en contact avec Jane ?

Elle plisse le front.

— Jane Stewart ? Non. Non...

— Tu pou...

— Stop ! l'interrompt-elle en levant une main pour le faire taire. Je ne cherche pas l'aumône, Antoine. Si j'ai choisi cette vie, ce n'est pas pour dépendre de quelqu'un d'autre.

— Qui te parle de dépendre de quelqu'un ? Les amis sont là pour s'entraider, non ?

Elle le regarde droit dans les yeux, écorchée vive. Le visage enflammé par la colère et autre chose qu'il ne parvient pas à déchiffrer.

— Tu es mon ami, Antoine ? Pendant vingt ans, tu n'as eu de cesse de me détester. Si tu fléchissais, tu t'empressais de me trouver tous les défauts du monde pour te ressaisir. Il n'y avait que Cédric qui comptait. Cédric et ta loyauté sans faille envers lui.

— C'est vrai. Mais toi et moi savons ce que j'ai ressenti quand tu m'as quitté pour lui. Nous ne nous sommes jamais expliqués et j'ai...

— Parce que tu ne m'en as *jamais* laissé l'occasion, le coupe-t-elle.

— Hypocrite, gronde-t-il malgré lui. Tu as répondu à mes questions par un ramassis de conneries sans queue ni tête. Tu es tombée amoureuse de lui, tu as compris que c'était l'homme de ta vie, tu t'es rendu compte que tu ne m'aimais plus. Tu t'en souviens ? Non ? Moi, oui. Je me souviens de tout !

Annabelle se lève d'un bond et récupère son manteau.

— Je n'aurais jamais dû venir ici, c'était stupide de ma part. Merci de m'avoir avertie pour Cédric, je vais prendre les dispositions qu'il faut. Au revoir, Antoine, et ne me contacte plus.

Au lieu de la retenir, Antoine la regarde traverser la salle d'un pas déterminé et sortir. Alors, il s'enfonce les doigts dans les yeux et se pince l'arête du nez.

C'était si prévisible... Comment peut-il espérer lui venir en aide alors qu'il éprouve tant de rancœur et d'amertume à son égard ? Ce n'est pas la compassion qui lui fait défaut, il n'en a jamais manqué pour personne, mais la foi. Il n'a pas la foi qu'il pourra un jour mettre leur histoire derrière lui, qu'il pourra regarder Annabelle sans se dire qu'il a gâché sa vie à cause d'elle, qu'il pourra la voir comme une femme avec qui il a eu une histoire, avant de jouir de la vie avec une autre. Parce qu'il n'y a toujours eu qu'elle. Dans son cœur, dans sa tête et dans ses veines.

Il regarde son verre encore plein, fouille dans sa veste et en ressort un billet de 50 euros qu'il jette sur la table.

Qu'elle aille se faire foutre !

8

Annabelle finit de remplir le sachet de cookies qu'elle a confectionnés dans son mini-four et se dépêche de partir. Elle en a pour une bonne heure de marche et ne veut pas être en retard une nouvelle fois. D'autant qu'il s'agit de son premier jour officiel en tant que salariée d'Albertine Lilas. Son petit-fils s'est occupé de tout et Annabelle ne veut décevoir absolument personne, à commencer par Albertine.

Annabelle marche d'un pas vif sur le trottoir et ne peut s'empêcher de repenser à son rendez-vous avec Antoine. C'était il y a deux jours, et pas un instant elle n'a cessé de songer à ce qu'il lui a dit au sujet de Charles, au pouvoir que Cédric détient sur elle, et au devoir qui est le sien d'éviter que l'inéluctable arrive. Elle a assuré à Antoine qu'elle prendrait ses dispositions, mais elle ne parvient pas à s'y résoudre. En réalité, elle a peur de faire pire que mieux, de mettre le nez dans un sac d'épingles et que tout le monde en ressorte perdant, surtout Charles. Elle sait de quoi

Cédric est capable, elle sait qu'il pourrait faire pression sur elle, mais ce n'est pas encore le cas. Il ne l'a pas contactée depuis des semaines, et à part l'épisode de la boîte aux lettres, elle n'a aucun rapport avec lui. Alors, depuis sa dispute avec Antoine, elle ne cesse de ressasser, de peser le pour le contre. L'officier de police qui l'enjoint à porter plainte, Antoine qui lui conseille de prendre un avocat... A-t-elle seulement les épaules pour faire face à un homme qui l'a réduite à l'insignifiance pendant vingt ans ? Annabelle ne manque pas plus de volonté que de courage, mais plus que personne, elle a conscience qu'il s'agit du pot de fer contre le pot de terre, et à moins d'y être obligée, elle n'est pas sûre de vouloir lancer la moindre attaque de son propre chef.

Et Antoine... Elle l'a rejoint avec la volonté de rester calme et sans doute qu'il en allait de même pour lui, mais il a suffi d'une toute petite étincelle pour que ça explose. Le rendez-vous a dérapé après seulement dix minutes. Antoine et elle marchent sur une poudrière depuis si longtemps... Il lui en veut toujours, et pour la première fois en vingt ans, elle a fini par lui dire que s'ils en étaient là, c'est aussi parce qu'il n'avait jamais cherché à creuser, à savoir ce qui l'avait vraiment motivée à tout plaquer du jour au lendemain. Ils avaient pourtant formé un couple heureux, passionné et soudé. Bien sûr, selon lui, il était la victime et Annabelle le bourreau, il a souffert et pas elle, elle a été la grande gagnante de l'histoire et pas lui. Sans doute a-t-elle été une excellente comédienne, mais aujourd'hui, Annabelle sait que la souffrance et la haine ont aveuglé Antoine et l'ont plongé dans le déni. Car un être dont on est si proche, qui connaît le moindre de vos désirs, de vos hontes et de vos fiertés, ne peut pas se rendre compte de rien.

Dieu comme elle voudrait mettre tout ça derrière elle, oublier que son cœur n'a jamais cessé de souffrir de cette rupture et devenir aussi froide que la glace ! Mais elle en est incapable.

Durant la fin du trajet, Annabelle se bat pour penser à autre chose, et quand elle arrive devant la porte de Mme Lilas, elle prend une profonde inspiration et se plaque un sourire éclatant sur le visage. Mais Albertine met un temps fou pour ouvrir, ce qui ne lui ressemble pas. Annabelle sonne encore, aucune réponse.

Elle colle l'oreille à la porte et n'entend pas le moindre bruit. La vieille dame n'a jamais raté un seul rendez-vous et ne sort seule que si elle y est vraiment obligée. Il est à peine 9 heures ; à moins d'un problème, Albertine est forcément chez elle. Malgré elle, Annabelle sent la panique monter.

— Madame Lilas ! Madame Lilas ! crie-t-elle en tapant sur la porte. Albertine, vous m'entendez ?

C'est le silence qui lui répond, alors elle tape encore plus fort.

— Albertine, c'est Annabelle, vous m'entendez ?

— Il y a un problème ? demande une voix féminine derrière elle.

Annabelle se retourne sur la voisine de palier, une quinquagénaire à l'allure imposante.

— Oui, j'ai rendez-vous avec Mme Lilas, comme tous les vendredis matin, mais elle ne répond pas.

— Elle est peut-être sortie, suggère la voisine en haussant les épaules.

— J'en doute. Vous l'avez vue ce matin ?

La dame secoue la tête.

— Si vous vous inquiétez, vous devriez peut-être prévenir le gardien. Il a sa loge au rez-de-chaussée, et je sais qu'il garde un double des clés pour certains locataires. Peut-être aura-t-il celles de Mme Lilas ?

— Oui... je vous remercie.

Annabelle n'attend pas davantage et descend les escaliers en courant. Le gardien est dans le hall d'entrée et réceptionne un colis. Elle patiente, fébrile, puis lui explique la situation.

— Mme Lilas, au troisième ? Oui, je dois avoir son trousseau de clés, son petit-fils tenait absolument à ce que ma femme et moi en ayons un double en cas de problème. Je vais les chercher.

Quand il revient, Annabelle lui demande la permission d'ouvrir la première. Elle monte alors les marches deux à deux et se retrouve haletante dans l'appartement d'Albertine.

Elle fonce directement dans sa chambre à coucher et la trouve recroquevillée par terre, au pied du lit.

— Albertine !

Elle se penche sur elle et lui touche le front, la vieille dame est consciente, mais semble groggy.

— Madame Lilas, c'est Annabelle. Nous allons appeler les pompiers.

Elle sort son téléphone portable et compose le 18 pendant que le gardien, qui vient d'entrer, pose le dessus-de-lit sur Albertine pour la réchauffer.

— Ça va, dit-elle d'une fois chevrotante. J'ai eu un malaise.

— Vous êtes tombée ? lui demande-t-il.

— Je... Oui... Mais pas de très haut. J'étais penchée, je voulais récupérer ma valise à photos sous le lit.

Annabelle écoute attentivement ce que dit Mme Lilas et le répète aux pompiers. Ils seront là dans quinze minutes.

— Albertine, murmure Annabelle en lui caressant la joue.

— Tout va bien, mon petit. Pour votre première vraie journée avec moi, ça commence bien...

Puis elle essaie de se retourner.

— Ne bougez pas, lui intime Annabelle avec douceur. Pas tant que les secours ne sont pas là. Vous voulez bien ?

Comme Albertine acquiesce, Annabelle se lève et récupère un petit coussin pas très épais sur le lit. Avec une douceur infinie, elle le glisse sous la tête d'Albertine.

— Vous vous êtes prise pour une acrobate, tente de plaisanter Annabelle. Vous auriez dû m'attendre.

— Oh, mais je ne suis pas impotente ! rétorque Albertine, preuve qu'elle ne va pas si mal que ça.

Annabelle se sent soulagée et lui serre la main.

— N'empêche que vous m'avez fait peur. Monsieur, dit Annabelle en se tournant vers le gardien, si vous avez besoin de descendre, ne vous gênez pas, je ne bouge pas tant que les pompiers ne seront pas arrivés.

— Je retourne en bas pour leur ouvrir. Madame Lilas, si vous avez besoin de quoi que ce soit, vous savez que ma femme et moi sommes là pour vous.

— Merci, monsieur Henri, c'est bien gentil à vous.

L'homme les laisse seules, le temps que la voisine de palier d'Albertine fasse irruption dans la pièce.

— Oh, mon Dieu, madame Lilas ! Tout va bien ? Rien de cassé ?

— Ah non, pas celle-là, grince cette dernière entre ses dents.

— Qu'est-ce qu'elle a dit ? demande la voisine.

Annabelle réprime un pouffement de rire.

— Elle a dit : « Ah non, pas cette fois. »

— Ah. Et c'est une chance ! Vous savez, une dame de son âge ne devrait pas rester toute seule. Imaginez que vous n'ayez pas eu rendez-vous aujourd'hui et qu'il lui soit arrivé quelque chose de grave ? Ce n'est pas raisonnable !

— J'en parlerai à mon cheval, grogne Mme Lilas.

Annabelle sourit devant le caractère revêche d'Albertine, mais elle ne peut s'empêcher de penser que sa voisine a raison. Solide en apparence, Albertine a le corps frêle et fragile. Bien qu'elle soit très autonome, il y a désormais des gestes compliqués pour une si vieille dame.

— Bon, eh bien je retourne chez moi, décrète la voisine, vexée. Il va de soi que vous savez où me trouver si je peux vous venir en aide, ajoute-t-elle quand même à l'attention d'Albertine.

— C'est gentil à vous, la remercie Annabelle.

La quinquagénaire jette un dernier coup d'œil à Albertine, puis quitte la pièce, le dos droit.

— Je ne l'ai jamais aimée, lâche Albertine.

— Ça, je m'en suis rendu compte. Est-ce que vous voulez que je prévienne votre petit-fils ?

— Ah non, surtout pas, il en ferait une jaunisse !

Annabelle s'en serait doutée...

— D'accord, mais vous me laisserez quand même son numéro de téléphone au cas où. Les pompiers sont en train de monter.

— Pff... Je vais bien, nous aurions pu nous éviter tout ce tralala.

— Sûrement pas, puisque c'est pour votre bien. Soyez gentille avec eux, Albertine. Et qui sait, il y en a peut-être un qui sera très agréable à regarder, ajoute-t-elle avec un clin d'œil.

*

Annabelle quitte la clinique en début d'après-midi, rassurée. Le médecin souhaite garder Mme Lilas vingt-quatre heures en observation. Les examens n'ont rien révélé d'alarmant, mais sa très chère Albertine a besoin de se remettre de ses émotions, bien qu'elle ait affirmé le contraire à cor et à cri. Annabelle lui a promis qu'elle viendrait la chercher le lendemain matin et partirait en taxi avec elle.

Annabelle s'apprête à rentrer chez elle avant d'aller voir Charles à l'institut, comme promis, quand elle reçoit un appel de sa mère.

— Allô ?

— Bonjour, ma chérie, c'est maman.

Sa voix est grave, Annabelle se crispe.

— Tout va bien ?

— Oui, ne t'inquiète pas. Ton père et moi aurions aimé te parler de quelque chose. Est-ce que tu aurais la possibilité de venir nous voir, cet après-midi ?

Annabelle regarde sa montre. Elle a le temps de faire l'aller-retour avant de prendre son service au Néon d'argent, mais il faudrait qu'elle fasse l'impasse sur sa visite à Charles et ça l'ennuie.

— J'ai promis à Charles d'aller le voir, maman. Si tu veux, je vous retrouve à la maison demain ? Il sera avec vous, n'est-ce pas ?

Évelyne Saulier se racle la gorge.

— Ton père et moi préférons ne pas te parler en sa présence.

— Que se passe-t-il ? Tu as conscience d'être en train de m'inquiéter. C'est Charles ? Une mauvaise nouvelle des médecins ?

— Non, non ! C'est autre chose. Écoute, je ne souhaite pas en parler par téléphone. Si tu ne peux pas venir cet après-midi, donnons-nous rendez-vous lundi, tu veux bien ?

Annabelle a l'intuition que c'est bien plus grave que ce que sa mère veut bien lui dire. Elle regarde sa montre et soupire.

— Je peux être là dans un peu plus d'une heure.

— Merci, ma chérie, lui dit sa mère, visiblement soulagée. À tout de suite.

Tout ceci ne l'arrange pas, mais tant pis.

Pas très loin de chez Albertine, il y a une boutique Ladurée. Annabelle s'y rend et achète la boîte de macarons au café promise à son frère. En revenant de chez ses parents, elle passera en coup de vent à l'institut et la lui remettra.

Au bout d'une heure de RER et quinze minutes de bus, Annabelle arrive dans le lotissement où elle a grandi. Ses parents n'ont aucune idée de sa situation et doivent être convaincus qu'elle est venue en voiture. Il va falloir être prudente.

Elle longe le trottoir qui mène au pavillon familial et frappe à la porte de ses parents.

C'est son père qui lui ouvre. Le crâne dégarni, des cernes profonds sous les yeux, Sylvain Saulier travaille encore trop. Annabelle sait combien il a hâte d'être à la retraite.

— Bonjour, princesse, lui dit-il en la serrant contre lui.

Car pour lui, Annabelle n'a jamais cessé d'en être une.

— Bonjour, papa.

— Entre, ta mère est dans le salon.

Annabelle pénètre dans l'entrée et retrouve les odeurs familières de son enfance. Un subtil mélange de bougie parfumée et de lessive. Évelyne Saulier a toujours aimé que sa maison sente le propre. Annabelle se rappelle combien elle était pénible avec ça, et sourit.

Annabelle et son père la rejoignent. Il y a des tasses en porcelaine sur la table basse, et des biscuits maison dans une soucoupe.

Elle embrasse sa mère, retire son manteau et s'assoit sur le vieux fauteuil en cuir marron qu'elle adorait occuper quand elle était plus jeune. Elle s'y sentait toujours bien. Mais aujourd'hui, il règne une lourdeur tellement palpable qu'Annabelle est mal à l'aise et sent son cœur battre plus fort que d'habitude.

— Je ne t'ai pas vue en jean depuis des années, lui fait remarquer sa mère.

Mince !

Annabelle s'efforce de rire.

— Ça m'a pris comme ça !

Éveline Saulier pose les yeux sur les bottines de sa fille, le bout est un peu usé. Si elle pouvait, Annabelle les cacherait sous le tapis, mais il vaut mieux faire comme si de rien n'était et prendre le taureau par les cornes.

— Je suis désolée d'être aussi directe, mais je n'ai vraiment pas beaucoup de temps, je dois être à Paris pour 18 heures. De quoi vouliez-vous me parler ?

— Tu veux du café ? semble éluder sa mère.

Elle est nerveuse, et Annabelle ne veut pas la brusquer. Elle acquiesce et attend que son père revienne avec une cafetière pleine et lui en serve une tasse.

— Tout va bien avec Cédric ? commence sa mère.

Annabelle s'arrête de respirer.

— Euh... oui, pourquoi me poses-tu cette question ?

Ses parents échangent un regard gêné.

— Vous avez des problèmes d'argent ? demande son père de but en blanc.

— Des problèmes d'argent ? Non... je... Qu'est-ce qui vous fait dire ça ?

Annabelle leur cache bien des choses, mais ce qu'elle peut leur assurer, c'est que son mari n'a aucun problème financier.

Évelyne Saulier se lève et va récupérer un document dans le secrétaire tout près de la cheminée.

— Nous avons reçu ceci ce matin, dit-elle à Annabelle en lui tendant le courrier.

Annabelle s'en saisit et se pétrifie en comprenant de quoi il s'agit.

C'est un courrier de l'institut de Charles. Un courrier de relance. Les traites n'auraient pas été payées depuis deux mois.

Il a osé...

Annabelle tâche de faire bonne figure et prend un air étonné.

— Il doit s'agir d'une erreur. En allant voir Charles mardi, je suis passée au bureau de l'administration pour demander le programme des activités de décembre, et personne ne m'a parlé de rien.

Elle soutient le regard de sa mère. Si cette dernière paraît soulagée, il n'en va pas de même pour Sylvain Saulier.

— Si Cédric devait cesser de payer la pension de Charles, nous n'aurions plus les moyens de le laisser à l'institut.

— Je sais tout ça, papa, mais je t'assure qu'il doit s'agir d'un malentendu. Écoutez, je vais appeler Cédric sur le chemin du retour et je rappellerai pour vous rassurer, vous êtes d'accord ?

— Parfait, chérie, dit Évelyne Saulier pour arrondir les angles et ne pas la gêner. Mais nous devions quand même te tenir au courant.

— Et vous avez bien fait ! Alors, dites-moi, qu'avez-vous prévu de faire avec Charles, ce weekend ?

Annabelle quitte la maison de ses parents vers 16 heures avec l'envie de foncer à la clinique Saint-Roch et de cracher à Cédric tout le mépris qu'il lui inspire. Comment a-t-il pu faire ça à Charles ? Comment peut-il s'en prendre à quelqu'un d'aussi démuni, d'aussi fragile ? Elle éprouve tant de rage qu'elle ne sent même pas les larmes lui rouler sur les joues lorsqu'elle monte dans le bus.

Que va-t-elle faire, maintenant ? Quels choix s'offrent à elle à part retourner auprès de Cédric ou mendier l'aide de Jane Stewart ? Peu importe la solution qu'elle choisira, elle se retrouvera encore et toujours en situation de faiblesse, de demande, d'attente, et ça lui est insupportable. Mais le pire dans tout ça étant peut-être que dans l'immédiat, elle ne peut rien faire du tout. Elle doit aller travailler. Car ce job au Néon d'argent, à plus forte raison avec ce qu'elle sait maintenant, elle ne peut pas le perdre. Éric a été très gentil avec elle jusqu'à présent, mais même quelqu'un d'aussi compréhensif a ses limites.

Le cœur au bord des lèvres, elle prend le RER et, quand elle rejoint Charles à l'institut, rase les murs pour qu'on ne la voie pas, et fait son possible pour que son frère ne remarque rien. Du reste, il ne semble pas avoir conscience de la situation.

À chaque bouchée de macaron qu'elle lui donne, son frère semble s'évader dans un autre monde. Ce sera la seule image positive de la journée pour Annabelle. Elle tâchera d'en chérir le souvenir jusqu'à ce qu'elle se retrouve seule pour craquer.

À 18 heures, elle arrive devant le Néon d'argent. Mais juste avant d'en pousser la porte, elle entend quelqu'un sortir d'une voiture juste derrière elle. Elle se retourne et reste médusée en voyant Antoine.

— Je ne te dérange pas longtemps, je sais que tu dois aller travailler.

Elle fronce les sourcils. Mais qu'est-ce que c'est que cette journée ?

— En effet, que veux-tu ?

— Je suis venu pour m'excuser.

Elle est si surprise qu'elle ne sait pas quoi dire.

— Je t'ai demandé qu'on se voie pour parler de ta situation et t'avertir, et je t'ai fait un procès. Je suis désolé.

— Eh bien, c'est inattendu, mais je te remercie. Cela dit, je n'ai pas été très facile non plus.

— Est-ce que tu accepterais qu'on remette ça ? Un autre verre, où tu le souhaites ?

Elle regarde ses grands yeux bleus, ses cheveux coupés court, ses larges épaules sous sa parka, et ne peut s'empêcher de le trouver irrésistible.

— Je ne sais pas si c'est une bonne idée, Antoine. Il y a peut-être trop de souffrance entre nous pour que nous réussissions à être amis.

— Je ne veux pas être ton ami, dit-il avec une drôle d'inflexion dans la voix.

— Je ne comprends pas... Que veux-tu dire ?

Il sonde Annabelle.

— Accepte mon invitation. S'il te plaît.

— Cédric a arrêté de payer l'institut, lâche-t-elle à la place.

Elle n'avait pas prévu de le lui dire, c'est sorti tout seul. Antoine est pris au dépourvu.

— Je te demande pardon ?

— Mes parents ont reçu une lettre de relance. Il n'a rien réglé depuis deux mois.

— L'enfoiré ! Tu dois aller voir Jane.

Annabelle baisse les yeux. Elle sait qu'il a raison, que ça vaut toujours mieux que de retourner auprès de Cédric.

— En théorie, elle ne travaille pas le samedi, mais je vais lui expliquer l'urgence de la situation pour qu'elle te reçoive demain. Tu ne vas pas le laisser faire.

— D'accord...

Annabelle a l'impression qu'elle ne maîtrise plus rien, que toute sa vie est en train de basculer une nouvelle fois et qu'elle n'y peut rien.

— Je dois aller travailler.

— Bien sûr. Tu as toujours le même numéro de portable ?

Elle secoue la tête.

— Non, mais j'ai le tien, je t'envoie un SMS.

— Tu l'as gardé ? semble-t-il s'étonner.

Annabelle rajuste la bride de son sac sur son épaule et regarde Antoine dans les yeux.

— Je le connais par cœur. À demain.

9

— Et en plus, elle a une haleine de chien !

Antoine esquisse un sourire poli, sans lever les yeux du dossier médical qu'il ne cesse de parcourir.

En face, assis dans son lit, Lépold, son jeune patient, croise les bras sur sa poitrine frêle et affecte une moue boudeuse.

— Vous n'êtes pas d'accord avec moi, c'est ça ?

— Si, si.

— C'est quand même un comble pour un dentiste, non ?

— Sans doute.

— Qu'est-ce qui se passe ? demande Léopold d'une voix devenue inquiète. Il y a un problème avec mes résultats ?

Conscient qu'il ne prête pas assez attention aux propos de son patient, Antoine referme la pochette et se force à un sourire plus franc. D'autant qu'il a raison, la dentiste de la clinique a une haleine épouvantable.

— Non, pas du tout, Léopold. Je suis concentré, c'est tout. Mais je vais te faire une confidence au sujet du docteur Raymond : tout le monde est d'accord avec toi.

— Ah ! Ça me fait drôlement plaisir ! Mais quand même, je trouve qu'il y a quelque chose qui ne va pas chez vous, parce que d'habitude, vous vous forcez à rire, même si vous êtes concentré.

Antoine dévisage le garçon. Ses yeux brillants, ses grandes dents blanches et son éternelle casquette des San Antonio Spurs vissée sur le crâne. Il devrait pourtant savoir que dans son service, ses patients sont des éponges à émotions, de véritables radars ambulants, que ni leur jeune âge ni leur souffrance n'empêchent d'être à l'affût de ce qui les entoure.

— Bref, conclut Léopold en retrouvant aussitôt sa bonne humeur, votre mine d'enterrement, ça a un rapport avec mon opération ou pas ?

— Non, non, s'empresse de le rassurer Antoine, elle est toujours prévue dans dix jours. Je te l'ai déjà dit, je porte de grands espoirs quant à son issue.

— Taux de survie moyen à seize mois, 5 % au-delà de deux ans.

Le cœur d'Antoine se serre face à la lucidité implacable de l'adolescent.

— Léopold je... Je sais que ces chiffres peuvent paraître dérisoires, mais ils ont le mérite d'exister, et il faut s'y accrocher.

Le jeune patient lève les mains.

— Oh mais je ne disais pas ça pour vous contrarier, docteur. Je suis lucide, mais très confiant ! Cette opération n'avait même pas été envisagée au moment du diagnostic, alors même si le taux de réussite est faible, je la vois comme une chance inespérée. Et puis, vous savez quoi ? Approchez-vous un peu...

Amusé, Antoine se penche vers Léopold.

— Moi je sais que vous êtes un super-héros, murmure ce dernier. Votre pouvoir, c'est de sauver des teignes dans mon genre. Et un super-héros ne faillit jamais à sa mission.

Une boule d'émotion remonte dans la gorge d'Antoine. Il a envie de prendre Léopold dans ses bras, de serrer son corps trop maigre et de lui promettre qu'on lui racontera encore des millions d'histoires dans les années à venir. Mais il sait qu'il n'a pas le droit de dépasser la frontière qu'il s'est imposée. Aussi se contente-t-il d'un clin d'œil appuyé et de tendre le poing pour un check de compétition.

— Maintenant que nous sommes d'accord sur mon cas, reprend Léopold, si on parlait du vôtre ? Vous me dites ce qui vous préoccupe ainsi ? Rassurez-vous, je ne répéterai rien à personne. Je serai une tombe...

Si Antoine manie volontiers le cynisme comme une arme de protection, l'humour noir de son petit patient le laisse sans voix.

— Laissez-moi deviner, poursuit Léopold. C'est à cause de TDG et de ses mesures budgétaires, c'est ça ?

Haussement de sourcil d'Antoine.

— TDG, c'est qui, ça ?

— Oh, vous n'allez pas me dire que vous ne savez pas ? TDG, c'est le docteur Berckin. TDG pour « Tête de Gland » ! C'est son surnom dans l'hôpital.

Antoine est estomaqué. Il regarde autour d'eux, s'assure que personne n'a entendu Léopold et le réprimande :

— Léopold, enfin ! Ça ne se fait pas de parler ainsi du directeur, voyons.

— Oh, eh, à d'autres, hein ! Vous n'allez pas me faire croire que vous l'aimez, celui-là. Pas à moi. Personne ne peut le blairer, dans le service. Je ne l'ai aperçu que deux ou trois fois, mais si vous voulez mon avis, Tête de Gland, je trouve que ça lui va super bien.

Antoine sent monter un monumental fou rire. Il a toutes les peines du monde à le réprimer. Cédric Berckin, *aka* Tête de Gland. Mon Dieu, Léopold lui aura fait sa matinée ! En même temps, il a le réflexe de ne pas lui montrer à quel point il est d'accord. Une réserve professionnelle est de circonstance.

— Un peu de respect envers le directeur, Léopold. Et comment tu sais ça, toi ?

Du menton, le garçon désigne la potence de laquelle descendent les perfusions plantées dans son avant-bras.

— Ben disons qu'avec tous ces fils auxquels je suis relié, c'est mal barré pour me faire un *escape game* dans les couloirs, si vous voyez ce que je veux dire. Alité vingt-quatre heures sur vingt-quatre, on a le temps de laisser traîner nos oreilles. Nous autres, patients, on fait partie du décor, et parfois, les infirmières ou les médecins ont tendance à nous oublier au moment de se faire des confidences entre deux portes. Donc je suis au courant pour ces histoires de coupes dans les budgets...

L'hilarité d'Antoine retombe aussi vite qu'elle est montée. Pauvre gosse. Comme si les saloperies dont la vie l'accable ne l'avaient pas privé si tôt de son innocence, il faut que ses seules sources de distraction soient des préoccupations d'adultes captées à la volée.

Il aimerait en rire avec Léopold. Prolonger leur complicité à travers une salve de quolibets dont ils affubleraient Cédric Berckin. Extérioriser toute cette colère qui le ronge depuis des jours et qui a pris un tour nouveau depuis qu'Annabelle lui a lâché qu'il ne subvenait plus aux frais d'hospitalisation de son frère. Tête de gland ; fesse d'huître ; furoncle ; crème de courge... Un inventaire entre Prévert et le capitaine Haddock qui leur ferait à tous les deux un bien jubilatoire.

L'arrivée d'un message sur son téléphone l'arrache à ses pensées. Il le découvre en fronçant les sourcils et en claquant la langue d'agacement.

— Quand on parle du loup... Je dois te laisser, Léopold. On se revoit demain pour les dernières analyses avant l'opération, d'accord ? Repose-toi bien et arrête d'écouter aux portes, toutes ces discussions ne sont pas de ton âge.

Léopold croise les doigts, avec un grand sourire malicieux.

— Promis, docteur Saint-Armand. Et juste une dernière chose. Je peux vous donner un conseil ?

— Je t'en prie.

— Croyez-en l'expérience d'un vieux baroudeur dans mon genre, la vie ne tient qu'à un fil trop mince pour se la laisser pourrir par des nuisibles. Bonne journée, doc !

Antoine s'est assis sans y être invité, Cédric n'a pas levé le nez des documents qu'il est en train de signer. Antoine a d'abord été étonné que le directeur le convoque dans son bureau un samedi. Cela fait bien longtemps que personne n'a vu le Dr Berckin dans la clinique le week-end. Mais il s'abstient de tout commentaire et s'enferme dans son mutisme hostile.

La tension entre les deux hommes est telle que, depuis une quinzaine de jours, ils se limitent au strict minimum dans leurs échanges purement professionnels. Leur inimitié dépasse les murs de leurs bureaux respectifs et fait les gorges chaudes de tout le personnel.

Au bout de cinq minutes de silence pesant, Antoine tire sur les pans de sa blouse. Il a bien plus urgent à gérer que de subir cette tentative d'humiliation de la part de son directeur, et si Cédric ne se décide pas à arrêter son manège pathétique, il retournera sans rien dire auprès de ses patients.

Comme s'il sentait que le médecin est sur le point de quitter son bureau, Cédric referme son épais dossier dans un claquement sec, puis attaque sans préambule :

— Ça fait longtemps que ça dure ?

Antoine est désarçonné. Il ne sait pas à quoi Cédric fait allusion.

— Longtemps que quoi ?

— Ne joue pas au con, Antoine, pas avec moi. Ça fait longtemps qu'Annabelle et toi vous vous revoyez ?

Alors, c'est donc ça ? Antoine n'est même pas étonné que Cédric soit au courant qu'ils se soient revus. Entre La Coupole et le Néon d'argent, quoi de moins étonnant qu'une connaissance commune les y ait aperçus ? Après tout, c'est ainsi que lui-même a appris qu'Annabelle travaillait désormais comme serveuse.

— Qu'est-ce que ça peut te foutre ?

Cédric marque le coup, son visage s'empourpre.

— Je te demande pardon ? On parle de ma femme, là.

— Juridiquement, oui. Mais dans les faits... D'après ce qu'elle m'a confié, vous êtes tout sauf en bons termes. Habiter un studio et faire des petits boulots pour subvenir à ses besoins, quand on est la femme du grand professeur Berckin, c'est un peu antinomique, non ? Annabelle a repris son indépendance, elle est donc libre de voir qui elle veut, et moi de te demander ce que ça peut bien te foutre.

— Tu l'as baisée ?

Au tour d'Antoine de se prendre une gifle glaçante. Comment Cédric ose-t-il ? A-t-il donc sa femme en si piètre estime qu'il pense qu'elle va se jeter dans le lit de son ex du jour au lendemain ? Il crache :

— Tu es vulgaire, Cédric. Vulgaire et pathétique.

Le poing du directeur s'abat sur son bureau.

— Réponds, bordel, tu l'as baisée, oui ou non ?

— Pourquoi, tu vas la cogner, si c'est le cas ? Encore une fois ? C'est devenu une habitude de battre ta femme quand elle ne t'obéit pas au doigt et à l'œil ? C'est pour ça qu'elle s'est barrée de chez vous ?

Antoine s'attend à ce que Cédric devienne furieux. Son corps se tend instinctivement, se préparant à ce que le directeur plonge par-dessus son bureau pour l'empoigner. Au lieu de ça, Cédric semble retrouver son calme. Son visage s'apaise, il pose les coudes sur son sous-main, croise les doigts et y pose le menton.

— Antoine, tu préfères la carotte ou le bâton ?

Suspicieux, Antoine préfère ne pas répondre. Les propos de Jane quant au profil psychologique de Cédric lui reviennent. Ce calme apparent ne lui dit rien qui vaille, et il s'attend à l'onde de choc.

— Je vais faire simple, poursuit Cédric. Peu importe depuis combien de temps vous vous revoyez, à partir d'aujourd'hui, c'est fini. Et pour être sûr que tu vas bien gentiment faire ce que je te dis et arrêter de fréquenter ma femme, tu as, au choix, la carotte ou le bâton. La carotte...

Il pose le doigt sur le dossier posé devant lui.

— Le plan budgétaire qui a été voté suppose un certain nombre de coupes qui font grincer des dents dans la clinique. Parmi les personnes touchées, ta fidèle assistante, Meredith. Il ne lui restait plus que trois ans avant de partir à la retraite, et malheureusement, son fils accidenté voudrait qu'elle le rejoigne rapidement. Hélas, nous ne pouvons lui accorder le congé qu'elle réclame et encore moins la mettre en préretraite, tu le sais, nous en avons déjà parlé en conseil d'administration. C'est pourquoi elle choisit de démissionner et de perdre ses droits. Eh bien, je suis prêt à revenir sur son cas, Antoine. Arrête de revoir Annabelle, et je m'engage à anticiper son départ en retraite. C'est un sacré beau cadeau que je te fais là, non ?

Antoine écume d'une rage mal contenue. C'est maintenant de sa propre réaction qu'il a peur. Il est à deux doigts de fracasser la lampe qui trône sur le bureau sur le crâne de cet individu abject. Ce malade est vraiment prêt à toutes les compromissions.

— Espèce de sombre merde, fulmine-t-il. Comme si tu avais ce pouvoir. Tout a été voté en CA et tu n'es qu'un pion entre les mains des administrateurs de cette clinique. Tu n'as aucun pouvoir sur ce dossier, et tu le sais très bien. Et quand bien même, pour qui te prends-tu ? Comment oses-tu mettre dans la balance la vie de cette pauvre femme ? Tout ça pour quoi ? Pour les apparences ? Tu cherches à convaincre qui ? Ta femme te méprise à un point que tu n'imagines pas, Cédric. Accepte-le une bonne fois pour toutes et laisse-la partir.

En même temps qu'il libère son amertume, Antoine prend conscience que ses propos ne servent à rien. Pire, qu'ils peuvent envenimer la situation. Mais il est ainsi, l'injustice le révolte, et son indignation doit s'exprimer.

Les yeux de Cédric se réduisent à deux fentes. D'une voix neutre, il assène :

— Dans ce cas, il ne reste que le bâton...

— Ah oui ? ricane Antoine. Qu'est-ce que tu vas lui faire ? Tu la cognes déjà, c'est quoi la prochaine étape ? Lui écraser des cigarettes sur la poitrine ?

— Pas besoin. Je vais juste laisser mourir son frère.

Antoine en a le souffle coupé

— Comment ça ?

— Oh, c'est très simple, en vérité. Cela fait vingt ans que je raque, tous les mois, pour l'hospitalisation, les traitements et les soins du frère d'Annabelle. Je ne suis pas idiot, tu sais, je sais très bien pourquoi elle t'a quitté du jour au lendemain pour m'épouser, et je m'en suis toujours accommodé. Mais dès lors qu'elle abandonne le domicile, je ne vois pas pourquoi je continuerais à me saigner aux quatre veines pour son petit frère qui, non seulement n'a jamais pu me saquer, mais en plus est condamné. Je suis prêt à faire économiser des frais conséquents à la Sécu si Annabelle continue à te voir et ne revient pas à la maison. Alors, qu'en penses-tu ?

Antoine se lève brusquement. Le bureau tangue autour de lui. Un maelstrom de pensées l'assaille. Il a envie de choper Cédric, de l'étrangler avec sa cravate ringarde. Et pendant qu'il serre le nœud autour de son cou flasque, de lui cracher au visage qu'il faut arrêter de le prendre pour un con, qu'il sait déjà que cet enfoiré a mis sa menace à exécution depuis deux échéances, comme il sait que légalement, il est pourtant tenu de le faire.

Oui, il a envie de lui balancer tout ça, de jubiler en lui annonçant que bientôt, très bientôt, il espère que Cédric Berckin ravalera sa morgue, quand Annabelle et Jane l'attaqueront et que son ignominie sera rendue publique.

Mais il se contient *in extremis,* conscient qu'il ne doit rien laisser entendre, et que la moindre information malencontreusement échappée pourrait se retourner contre Annabelle.

Alors Antoine fait la seule chose qu'il faut faire dans ces cas-là. Il tourne les talons et se dirige vers la sortie.

Arrivé sur le seuil du bureau, il entend Cédric qui l'appelle :

— Antoine, nous sommes bien d'accord, n'est-ce pas ?

Il ne se retourne même pas et, pour toute réponse, lève un bras, le majeur bien dressé.

Les paroles du petit Léopold lui reviennent alors comme une évidence : la vie ne tient qu'à un fil trop mince pour se la laisser pourrir par des nuisibles.

Léopold a raison, il est temps de réagir.

10

— Votre formulaire de sortie est en règle et le médecin m'a remis votre ordonnance. Vous n'avez rien oublié ? demande Annabelle à Albertine.

La vieille dame regarde autour d'elle, inspecte une dernière fois la pièce médicalisée qui l'a accueillie pour la nuit et se tourne vers Annabelle.

— Je ne crois pas. Si nous pouvions partir rapidement, cet endroit me donne la nausée !

Annabelle sourit. Elle a rarement rencontré quelqu'un montrant autant d'énergie qu'Albertine Lilas. Ce serait presque communicatif.

— Eh bien, allons-y. J'ai appelé un taxi, il nous attend devant l'accueil.

Les deux femmes prennent l'ascenseur et s'installent à l'arrière d'une berline spacieuse.

— Vous n'avez pas prépayé, n'est-ce pas ? s'inquiète Albertine.

— Le règlement se fait en fin de course, l'informe le chauffeur. Où allons-nous ?

— Au 4 de l'avenue Ruysdaël, s'il vous plaît, lui répond-elle. Et je règle la note.

Le chauffeur hoche la tête tandis qu'Annabelle sourit. Quand bien même elle essaierait, avec Albertine, elle n'aura jamais le dernier mot.

Vers midi, elles arrivent dans le bel appartement donnant sur le parc. Albertine est catastrophée en voyant l'état de son logement. Les pompiers ont laissé des traces de pas partout, et sa chambre est sens dessus dessous.

Comme elle s'agite pour tout ranger, Annabelle la conduit avec douceur jusqu'à son fauteuil préféré, lui fait couler un thé au jasmin et lui demande de la laisser s'occuper de son intérieur. Albertine a besoin de se reposer, ce sont les consignes strictes du médecin.

Après avoir terminé de tout remettre en place, Annabelle prend une chaise et vient s'installer à côté de la vieille dame avec un plateau garni de sandwichs club au pain de mie. Albertine les adore.

— Merci, mon petit, que ferais-je sans vous ? Pff, je prends de votre temps personnel. Je vous dédommagerai, bien sûr.

— Ne vous inquiétez pas pour ça. Je suis très contente d'être ici avec vous.

Pendant qu'Albertine lui raconte sa nuit épouvantable aux urgences et les allées et venues incessantes dans les couloirs, Annabelle ne peut s'empêcher de jeter un œil à son portable toutes les deux minutes. Elle espère recevoir au plus vite le message d'Antoine, au sujet de Jane. Elle reprendra le travail à 18 heures, elle ne veut pas bâcler leur entretien.

— Vous avez l'air préoccupée, lui fait remarquer Albertine.

Honteuse, Annabelle lève les yeux de son téléphone.

— Pardonnez-moi, j'attends un message urgent.

— Vous n'êtes pas obligée de rester avec moi, vous savez. Si vous avez des choses à faire, je le comprendrai très bien.

Malgré elle, Annabelle lui offre un sourire triste.

— Je suis désolée, j'ai la tête ailleurs. Je ne partirai que lorsque j'aurai reçu mon message. En attendant, je suis avec vous.

— Que se passe-t-il ? demande Albertine d'une voix douce. Rien de grave ?

— Je ne sais pas trop, lui répond Annabelle avec la plus grande franchise.

Albertine fronce les sourcils.

— Mon père avait l'habitude de dire qu'à part si la mort vous prend, dans la vie, il n'y a pas de problème sans solution ! Vous voulez bien me raconter ? Je ne prétends pas être en mesure de vous aider, mais j'aimerais vous écouter.

Annabelle soupire profondément. Elle ne parle à personne ou presque depuis qu'elle a quitté Cédric. Même plus à sa psy. Sa vie sociale se résume à ses heures avec Mme Lilas et à celles passées au Néon d'argent à servir des clients. Elle n'a, certes, jamais noué d'amitié extraordinaire avec personne, mais aujourd'hui, elle a le cœur lourd, trop plein d'amertume et de crainte pour réussir à se taire.

— Avec les années, mon mari n'est pas devenu un homme bien.

— Ça, je l'avais compris, lui dit Albertine d'une voix douce, tout en posant la main sur celle d'Annabelle. Que vous a-t-il fait ?

— Je ne sais même pas s'il en a conscience, mais j'ai vécu sous son joug pendant vingt ans.

— Il vous maltraitait ?

— Pas physiquement...

Pour préserver un peu Albertine, Annabelle s'octroie ce mensonge.

— Cédric est de dix ans mon aîné, continue-t-elle, et a toujours été très autoritaire et déterminé. Vous savez, lorsque je l'ai rencontré, il était très amoureux.

— Et vous ?

Annabelle fait non de la tête.

— Alors, pourquoi l'avez-vous épousé ?

— Je vous ai parlé de Charles, mon frère ?

— Comment ne pas m'en souvenir ?

— Cédric a hérité d'une immense fortune, et mon frère avait besoin de soins que mes parents n'étaient pas en mesure de lui offrir. Cédric a toujours su ce qui a motivé mon union avec lui. Je ne lui ai jamais menti, même si j'avais et ai encore honte de m'être servi de lui. Cédric l'a accepté, il me voulait vraiment et espérait que je finirais par l'aimer.

— Mais ça n'a jamais été le cas ?

— Au début, j'éprouvais une grande reconnaissance et beaucoup de tendresse pour lui, mais je n'ai pas réussi à tomber amoureuse, et pour lui, ce n'était pas suffisant. J'ai payé le prix fort, me suis enfermée dans la peau d'une femme effacée et soumise. Et Cédric est devenu l'homme implacable et cruel qu'il est aujourd'hui.

L'expression d'Albertine se durcit.

— Cruel ? Que voulez-vous dire par là ?

— Lorsque nous nous sommes mariés, nous avons signé un contrat chez le notaire, dans lequel il s'engageait à toujours subvenir aux besoins de Charles et à prendre en charge les frais de l'institut dans lequel il se trouve. Cédric ne paie plus depuis deux mois, mes parents ont reçu une lettre de relance hier.

La voix d'Annabelle se brise.

— Nous ne sommes pas en mesure d'honorer cette dette ni d'assumer de tels frais pour les mois suivants.

— Oh...

Annabelle observe le visage déconfit de la vieille dame. Elle semble réellement affectée par la nouvelle, si bien qu'elle s'en veut de s'être laissé aller à de telles confidences.

— Je n'aurais pas dû vous embêter avec ça, Albertine, je suis désolée.

— Non, non, mon petit, ne vous excusez surtout pas. Je suis simplement horrifiée par la bassesse de votre mari. Qu'allez-vous faire ?

— J'attends l'appel d'un ami qui doit me mettre en relation avec une avocate.

Albertine la dévisage, puis pousse un profond soupir.

— Acceptez mon offre.

— Pardon ? Quelle offre ?

— Venez vivre ici. Cet appartement est bien trop grand pour moi, et j'ai démontré, hier, qu'il vaut mieux que je ne vive plus seule. Vous pourriez faire l'économie d'un loyer, mettre un peu d'argent de côté pour votre frère, pour l'avocat ou que sais-je, et moi, vous me rendriez service. Vous avez besoin d'aide et j'ai besoin de la vôtre, c'est donnant donnant. S'il vous plaît, Annabelle, acceptez.

Annabelle en reste sans voix. En moins de deux semaines, c'est la seconde fois qu'Albertine lui propose de lui retirer une épine du pied, elle en pleurerait.

La jeune femme déglutit en retenant un sanglot.

— C'est tellement gentil à vous, Albertine, mais ne pensez-vous pas qu'il vous faut d'abord être sûre de pouvoir supporter une telle promiscuité ? Notre contrat ne fait que commencer.

Albertine claque la langue.

— Parce que je vous donne l'impression d'avoir toute la vie devant moi ? Ce n'est pas le cas, mon petit, et vous le savez aussi bien que moi.

— Je ne sais pas quoi vous dire, Albertine. Vous agissez telle une bonne fée.

— Dites oui, c'est tout. Quant à savoir si je suis une bonne fée, vous le saurez bien assez tôt ! Je suis sûre que si mon défunt mari était encore là, il me comparerait plutôt à Carabosse !

— J'en doute, s'amuse Annabelle.

— Vous savez, je refusais jusqu'ici de l'admettre, mais avant de solliciter votre compagnie auprès de l'agence, je me sentais bien seule. Une aussi vieille dame que moi souhaite forcément finir ses jours entourée de gens qu'elle aime, et sachez que je vous apprécie beaucoup, Annabelle.

Annabelle ne contrôle pas son geste, elle ouvre les bras et serre Albertine contre elle, à la limite de pleurer comme une enfant. Mme Lilas lui tapote le dos d'une main douce, lui murmure des paroles rassurantes. Annabelle ne s'est pas sentie choyée de cette façon depuis si longtemps, et elle éprouve une telle tendresse pour cette femme qu'elle voudrait que ça ne s'arrête jamais.

— Allons, allons, mon petit. Je suis sûre qu'il y a une solution.

— Ce n'est pas la situation que provoque Cédric qui me donne envie pleurer, mais votre gentillesse. Si j'accepte votre offre, permettez-moi au moins de vous payer un loyer.

— Je n'ai pas besoin d'argent, Annabelle. Avez-vous vu l'appartement dans lequel je vis ? ajoute-t-elle en embrassant la pièce de la main. Si j'ai choisi de travailler toute ma vie, mes parents et leurs familles m'ont laissé bien assez d'argent pour que je n'aie à me soucier de rien, et pour que mon petit-fils n'ait jamais à se tuer à la tâche. Ne vous préoccupez pas de me payer un loyer. En revanche, je ne suis pas contre quelques bons petits plats !

Annabelle émet un petit rire et s'essuie les joues.

— D'accord. Mais ne me parlez pas de jours de congé.

— Vous rêvez, jeune fille ! Nous ne changeons rien aux horaires que nous avons initialement définis. Cinq demi-journées par semaine et pas une de plus, le reste du temps est le vôtre. Et n'insistez pas, l'esclavage est aboli depuis longtemps.

Annabelle souffle dans un mouchoir en papier et s'essuie le nez.

— Merci, Albertine.

— Merci à vous. Votre téléphone, ajoute-t-elle en le voyant clignoter.

Le cœur d'Annabelle fait un bond, c'est Antoine.

Désolé de t'avoir prévenue aussi tard, j'ai eu un début de matinée difficile. Tu as rendez-vous à 14h30 au cabinet. Je t'envoie la fiche de Jane par texto, il y a l'adresse et son numéro de téléphone.

Elle lui répond immédiatement.

Merci, Antoine...

Je t'en prie. Tiens-moi au courant.

Annabelle consulte sa montre, il est 13 h 30.

— Je dois y aller, Albertine. Et ensuite, je reprends le travail à 18 heures.

Mme Lilas hoche la tête, se lève et va fouiller dans le tiroir de son buffet.

— Ces clés sont désormais à vous. Revenez quand vous le souhaitez. Ce soir ou demain.

— Nous sommes samedi, je risque de finir tard. Si ça ne vous ennuie pas, je reviens demain matin.

— Bien sûr, mon petit.

Annabelle se lève à son tour et enfile son manteau.

— Prenez soin de vous, Albertine, et pas d'acrobaties en mon absence. Attendez-moi pour récupérer vos vieilles photos, la taquine-t-elle.

Albertine l'accompagne jusqu'à la porte et lui pose la main sur l'épaule.

— Tout va s'arranger, j'en suis certaine.

— Je l'espère, Albertine, je l'espère.

*

Annabelle arrive au cabinet De Bérail & Stewart avec quinze minutes de retard. Quand elle frappe à la lourde porte, c'est Jane qui lui ouvre. Cette dernière accuse un léger mouvement de recul quand elle voit Annabelle, sa tenue simple, ses cheveux tirés en queue-de-cheval. Puis elle se plaque un immense sourire sur le visage.

— Annabelle ! Entrez, je vous en prie, je vous attendais, l'accueille-t-elle avec un fort accent américain. Suivez-moi, c'est par ici.

Annabelle marche derrière Jane à travers un long couloir, les yeux fixés sur son tailleur Gucci. Elle avait elle-même une garde-robe pleine de vêtements de grands couturiers, de chaussures faites sur mesure, de sacs de créateurs. Alors, face à l'élégance de Jane, elle se sent presque mal à l'aise dans son pantalon cigarette noir et sa chemise blanche toute bête.

— Installez-vous, l'invite Jane en se dirigeant vers une machine à expresso. Je vous sers un café ?

Annabelle accepte d'un hochement de tête. L'assurance de Jane l'intimide. La rousse volcanique prend tout l'espace et irradie de cette certitude que possèdent les gens à qui tout a réussi : l'amour, l'argent, le travail... Annabelle, elle, s'est avouée vaincue dans chacun de ces domaines, c'est même pourquoi elle se retrouve là, aujourd'hui. Et c'est si humiliant !

Avant de s'installer derrière son bureau, Jane pose devant elle une délicate tasse en acier, une cuillère et un sucre qu'Annabelle n'utilisera pas.

— Je suis heureuse que vous soyez venue, commence Jane. Vous avez l'air en forme.

— J'ai connu de pires moments.

— Vous me racontez ce qui se passe ?

Jane est directe, mais comme Annabelle n'a pas envie de perdre de temps et qu'elle a l'impression de beaucoup se répéter, en ce moment, elle expose la situation à Jane de la façon la plus pragmatique possible pendant que l'avocate prend des notes. Puis elle sort le courrier de l'institut que ses parents lui ont remis.

Jane le lit avec la plus grande attention, et relève les yeux sur Annabelle.

— Antoine m'a dit que vous ne disposiez d'aucune copie du document notarié, mais peut-être connaissez-vous le nom du cabinet qui l'a rédigé ?

— Oui, il s'agit de maître Astier, à Neuilly-sur-Seine.

— C'est là que réside encore votre mari, si je ne m'abuse ?

— Tout à fait.

Jane la dévisage quelques secondes en donnant l'impression d'être en train d'évaluer la situation. Puis elle se cale contre le dossier de sa chaise.

— Vous vous souvenez un peu des termes de ce contrat de mariage ?

— Oui, Cédric devait prendre en charge tous les soins de Charles dès lors que je l'épousais, et ce, même si je devais mourir avant lui.

— Très bien. Annabelle, si vous n'y voyez pas d'inconvénient, je vais contacter ce notaire et lui demander, en votre nom, une copie dudit document. Vous en étiez bien signataire, n'est-ce pas ?

— Oui...

— Êtes-vous en relation avec votre mari ?

— Non, je ne l'ai pas revu depuis des mois.

— Aucun signe de lui ?

Annabelle baisse la tête.

— Je n'ai aucune preuve, mais...

Elle lui raconte alors l'épisode des boîtes aux lettres, le gamin pris la main dans le sac et la plainte que veut déposer le syndic.

— Vous refusez de témoigner ?

— Je ne préfère pas.

Jane inscrit quelque chose sur son bloc-notes et pose le stylo.

— Bien, nous verrons ça plus tard. En attendant, je vais vous dire ce que je pense, Annabelle. Je ne suis certes pas spécialiste du droit familial, mais il me semble que votre mari exerce sur vous une pression aussi inutile que dangereuse pour son porte-monnaie.

— C'est-à-dire ?

— Vous n'êtes pas encore divorcés, à ce que je sache ?

— Non, en effet.

— Ce qui signifie que si votre contrat de mariage ne contient aucune clause déchargeant votre mari de toute responsabilité envers votre frère en cas d'abandon du domicile conjugal, il est en tort. Il est même hors la loi. Sauf erreur de ma part, et au besoin, je ferai vérifier par un confrère, il ne me sera pas bien difficile de lui faire payer ce qu'il doit à l'institut Hermus. En revanche, il vous faudrait trouver une solution dans le cas où vous divorciez. Quelles sont vos intentions à ce sujet ?

Annabelle déglutit.

— Je ne sais pas...

— Annabelle, j'ai conscience que vous êtes perturbée, et je devine quelle influence votre mari avait sur vous, j'ai eu l'occasion d'y assister l'année dernière à ce gala de charité. Vous ne pouvez pas vivre dans la terreur toute votre vie. Des solutions peuvent être trouvées pour protéger votre frère.

— Vous me le garantissez ? l'interrompt Annabelle.

— Ce ne sera sans doute pas aussi luxueux que l'endroit où il vit maintenant, mais je vous assure qu'il peut être placé dans un établissement tout à fait décent.

Annabelle serre les poings. Son frère souffre depuis qu'il est enfant. Il n'y a jamais eu aucun répit pour lui, aucune rédemption, aucun miracle. Alors elle s'y refuse. Non.

— Je n'ai pas l'intention de demander le divorce.

Jane soupire, mais Annabelle sait qu'elle comprend.

— Cette situation, entre vous, est donc provisoire ?

Rien que d'y penser, Annabelle frissonne.

— Non. Mais je ne demanderai pas le divorce sans être certaine que mon frère n'en pâtira pas.

— Très bien. Je ne pense pas que ce soit la meilleure solution, mais je la respecte. Je vais contacter le notaire afin que les traites de l'institut soient réglées.

— Merci, Jane... Mais je n'ai pas les moyens de vous rémunérer.

— Je ne vous demande rien.

— Pourquoi acceptez-vous de m'aider ?

Jane lui sourit.

— Parce que je crois que vous méritez d'être heureuse. Puis-je vous poser une question indiscrète ?

Annabelle acquiesce.

— Comment voyez-vous votre relation avec Antoine ?

— Je ne vois rien du tout, répond-elle franchement.

— Vous l'aimez toujours ?

Annabelle est si médusée par sa question, qu'elle est incapable de dire quoi que ce soit.

— Inutile de répondre, s'amuse Jane, ça se lit dans votre regard.

— C'était il y a si longtemps, il y a prescription...

— Si la vie m'a appris quelque chose d'important, c'est qu'en amour, la prescription n'est jamais valable. Je ne devrais pas vous le dire, mais Antoine tient toujours à vous.

Annabelle ne peut s'empêcher d'esquisser un sourire amer.

— Antoine me déteste.

— Vous n'y croyez pas une seule seconde, sinon vous ne seriez pas ici devant moi.

— Je l'ai fait beaucoup souffrir, dit-elle avec un regard fuyant.

— C'est vrai. Mais vous avez souffert vous aussi. Parlez-vous. Dites-lui pourquoi.

Lui parler ? Sans doute en serait-elle capable, mais jamais elle ne fera la démarche de le contacter. Tant d'années sont passées, il lui arrive souvent de se demander à quoi cela pourrait servir.

Annabelle regarde sa montre et sourit à Jane.

— Je dois partir, je commence mon service dans une heure.

Jane fouille dans son tiroir pour en sortir une carte de visite qu'elle tend à Annabelle. Cette dernière s'en saisit, la glisse dans la poche arrière de son pantalon et se lève.

— Merci pour tout, Jane.

— Vous me remercierez quand je vous aurai sortie de ce mauvais pas. En attendant, tâchez de ne pas vous laisser intimider. Et si votre boîte aux lettres est de nouveau vandalisée, n'hésitez plus. Portez plainte.

Annabelle acquiesce sans en penser un mot et suit Jane qui la raccompagne jusqu'à la sortie.

— À bientôt, Annabelle, je vous tiens au courant dès que j'ai des nouvelles.

— À bientôt, Jane.

11

Lorsque Jane passe la porte de leur appartement, Martin est en train de changer Louis dans sa chambre. Bébé n'est pas content et montre de quoi ses poumons sont capables.

— Que se passe-t-il ? demande-t-elle en s'approchant.

— Aucune idée, il est comme ça depuis que tu es partie. Ça s'est bien passé ?

— Oui, très bien. Laisse-moi voir, dit-elle en observant la bouche béante de Louis quand il crie. Regarde ses gencives, elles sont toutes gonflées.

— C'est un peu tôt pour faire ses dents, non ?

Jane sourit. Elle n'est pas plus experte que Martin à ce sujet, mais elle a toujours entendu ses propres parents dire qu'elle avait eu des dents très tôt, à six mois, et Louis en a cinq et demi. La seule raison pour laquelle ils s'en souvenaient, c'est parce qu'ils réveillaient la nourrice en pleine nuit pour s'occuper d'elle, qu'elle poussait des cris épouvantables et que c'était « incroyablement épuisant » pour eux.

Les parents de Jane n'ont jamais versé dans l'affection. Petite, elle les a très peu vus, ils ont raté beaucoup d'étapes importantes de son enfance, alors que Jane est heureuse de ne rien manquer avec son fils.

— Il tient de sa mère, s'amuse-t-elle.

— Tu dis ça parce que tu as les dents longues ?

Jane fait mine d'être outrée. Martin n'aime rien mieux que la taquiner.

Il profite qu'elle est penchée sur leur fils pour lui soulever les cheveux et lui déposer un léger baiser sur le cou.

— Il a déjà mangé ? demande-t-elle en se frictionnant les mains de liquide antiseptique.

— Oui, comme un crevard !

— Il tient de son père, dit-elle cette fois.

Lequel ronchonne. Jane lui donne un gentil coup de hanche pour le pousser.

— Je termine, tu n'as qu'à aller jeter la couche sale.

— Bien aimable à vous, madame l'avocate, rétorque-t-il. Je t'attends dans le salon, tu me raconteras ton rendez-vous.

Jane finit de boutonner la grenouillère de son fils et le prend dans ses bras. Au contact de sa mère, il semble vouloir se calmer un peu.

— Là, ça va aller, mon doudou. J'imagine combien ça doit faire mal, mais il faut être fort, car des dents, tu en auras tout plein.

Louis ne comprend pas un traître mot du charabia de sa mère, mais se laisse volontiers bercer par sa voix. Elle lui embrasse le front, le cajole, marche un peu dans la chambre, et l'enfant finit par s'endormir d'épuisement.

Jane le garde encore un peu contre elle avant de le coucher dans son berceau. Chaque fois qu'elle le tient dans ses bras, qu'elle le regarde, c'est comme si le monde s'arrêtait. Elle a officiellement repris le travail depuis deux mois et chaque jour qui passe loin de Louis, elle éprouve un manque que rien ne pourrait combler.

Martin et elle sont fous l'un de l'autre, mais bien plus de leur fils. C'est toujours à celui qui pourra rentrer le plus tôt pour l'arracher aux bras de la nourrice et se l'accaparer. Ils se disputent les moments du bain, du biberon, des jeux... L'enfance de Martin, aussi bien que celle de Jane, a été chaotique. Mais aujourd'hui, ils forment la famille qu'ils ont toujours rêvé d'avoir. Martin et elle sont revenus de loin – Jane n'oubliera jamais qu'elle a été responsable de l'accident qui lui a coûté une jambe –, mais elle ne pense pas se tromper en affirmant pour eux deux qu'ils n'ont jamais été aussi heureux.

Depuis un peu plus de deux mois, Jane s'est associée à Adrien de Bérail. Rien que de très logique, ils travaillent ensemble depuis des années. Quand elle vivait encore à Washington, il n'était pas rare qu'ils partagent des affaires internationales. Cela dit, par le passé, Jane et lui ont eu des relations houleuses, mais depuis qu'Adrien est marié à la délicieuse Gabrielle, leurs rapports se sont normalisés et Jane peut jouir de la vie parisienne comme elle l'a toujours voulu.

Elle pose délicatement Louis dans son berceau et referme la gigoteuse. Il dort à poings fermés.

Quand elle rejoint Martin dans le salon, il est en train de feuilleter un dossier qu'il a rapporté du bureau.

À une autre époque, Martin Legrand était archéologue, spécialiste de l'époque gallo-romaine. C'est même dans ce cadre qu'ils se sont rencontrés avec Gabrielle Géris, la femme d'Adrien. Eux aussi ont connu des rapports plus que conflictuels. Car si, aujourd'hui, Martin est gérant d'une entreprise florissante, il n'a pas toujours été l'homme honnête et droit qu'il est désormais. Gabrielle et lui se sont séparés après qu'elle a été accusée de trafic d'objets archéologiques sur le chantier de fouilles qu'il dirigeait. Sans cet épisode malheureux, Gabrielle n'aurait jamais rencontré Adrien, et Jane, Martin.

Jane observe ce dernier d'un air attendri. Ses cheveux blonds en bataille, son sweat du week-end, son jean troué, sa prothèse qu'il ne prend même plus la peine de cacher depuis qu'ils vivent ensemble. Elle le trouve magnifique.

— Un nouveau client ?

Martin se gratte la tête.

— Ouais, un gros contrat. Mais le mec est ultra-pointu, je sens qu'il va vouloir nous la faire à l'envers.

— Tu veux que j'y jette un œil ? lui demande Jane en s'asseyant à côté de lui, sur le canapé.

Jane est spécialisée en droit des affaires. D'ailleurs, Martin dit souvent que c'est son plus grand défaut, on ne peut lui faire avaler aucune couleuvre.

Il jette la liasse de documents sur la table basse et enroule un bras autour des épaules de Jane pour la coller à lui.

— On verra ça plus tard. Raconte-moi plutôt ton entretien avec Annabelle Berckin.

— Mais voyons, monsieur, c'est confidentiel !

Il éclate de rire.

— Comme si je n'avais pas les moyens de te faire parler ! Alors, elle demande combien ?

Jane fronce les sourcils.

— Combien pour quoi ?

— Pour libérer son très friqué mari !

— Ah non, Martin, tu n'y es pas du tout. Elle ne demande rien. Même pas le divorce, du reste. Ce qu'elle veut, c'est qu'il respecte ses engagements à l'égard de son frère.

Comme Martin ne comprend pas, Jane lui explique grossièrement la situation.

— Et elle a un recours ?

— Tant qu'aucun des deux ne demande le divorce, oui, je pense, c'est ce que je vais vérifier.

— Pourquoi tiens-tu autant à lui rendre service, Jane ?

Elle soupire profondément.

— Je l'aime bien. Et puis, tu te rappelles ce que je t'ai raconté sur mes parents ? Tu te souviens de la manière dont ils se plaisaient à m'écraser tout en faisant croire qu'ils étaient irréprochables ? Eh bien, c'est ce que cette femme a vécu avec son mari pendant vingt ans.

— C'est ce que tu supposes, Jane, tu n'as qu'une seule version des faits.

— *Really?* Il me semble t'avoir raconté ce à quoi j'ai assisté l'année dernière, au gala de charité. Annabelle ne m'a jamais rien raconté, nous ne sommes pas assez proches pour ça. Non, Martin, ce que je sais, je l'ai vu de mes propres yeux.

— Tu ne l'as vu qu'une fois. Ton métier a dû t'apprendre que les apparences sont parfois trompeuses.

Jane se décale pour regarder Martin dans les yeux.

— Tu plaisantes ? Ce mec est vrai connard. Un prédateur, un manipulateur, un pervers, *a fucking real bastard!*

— Ça va, ça va ! dit Martin en levant les mains devant lui. Ne monte pas sur tes grands chevaux, Jane. Je te donne juste mon avis.

Un silence gênant s'installe alors entre eux. Puis, chagrinée que Martin puisse laisser le bénéfice du doute à un tel personnage, elle revient à la charge.

— Merde, comment peux-tu le défendre ? Ce type est puant.

— Il l'est, oui, mais c'est aussi l'homme grâce à qui je marche convenablement aujourd'hui.

Jane en reste sans voix. C'est donc ça... Martin se sent redevable. Il ne devrait pas : pour Cédric Berckin, il était un patient comme un autre. Un patient qui paie.

— Je comprends, s'adoucit-elle, mais c'est tout à fait le propre d'un manipulateur narcissique, tu sais ? Il fait du bien à tout le monde, on l'adule, l'admire, mais sa victime, elle, vit une double peine. Écrasée par son mari, méprisée par les autres qui ne comprennent pas son manque de reconnaissance.

— Jane, ça ne regarde personne ce qui se passe entre eux.

— Ça me regarde, moi, puisque je suis son avocate.

— Tu t'occupes de droit des affaires ! Tu ne peux pas être son avocate.

Les yeux de Jane lancent des éclairs. La mettre au défi n'est pas exactement la bonne tactique pour lui faire baisser les bras.

— Je vais aider cette fille, Martin, que tu le veuilles ou non. Et je me ferai assister, si besoin. Le cabinet comprend de très bons avocats spécialisés.

— Et qui, eux, voudront peut-être être payés. Car je suppose que tu fais ça gratuitement ?

— Oui, et alors ? Vu le nombre de services qu'on me doit, je doute qu'on me refuse un coup de pouce. Quant à ta pseudo-loyauté envers Cédric Berckin, tu peux te la met...

Jane n'a pas le temps de terminer sa phrase, Martin lui a écrasé la bouche sous la sienne.

La jeune femme n'est pas surprise, c'est l'unique façon qu'a Martin de la faire taire. Il enroule ses bras autour d'elle et la serre fort.

— C'est toi le manipulateur, dit-elle contre ses lèvres.

Il se détache et lui parsème le cou de baisers.

— Tout à fait...

— Et tu ne me feras pas changer d'avis.

— J'en suis certain.

— Alors pourquoi tu continues ?

— Parce que j'aime ça.

— Martin Legrand ! s'exclame-t-elle en le repoussant avec fermeté. Je vais le faire, tu sais ça ? Je vais l'aider.

Vaincu, il recule et croise les bras sur sa poitrine.

— Hélas, oui, je le sais. Tu vas aller jusqu'au bout et me casser les pieds jusqu'à ce que l'affaire soit terminée. Donc, je vais éviter de te mettre des bâtons dans les roues, comme ça, ce sera plus vite fini et on pourra passer à autre chose ! Maintenant, on baise ou pas ?

Jane en reste médusée un instant puis éclate de rire.

— Oui, on baise.

*

Annabelle arrive au Néon d'argent avec une demi-heure d'avance. Ses collègues sont déjà affairés au service. Comme tous les samedis, l'équipe est au complet.

Elle se dirige dans les vestiaires et, comme à son habitude, jette un œil au bureau ouvert de son patron. Éric est au téléphone et s'agite. Il lui tourne le dos.

— Puisque je te dis que ce sont des conneries ! On ne va quand même pas se laisser arnaquer par cet enculé ! C'est mon rade, bordel !

Un silence, son interlocuteur lui répond. Annabelle s'apprête à s'éclipser en douce quand Éric Soulas se tourne d'un coup et l'aperçoit.

— Je te rappelle, dit-il avant de raccrocher en vitesse.

Annabelle lui adresse un sourire gêné, et juge qu'il est inutile de faire semblant. Depuis quelque temps, elle le trouve préoccupé, toujours le nez dans la paperasse alors que, d'habitude, il n'aime rien de mieux qu'être en salle avec eux.

— Tout va bien ? lui demande-t-elle.

Il se passe une main sur le crâne puis s'appuie sur les yeux.

— Ouais...

— J'ai entendu, vous savez. Je voudrais bien vous dire le contraire, mais ce n'est pas le cas. Un problème avec l'établissement ?

Il lève les yeux sur Annabelle, semble se donner un instant de réflexion, puis hoche la tête.

— Entrez et fermez la porte derrière vous.

Annabelle s'exécute.

— Une fausse déclaration comptable qui n'est pas de mon fait.

— Oh... Il y aura des conséquences ?

— Je ne sais pas, le fisc me tombe dessus.

Aïe.

— C'est vous qu'on accuse ?

— Bien sûr, pardi ! Pas mon voisin !

Annabelle sursaute.

— Oui, évidemment... Je vais vous laisser, je dois prendre mon service, dit-elle en tournant le dos, prête à sortir.

— Non, attendez ! Annabelle, je vous prie de m'excuser, je suis sous pression.

Elle lui sourit.

— Je ne vous en veux pas. Vous êtes conseillé ?

— Je dois me mettre en relation avec un avocat.

Annabelle met la main dans sa poche et en ressort la carte de visite de Jane qu'elle pose sur le bureau d'Éric.

— Appelez-la de ma part, c'est une... amie. Elle est spécialisée en droit des affaires, elle pourra peut-être vous aider.

Éric lit la carte, incrédule.

— C'est l'un des plus grands cabinets d'avocats de Paris.

— Il paraît, dit-elle avec un petit sourire gêné.

— Vous avez des connaissances étonnantes, Annabelle. Merci pour la carte.

— Je vous en prie, Éric, c'est normal.

La soirée file à une allure démentielle. Jusqu'à 2 heures du matin, le bar ne désemplit pas. Annabelle est tellement fatiguée en finissant son service qu'elle ne reste pas pour picorer des tapas avec les autres.

Il pleut fort, elle resserre son manteau, et au bout de quelques instants, elle est contrainte d'appeler un taxi. Trente minutes de marche sous un temps pareil et elle ne parviendra qu'à écoper d'un joli rhume.

En déverrouillant l'écran de son téléphone, les premières lignes d'un SMS d'Antoine s'affichent.

Comment s'est passé ton rendez-vous avec Jane ? Peut-on en discuter devant un dîner ? Au *Chateaubriand* dans le 2ᵉ, 20 heures, la semaine prochaine, le jour de ton choix, je ne serai pas de garde.

Le cœur d'Annabelle s'emballe. Elle a éludé avec brio sa dernière invitation, mais il insiste, et pour... un dîner ? Leur dernier rendez-vous – l'unique en vingt ans – n'a pas duré quinze minutes avant qu'ils ne se disputent et qu'elle ne quitte La Coupole. Alors un dîner... Que pourraient-ils bien avoir à se dire pendant deux heures ? Elle ne connaît pas le restaurant qu'il propose, et le sujet Jane Stewart ne prendra pas autant de temps. Elle hésite avant de répondre. Antoine a peut-être envie d'aborder d'autres questions plus épineuses. La dernière fois qu'ils se sont vus, elle lui a fait remarquer qu'il ne lui avait jamais laissé l'occasion de s'expliquer sur les raisons de son mariage avec Cédric. Du moins, Antoine n'avait jamais cherché à savoir sans la condamner d'avance. Et elle n'avait pas non plus essayé de se défendre. La perspective de s'en ouvrir à Antoine la glace autant qu'elle la réchauffe. Annabelle a besoin de se délester d'un fardeau porté depuis trop d'années, mais c'est effrayant.

Annabelle note qu'Antoine a fait tenir sa demande dans un seul SMS ; l'heure, l'endroit, la question, afin qu'ils n'aient pas d'autre message à échanger qu'un simple oui ou non.

Annabelle tape sa réponse comme une automate, sans réfléchir.

OK. Lundi.

*

Le jour J, Annabelle arrive au Chateaubriand à l'heure convenue. Antoine est déjà là. Les yeux plongés dans la carte des vins, il ne l'a pas encore vue.

Elle retarde son arrivée et l'observe. Il a soigné sa tenue. Il porte un costume sans cravate, sur une chemise blanche. La virilité qu'il dégage est bien trop palpable pour qu'Annabelle puisse l'ignorer, même de loin. Du temps où ils étaient ensemble, Antoine accusait bien quinze kilos de moins. Il était assez maigrichon, alors que maintenant, c'est devenu un homme au corps élancé, massif et rassurant.

Elle se sent étriquée dans sa robe noire achetée au marché sans l'essayer, ce matin, pour deux francs six sous. Elle porte ses bottines habituelles, ce qu'elle n'aurait jamais osé faire auparavant. Pour Cédric, une robe ne s'accorde qu'avec des stilettos.

— Mademoiselle, je vous débarrasse de votre manteau ? lui propose le serveur.

— Je... oui, merci.

Se faire servir est le genre d'habitude que l'on perd vite. Heureusement, le *Chateaubriand* ne semble pas être le genre d'endroit où on en fait des tonnes, c'est un bistrot très sympathique, et elle est reconnaissante à Antoine pour ce choix. Le luxe de La Coupole l'avait mise très mal à l'aise.

Le serveur la conduit jusqu'à Antoine qui s'est levé en la voyant arriver. Le moment gênant du baiser sur la joue ou de la poignée de main n'arrive pas, elle est soulagée. Antoine se contente de lui désigner sa chaise.

— Je ne pensais pas que tu accepterais mon invitation, commence-t-il, mais je me réjouis de ta présence.

— Merci. Je t'avoue que j'ai hésité. Puis je me suis dit que nous avions peut-être des choses à nous dire.

Il sourit.

— Ce sera le dîner des grandes confidences ?

— Ou des petites !

— Détends-toi, dit-il en la sentant crispée – et elle l'est. Nous allons d'abord partager un verre. Une bouteille de moulin-à-vent, demande-t-il au serveur.

Puis, très à l'aise, il picore deux ou trois des olives vertes qui se trouvent sur la table.

— Comment s'est passé ton entretien avec Jane ?

— Elle ne t'en a pas parlé ?

Il rit.

— Elle en aura peut-être touché un mot à Martin, mais pas à moi ! Ce n'est pas son genre.

— Martin, c'est son conjoint, n'est-ce pas ? Celui que Cédric a opéré.

— Tout à fait.

Elle n'ajoute rien de plus à ce sujet, mais se souvient de la façon dont Cédric s'était vanté d'avoir pratiqué une opération exceptionnelle, et que s'il pouvait y avoir un prix de la plus belle amputation, il lui aurait été remis pour les dix prochaines années. C'était il y a quatre ans.

— Alors ? insiste Antoine. Que pense-t-elle de la situation ?

Annabelle lui raconte leur conversation, et comme elle l'avait prédit, ça ne lui prend pas plus de dix minutes.

— Tu peux lui faire confiance, la rassure-t-il. Elle trouvera la faille.

— Je l'espère...

Le serveur revient avec la bouteille et leur sert chacun un verre qu'ils goûtent dans un silence écrasant. Puis Antoine le rompt d'une voix déterminée :

— Il y a beaucoup de non-dits entre nous, Annabelle, et si je t'ai proposé que nous nous voyions ce soir, c'est pour en dissiper certains.

Elle avale une gorgée de vin pour faire passer son trouble et lui sourit avec prudence.

— Je te laisse commencer.

— Très bien. Quel genre d'homme était Cédric avec toi ?

Malgré elle, Annabelle frissonne.

— Généreux et égoïste. La contradiction parfaite.

— Jane est convaincue qu'il te manipulait, qu'en penses-tu ?

Annabelle n'est pas prête à en dire autant, et surtout, elle n'a pas envie qu'Antoine ait pitié d'elle. C'est une réponse en demi-teinte qu'elle lui fait.

— Disons que Cédric a toujours été quelqu'un d'égocentrique. Il a besoin qu'on l'aime et qu'on le complimente. Il n'hésitait pas à acheter mon adoration.

— Toi, tu l'adorais ? demande Antoine, peu convaincu.

— Il a de nombreuses qualités.

— Et d'encore plus nombreux défauts. Il te frappait ?

— Non ! s'exclame-t-elle comme si elle craignait des représailles. C'est arrivé une fois, quand tu es intervenu.

À l'évocation de ce souvenir, le visage d'Antoine se ferme.

— Est-ce que tu penses que ça pourrait arriver encore ? veut-il savoir. Il te menace ? Te harcèle ? Essaie de t'intimider ?

— Il ne pourrait pas m'intimider davantage qu'en ne payant plus la pension à l'institut...

— Soit, mais pour le reste ?

Cette conversation, pourtant obligatoire, la met très mal à l'aise. Elle a besoin de savoir comment se positionne Antoine, ce qu'il attend d'elle exactement.

— Pourquoi me poses-tu toutes ces questions ? Qu'est-ce que c'est supposé changer, entre nous ?

Antoine la dévisage de son regard le plus intense.

— Ces vingt dernières années, j'ai appris à te détester, puis à cultiver l'indifférence, mais jamais je n'ai souhaité que tu sois maltraitée. J'ai découvert que c'était le cas, même si tu rechignes à en parler, et ça m'est insupportable.

— Tu le penses vraiment ? demande-t-elle sans le quitter des yeux.

— Oui, parce que tu as beaucoup compté.

Le serveur les interrompt une seconde fois pour prendre la commande. Pas plus l'un que l'autre n'a consulté la carte. Alors, il leur conseille un plat qu'ils acceptent sans être certains d'en avoir vraiment envie.

— Annabelle, revoyons-nous davantage, dit Antoine de but en blanc.

Elle avale sa salive et sent les battements de son cœur accélérer. Puis sa voix se fait toute petite.

— Pourquoi ?

— Parce que nous nous le devons. Parce que tout ne peut pas être dit en un soir. Parce que nous avons souffert tous les deux et que nous méritons de panser nos plaies.

Elle frissonne, se demande si vraiment ils pourraient avoir une seconde chance, ou si ce n'est qu'une occasion d'enterrer la hache de guerre sans plus d'engagement. Elle préfère ne pas l'interroger. Sans doute a-t-elle peur de la réponse.

— Toi aussi, tu as beaucoup compté, ose-t-elle lui dire.

Au lieu d'ajouter quelque chose, il lui sourit. Avec pudeur, avec prudence, caché derrière un voile qui soulève l'incertitude.

— Je l'ai longtemps espéré.

— Antoine...

— Chut. Nous reviendrons sur le sujet une autre fois, tu veux bien ?

— Ou pas. Ce n'est peut-être pas nécessaire de se faire du mal.

— Nous ne nous en ferons pas, et de toute façon, tu le dois, dit-il en se saisissant de la bouteille pour remplir les verres. Mais pas maintenant ! Ce soir, j'ai envie de trinquer à Cédric.

Annabelle accuse un mouvement de recul.

— À Cédric ?

— Oui, car sans sa monstrueuse arrogance et son complexe de sinistré du soubassement, nous ne nous retrouverions pas ici.

Annabelle écarquille les yeux de surprise quand elle comprend à quoi il fait allusion, puis retient le rire qui menace de se déployer avec force dans la salle.

— Vive le squash et ses petites indiscrétions ! clame Antoine en levant son verre. À Cédric !

Annabelle aurait traité de fou le premier à lui prédire ce qu'elle allait prononcer.

— À Cédric !

12

Antoine triture son coupe-papier, le serre et le tord jusqu'au point de rupture. C'est un bibelot grossier, en bois terni par le temps et les manipulations, souvenir d'un voyage en Afrique du Sud, l'été suivant l'obtention de son bac, et qui l'accompagne depuis sa première année en fac de médecine. Ce coupe-papier à la pointe émoussée a été son binôme de révisions, son défouloir à stress, le témoin muet de ses joies et de ses chagrins.

Il le jette sur son sous-main et réprime un cri primal. Annabelle et lui s'en tiennent pourtant à ce dont ils ont convenu, la semaine dernière. Si Annabelle a accepté sa proposition de se revoir, ils ont néanmoins décidé d'être prudents et d'attendre un peu.

Leur dernière soirée s'était achevée dans une relative bonne humeur, mais pleine d'incertitudes. Alors qu'il lui tendait son manteau, Antoine s'était ravisé au moment de rapporter à Annabelle son entrevue houleuse avec Cédric et les menaces de ce dernier. Elle avait bien suffisamment de soucis pour ne pas lui ajouter d'inquiétudes supplémentaires.

Réflexe étrange, Antoine a eu envie de protéger son ex-fiancée. Surseoir à leurs retrouvailles obéit à un autre impératif : qui sait comment réagira Cédric s'il apprend que sa femme et son collègue continuent à se voir malgré son interdiction ?

En début de semaine, Antoine est monté au service psychiatrique de la clinique Saint-Roch. Les connexions entre les psychologues et sa propre unité d'oncologie pédiatrique sont nombreuses. Un suivi psy est en effet préconisé entre les jeunes patients et leurs familles pour travailler sur la gestion de la souffrance et, souvent hélas, accepter l'inacceptable et le deuil.

Il y a retrouvé Delphine Matthieu, sa collègue psychiatre. Elle n'a pas cherché à savoir pourquoi Antoine avait besoin de ses lumières, et lui a dressé un profil type sans concession. Si réellement Cédric Berckin correspond à ces critères, alors peu de choses l'arrêteront. Annabelle est son jouet, sa chose, son trophée. À force de manipulations, il n'a eu de cesse que de briser sa volonté, la faire se dévaloriser elle-même, la rendre dépendante. Le fait qu'elle veuille enfin se libérer de son emprise doit le rendre fou de rage, et il est certainement prêt à tout pour reprendre ce qu'il estime être son dû.

Tenter d'avoir un raisonnement cohérent et rationnel avec un sujet de son acabit est voué à l'échec, aussi convient-il d'aborder tous les scénarios, même les plus improbables. Antoine s'est alors dit que Cédric serait bien fichu d'engager quelqu'un pour les prendre en filature. Au point où il en est...

Il s'en tient donc au minimum avec Annabelle, en espérant que les choses évoluent vers une issue favorable. À peine quelques SMS échangés depuis leur dîner. Le dernier d'Annabelle date d'il y a trois jours, pour l'informer que le courrier de mise en demeure de paiement a été envoyé à Cédric par le cabinet de Jane.

Depuis, silence radio. Un mutisme qui ne contribue pas à sa sérénité. Au-delà du différend qui les oppose à Cédric Berckin, il ne peut s'empêcher de s'interroger sur l'après. Que va-t-il advenir d'eux ? Antoine a proposé à Annabelle de continuer à se revoir, mais qu'espère-t-il au fond ? Renouer une relation brisée vingt ans plus tôt ? Faire abstraction des humiliations subies, des interrogations muettes ? Sur quelles bases repartir ?

Et pourquoi chercher à la protéger malgré elle ? Après tout, c'est quand même elle qui l'a lâché vingt ans plus tôt, lui brisant un cœur qu'il a mis tout ce temps à recoller maladroitement.

Antoine aimerait être honnête avec lui-même, mais il prend conscience qu'il n'a pas la réponse à ses questions, et cela l'agace profondément.

Quand il est en proie au questionnement ou à l'irritation, il ne connaît qu'un seul palliatif : le travail. Ça tombe bien, l'opération du petit Léopold Adamcki a lieu dans quatre jours, et la délicatesse de l'intervention nécessite qu'il revoie, encore et encore, le protocole.

Il reprend son coupe-papier, fait glisser sa souris sur son tapis et, le nez vissé sur l'écran de son ordinateur, il relit pour la énième fois ses comptes-rendus d'opération, ainsi que les archives médicales.

Assisté de l'équipe de neurochirurgie, il devra effectuer une exérèse la plus large possible. La tumeur de Léopold s'étant infiltrée dans le parenchyme cérébral, l'enlever sans toucher aux neurones de son jeune patient relève de la gageure, et les risques de lésions sont extrêmement élevés. Donc ôter la tumeur, oui, mais à quel prix ?

Quand bien même l'opération se déroulerait sans complications, il faudra envisager le traitement postopératoire, soit un cocktail dévastateur de radiochimiothérapie et radiothérapie sur la zone opérée, accompagné d'une chimiothérapie quotidienne. Tout cela sur un patient de douze ans, avec des statistiques moyennes de survie à un an et demi...

Soudainement accablé, Antoine ôte ses lunettes et se frotte les yeux. N'a-t-il pas été trop optimiste en assurant à Léopold qu'il était confiant quant aux suites de l'intervention ? La bonne humeur et la foi inoxydables de son jeune patient l'ont peut-être conduit à abandonner la prudence dont il faut faire preuve dans ces cas-là.

« Vous êtes mon super-héros », lui a chuchoté Léopold à l'oreille. Et Antoine s'est sans doute laissé griser par sa mission.

— Rha, nom d'un chien, mais ressaisis-toi !

Il s'assène une gifle sonore et se reconcentre sur ses dossiers. Ce n'est vraiment plus le moment d'avoir des doutes.

Au bout d'une heure de lecture, il se redresse brusquement, frappé par l'évidence. Il comprend soudain pourquoi il n'arrive pas à baisser le rideau entre ses préoccupations personnelles et professionnelles. C'est parce que les cas de Léopold et d'Annabelle sont, toutes proportions gardées, similaires.

L'un et l'autre sont bouffés par une nuisance qui s'est infiltrée petit à petit, jusqu'à prendre possession d'eux et leur enlever la maîtrise de leur propre existence. Pour Léopold, la solution provisoire, c'est l'exérèse ; pour Annabelle, le jugement. Mais dans un cas comme dans l'autre, ôter le corps parasite ne suffira pas. Sans un traitement de fond, le mal reviendra aussi sournois, aussi destructeur.

Antoine se lève et arpente son bureau à grandes enjambées. Que Cédric Berckin soit un être toxique et néfaste, c'est entendu. Il sait qu'une simple injonction de mise en paiement des frais médicaux de Charles Saulier ne suffira pas à calmer son entreprise morbide. Pire, lui opposer une résistance équivaudra à lui agiter le chiffon rouge sous le nez.

Cédric Berckin est un cancer, des plus redoutables. On peut toujours enlever la tumeur, mais si on ne soigne pas le mal à la racine, il reviendra toujours, plus agressif, plus virulent.

Son pas s'accélère, son coupe-papier est au bord de la rupture, mais Antoine est lancé, il poursuit l'analogie avec la tumeur, envisage une multitude de possibilités, applique au cas Berckin la même approche que face à une pathologie.

Il stoppe un instant sa déambulation, frappé par une idée subite, puis il se rue vers la porte qu'il ouvre à la volée.

— Meredith !

Son assistante sursaute, surprise par l'irruption en trombe de son patron.

— Docteur Saint-Armand, vous m'avez fait peur. Est-ce que tout va bien ?

— Oui, oui, pardonnez-moi. Dites, vous avez bien accès à tous les dossiers médicaux des patients passés par la clinique ?

— Les dossiers médicaux ? Oui, bien sûr, tout est informatisé et archivé depuis des années. Nous sommes au XXIe siècle, vous savez ? ajoute-t-elle avec un sourire en coin.

Ignorant la taquinerie de sa secrétaire, qui devra partir dans quatre jours, Antoine lui demande :

— Dans ce cas, transférez-moi les dossiers des patients du docteur Berckin sur la période allant de 2005 à 2008, s'il vous plaît.

Derrière ses lunettes en demi-lunes, les yeux de Meredith s'arrondissent de stupeur.

— Mais... Ça représente des centaines de patients !

— Je sais, oui, c'est bien pour cela que je vous sollicite, ma chère Meredith. Ces dossiers ne sont pas confidentiels, que je sache. Du moins pas entre services.

— Non, bien sûr que non. C'est juste que... Bon, très bien, je m'en occupe, ce sera ma dernière grosse mission. Mais je peux vous demander pourquoi, docteur Saint-Armand ?

Antoine a déjà tourné les talons pour regagner son bureau. Il tourne la tête et adresse un clin d'œil à Meredith.

— Le cerveau est décidément un organe fascinant, vous savez. Il enregistre des événements et des détails sans que vous vous en rendiez compte, et il est capable de les faire remonter à la surface dix ans plus tard, au moment où vous vous y attendez le moins... Ces dossiers sont d'une urgence capitale, Meredith !

Il réintègre son bureau et s'assoit dans son fauteuil qu'il abaisse en position inclinée. Les mains croisées sur le ventre, il ferme les yeux et inspire profondément, tâchant de replonger dans un passé pas si lointain. Cédric et lui n'étaient pas encore chefs de service ou de clinique. À l'époque, jeune titulaire en oncologie pédiatrique, Antoine remplaçait son supérieur en oncologie générale, lequel était en vacances. Le patient concerné était un homme d'une cinquantaine d'années... Quel était son nom, déjà ? Il était atteint d'un cancer des os, et Antoine s'était inquiété de l'évolution d'une tumeur sur son radius. Il estimait que cette tumeur était résécable, mais il avait préféré demander l'avis de Cédric, en orthopédie. Ce dernier avait, au contraire, décrété que la tumeur n'était pas opérable, et qu'il fallait procéder à l'amputation.

La respiration d'Antoine est plus posée. Il est en terrain connu, celui du bloc chirurgical. Ses souvenirs se font plus précis, la scène plus nette. Il revoit son affrontement avec Cédric, la bataille d'experts, l'oncologue contre l'orthopédiste, et *in fine*, la demande d'arbitrage du professeur Escoffier, alors directeur de la clinique, en l'absence du chef de service.

Ce dernier avait demandé une nouvelle biopsie qui, il s'en souvient maintenant, l'avait déstabilisé. Les résultats indiquaient que la tumeur avait connu une croissance tellement rapide qu'il n'y avait hélas plus à hésiter : l'amputation était la dernière chance de stopper la prolifération des cellules cancéreuses.

Antoine se rappelle sa profonde perplexité à l'époque. Une évolution aussi rapide chez un patient suivi depuis des semaines était inédite. Mais il était encore un jeune médecin, qui avait tant à apprendre. Près de dix ans après, il n'aurait pas abordé ce cas avec la même candeur, et sans doute M. Lopez aurait-il gardé l'usage de son bras.

Oui, Lopez, ça y est, le nom lui est revenu ! Et c'était en...

Une notification d'alerte sur son ordinateur l'arrache à ses réflexions. Il se redresse et ouvre sa boîte. Meredith n'a pas chômé, et lui a envoyé un fichier compressé avec tous les dossiers des patients de Cédric Berckin entre 2005 et 2008. Une boule d'excitation creuse l'estomac d'Antoine alors qu'il les fait défiler par ordre alphabétique.

Et voilà ! Gérard Lopez : ablation de l'avant-bras droit, juin 2008.

Avec la méticulosité du chirurgien aguerri, Antoine reprend l'intégralité du dossier, ligne par ligne, de la moindre prise de tension du patient jusqu'au suivi orthopédique après la pose de la prothèse, quand enfin, il tombe sur ce qui lui trottait dans un recoin de son subconscient.

— Qu'est-ce que ça veut dire... ?

Les résultats de la FSC et de la scintigraphie osseuse pratiquées sur M. Lopez sont totalement incohérents. Entre les premières analyses réalisées à son admission, et celles ordonnées par leur professeur afin de les départager, Cédric et lui, les chiffres ont totalement explosé. Une évolution aussi galopante d'un cancer est rarissime, d'autant que, dans son souvenir, leur patient ne montrait aucun autre symptôme d'aggravation aussi rapide.

Une telle aberration se produirait maintenant, Antoine demanderait un recoupement, ou chercherait la cause du dysfonctionnement, mais il ne laisserait pas passer ces conclusions avec autant de souplesse. Mais il avait dix ans d'expérience en moins, et l'autorité de leur chef de clinique d'alors qui prévalait sur tout le reste.

Il reprend les résultats et vérifie le nom du médecin qui a pratiqué les examens. Docteur Lemaire. Le visage de Meredith apparaît alors dans l'encadrement de la porte.

— Docteur Saint-Armand, je m'apprêtais à aller déjeuner. Est-ce que vous avez encore besoin de quelque chose ?

— Non merci, Meredith, vous pouvez y aller, répond Antoine mécaniquement. Ah, juste une dernière question : est-ce que le nom du docteur Lemaire vous dit quelque chose ? Thierry Lemaire.

— Le laborantin ?

— Lui-même. Vous le connaissez ?

Une nuance de tristesse altère les traits de l'assistante d'Antoine.

— Quand on a travaillé autant d'années que moi dans un établissement, docteur, on en devient malgré soi la mémoire vivante. Je vois très bien qui était le docteur Lemaire, oui.

— « Était » ?

— Oui, il est parti à la retraite il y a cinq ans. Cinq ans... c'est à peu près la date à laquelle Cédric a intégré le conseil d'administration.

— Vous ne sauriez pas comment je peux le contacter, par hasard ?

Meredith esquisse un petit sourire modeste.

— Étant de la vieille école, j'ai toujours eu l'habitude de noter les coordonnées des membres de cet établissement dans un carnet qui ne quitte jamais mon bureau. Deuxième tiroir en partant du haut, docteur Saint-Armand. Faites-en bon usage.

Une fois que son assistante est partie, Antoine se rend à son bureau, ouvre le tiroir indiqué et trouve le fameux répertoire. Il déniche rapidement, avec l'écriture si caractéristique de sa secrétaire, un numéro de portable au nom de Thierry Lemaire.

Il le compose et tombe sur la messagerie de l'ancien laborantin.

— Docteur Lemaire, ici le docteur Saint-Armand, de l'unité d'oncologie pédiatrique de la clinique Saint-Roch. Ma démarche vous paraîtra peut-être étrange, mais j'aurais aimé m'entretenir avec vous du cas d'un patient pour lequel vous aviez effectué des analyses FCP et scintigraphie il y a dix ans, Gérard Lopez. Je me doute que cela doit être très ancien, aussi je vous propose de me rappeler à ce numéro à l'heure que vous voudrez. C'est très important.

Il raccroche, un peu sonné par l'enchaînement des nouvelles, et par le doute qui l'assaille. Il sait qu'il a soulevé une pierre sous laquelle grouillent des secrets pas reluisants. Il a à la fois peur de découvrir la vérité, en même temps qu'une douce excitation le titille. Pourvu que le docteur Lemaire le rappelle...

Il se rend au distributeur de snacks de la cafétéria et commande un de ces sandwichs sous vide dont il a horreur. Encore une mesure de l'administration Berckin : supprimer les sandwichs frais pour le personnel, et les remplacer par ces machines à malbouffe. Un double expresso par-dessus, et il remonte dans son bureau avec sa maigre pitance.

Il a à peine fini d'avaler la dernière bouchée de son sandwich en éponge qu'il reçoit un texto. Le numéro n'est pas dans ses contacts. Il ouvre le message, et un long pavé apparaît sur son écran. C'est le Dr Lemaire.

Antoine fronce les sourcils et, au fil de sa lecture, sa mâchoire se décroche, en même temps que son sang entre en fusion.

— Mais quel gros fils de pute !

La fébrilité le gagne, mais il a le réflexe de faire différentes copies du SMS, dans son téléphone et par mail. Puis dans la foulée, il compose le seul numéro qui s'impose, celui de son meilleur ami, qui sera le plus à même de le conseiller : Adrien de Bérail.

L'avocat décroche à la troisième sonnerie.

— Antoine, mon ami, ça me fait plaisir que tu m'appelles, mais je viens de rentrer de voyage et je n'ai même pas eu le temps d'embrasser Gabrielle et les enfants. Est-ce que tout va bien ?

Confus, Antoine se rappelle alors que ces dernières semaines, Adrien de Bérail était au Luxembourg sur une grosse affaire. Sans le vouloir, il vient de le cueillir au pied de l'avion.

— Mince, j'avais complètement oublié ! Pardonne-moi, mon vieux.

Alerté par la voix sombre de son ami, l'avocat redevient sérieux.

— Ne t'inquiète pas, je t'écoute.

Antoine inspire profondément et demande :

— Je suppose que Jane ne t'a pas parlé du cas d'Annabelle Berckin ?

— Annabelle ? Non, pas encore. Comme tu le sais, nous ne partageons pas nos dossiers. À elle le droit des affaires, à moi le pénal.

— Justement, Adrien, je crois que ce que j'ai à te dire va t'intéresser.

Il lui résume la situation, celle d'Annabelle, puis la sienne, n'omettant rien de ses doutes, ses suspicions et de son propre rôle dans l'histoire. À l'autre bout du fil, il entend la plume du stylo d'Adrien qui griffe des notes à la volée.

— Je t'envoie le message du Dr Lemaire, conclut Antoine. C'est pour le moins étonnant, tu verras, il en est venu tout de suite aux aveux et semble même prêt à coopérer avec la justice. Je n'en aurais pas espéré autant.

— Oui, fais ça, et désormais, tu attends que je te recontacte, et rien d'autre. Vu comment les choses se présentent, il vaut mieux jouer la prudence. Mais je m'occupe de vous, Antoine. Depuis le temps que je rêve de claquer le beignet de cette grosse gonfle de Berckin. Je te rappelle demain.

Antoine raccroche, et l'écran du téléphone revient sur le long texto du Dr Lemaire, qu'il relit encore une fois avant de le transférer à Adrien :

Dr Saint-Armand. Inutile de m'en dire davantage. Je ne me rappelle que trop bien le cas de Gérard Lopez, suivi pour un cancer des os en 2008. Si je m'en souviens avec certitude, c'est parce que c'est le seul écart que j'ai effectué en quarante années d'exercice de la médecine. Le seul, mais il est gravé en moi comme une honte que rien ne saura effacer.

En juin 2008, une FCP et une scintigraphie ont été effectuées sur Gérard Lopez, afin de statuer sur le traitement d'une tumeur qui se développait sur son radius droit. Les analyses allaient dans votre sens, docteur Saint-Armand, et ne justifiaient pas, selon moi, l'amputation du membre, mais bien une chirurgie locale pour ôter la tumeur. Mais avec des arguments que je réserve à la justice, le Dr Cédric Berckin a su me convaincre de trafiquer les résultats, afin que leur interprétation lui donne raison et l'amène à pratiquer l'ablation de l'avant-bras de Gérard Lopez. Je pense que le Dr Berckin avait besoin de pratiquer des opérations qui lui assureraient notoriété et reconnaissance dans le milieu médical, et a su faire pression sur moi.

Cette faute professionnelle me suivra toujours, quoi que je fasse, aussi suis-je prêt à en rendre compte devant les tribunaux. Je vais tenir mon avocat au courant de la situation. Il attendra que ceux de la clinique ou de M. Lopez, s'il est toujours en vie, le contactent.

Thierry Lemaire

— Cédric Berckin, murmure Antoine, je crois que tu vas l'avoir bien profond...

*

Installé derrière son bureau, Cédric Berckin liquide des affaires courantes. Les dossiers de subventions, les demandes d'autorisations diverses, la validation des heures supplémentaires de ses cadres et des repos compensatoires. Il pourrait laisser cette paperasse à son assistante, Marlène, en qui il a toute confiance et avec qui il travaille depuis quinze ans, mais il aime le pouvoir de décision qui incombe à cette tâche. Éplucher les doléances et les valider ou non, même s'il ne l'admettra jamais en public, lui donne un sentiment de puissance épanouissant.

Il se souvient de la façon dont il a dû se battre pour faire admettre à feu son père que des études de médecine ne feraient pas de lui un petit médecin de campagne, mais un grand chirurgien habilité à mener des recherches. Georges Berckin était issu d'une grande famille d'industriels, il n'a jamais compris que son fils unique refuse de suivre sa voie. Mais pour le jeune Cédric, même s'il a été aidé financièrement, c'était l'occasion de rompre avec la tradition et de voler de ses propres ailes, de montrer qu'il était capable de se construire un avenir qu'il ne devait qu'à lui seul. Il voulait faire ce dont nul autre n'aurait été capable dans sa famille.

Son père et lui ont connu des conflits que la mère de Cédric a toujours épongés, mais finalement, Georges Berckin est mort en étant fier de ce que son fils avait accompli. Du moins, Cédric se plaît-il à le penser, l'énorme héritage qu'il a reçu devait en être la preuve.

Cédric a gravi les échelons comme n'importe qui d'autre, mais son bagou et sa force de persuasion lui ont été très utiles dans le milieu. Rien ne lui a jamais résisté, il a toujours obtenu ce qu'il a voulu, par la séduction ou par la force tranquille. Posséder sans jamais donner l'impression d'imposer, là est tout son talent.

Cédric se cale contre le dossier de son fauteuil en cuir et fait tourner sa chaise face à la baie vitrée qui donne sur le parc. Ce poste de directeur de clinique, il le briguait depuis des années. Maintenant qu'il est sien, il a bien l'intention de le garder au chaud jusqu'au moment de la retraite, où il pourra se repaître des fruits de sa réussite.

— Professeur Berckin ? s'élève la douce voix de Marlène derrière lui.

— Hum ? répond-il sans se retourner.

— Vous venez de recevoir un courrier recommandé, je l'ai signé pour vous.

Cédric fait pivoter son fauteuil.

— Un courrier recommandé ? De qui provient-il ?

Il serre toujours les dents avec ce genre de missive. Un patient mécontent, une famille qui porte plainte, une démission de médecin… Les lettres de ce type ne sont jamais de bon augure.

— Un cabinet d'avocats. De Bérail & Stewart.

Il fronce les sourcils. Que peut bien lui vouloir Adrien de Bérail ? Lui et le brillant avocat se sont souvent croisés lors de galas de charité. Mais la fois où ils ont vraiment échangé, c'est lorsque Adrien de Bérail est venu le trouver pour la prise en charge d'un de ses amis qui venait de subir un grave accident de voiture. On devait lui amputer une jambe, et de Bérail avait demandé à ce que ce soit Cédric en personne qui se charge de l'opération. Après tout, quoi d'étonnant ? Cédric n'était-il pas le meilleur de sa profession ? Il avait fait des miracles. La jambe de ce pauvre garçon était dans un tel état qu'il aurait dû la couper au niveau de la cuisse. C'est son expérience et son extrême habileté qui lui avaient permis d'en sauver les trois quarts.

— Montrez-moi ça.

La quinquagénaire au tailleur strict et tirée à quatre épingles s'approche pour lui remettre le courrier.

— Avez-vous besoin d'autre chose ? lui demande-t-elle.

— Non, je vous remercie, répond-il sans même la regarder, vous pouvez me laisser. Et refermez la porte derrière vous, je vous prie.

Tandis que son assistante s'exécute, Cédric ouvre le fameux courrier et blêmit en lisant le contenu.

— Oh, la salope ! rugit-il. Elle a osé !

Annabelle a eu recours à un avocat pour exiger le paiement des traites d'octobre et novembre pour son handicapé de frère ! Il était presque certain que lorsqu'elle se rendrait compte qu'il n'avait pas payé, elle viendrait le voir directement pour le supplier de ne pas abandonner son frère. Il aurait réglé sa dette et tout serait redevenu comme avant. Mais au lieu de ça, elle fait appel à un avocat ? Et pas n'importe lequel, Jane Stewart, l'associée de de Bérail. Il le sait d'expérience, à l'époque de De Bérail & fils, le cabinet était loin de pratiquer les honoraires les moins élevés de Paris. Il n'y a aucune raison pour que ça ait changé. Comment s'est-elle débrouillée pour trouver l'argent nécessaire ?

Cédric fulmine. Au-delà de ce détail qu'il ne manquera pas d'élucider, s'il y a bien quelque chose qu'il ne supporte pas, c'est d'être pris en faute. De quoi a-t-il l'air ? D'un vieux mesquin qui abandonne le frère sans défense de sa femme démissionnaire ? Jamais de la vie !

Les choses ne se passent pas du tout comme il l'avait prévu et ça ne lui plaît pas, mais alors vraiment pas ! Sa petite femme fragile a plus de ressource qu'il ne le pensait mais il va se charger de lui faire comprendre que le patron, c'est encore lui.

De rage, il compose le numéro de téléphone laissé par Jane Stewart et prend la voix la plus douce et avenante quand elle décroche.

— Chère Jane, Cédric Berckin à l'appareil. Je viens de prendre connaissance de votre petit courrier de rappel.

— Bonjour, professeur Berckin, j'attendais de vos nouvelles.

La méthode d'intimidation qu'elle exerce en l'appelant par son titre alors que lui a utilisé son prénom l'amuse, d'autant qu'ils se sont déjà rencontrés. Quelle idiote, elle ne sait vraiment pas à qui elle a affaire.

— Et vous en avez, répond-il en laissant fuser un petit rire qu'il veut amical. Je suis sincèrement désolé, ma chère Jane, il doit s'agir d'un malentendu. En presque vingt ans, je n'ai jamais connu un seul défaut de paiement. Je vais immédiatement régler ça avec l'institut, vous avez ma parole. Si c'est bien une erreur de ma part, le virement partira dans l'heure.

— Eh bien, c'est parfait, se réjouit l'avocate tout en conservant un ton très professionnel. Vous ne manquerez pas de me faire parvenir un justificatif.

— Bien entendu, mon avocat, maître Lelieu, se chargera de vous en envoyer une copie.

Placer le nom de son avocat permet à Cédric de faire comprendre à cette petite arriviste qu'il est un vieux de la vieille et qu'elle ne le coincera pas aussi facilement.

— Maître Lelieu, vous dites ? À Neuilly-sur-Seine ? Je le connais très bien. Je lui ferai parvenir notre prochaine correspondance.

Cédric est déstabilisé.

— Parce qu'il y en aura d'autres ?

— C'est fort possible, professeur. En attendant, je vous remercie de votre appel et vais en informer ma cliente.

— Ma femme, lâche-t-il d'un ton sec.

— Oui, votre femme. Bonne journée, professeur.

Il ne prend pas la peine de lui répondre et lui raccroche au nez.

Cédric est dans tous ses états. À quoi joue Annabelle ? Elle pense être plus maligne que lui ?

La rage qui prend possession de lui est telle que tous ses muscles se crispent et que, des paumes, il se frappe les tempes. Il l'aime. Il l'a toujours aimée. Quand il l'a vue, la première fois, il a été ébloui par sa beauté, son rire et son insouciance. Il la voulait auprès de lui. Il aurait été capable de tout pour elle. Il savait qu'elle en aimait un autre, mais peu lui importait, il la désirait pour lui seul et s'était donné les moyens de l'obtenir. Mais Annabelle était un cheval sauvage. Son corps était devenu sien, mais son cœur appartenait toujours à Antoine. Antoine, qu'il avait pris sous son aile, qu'il avait élevé au rang de médecin reconnu, qu'il a fait embaucher ici et à qui il avait permis d'embrasser la carrière à laquelle il n'aurait jamais eu accès sans son aide. Et ce petit con est désormais contre lui, lui aussi ?

Il lui a fallu du temps pour soumettre Annabelle à sa volonté et faire d'elle la femme qu'il méritait d'avoir, la femme enviée de tous qu'elle est devenue. Et elle le remercie comme ça ? Elle l'abandonne et l'humilie devant un avocat, devant toute une profession ? Comment a-t-elle pu ? Comment peut-elle penser qu'il ne va pas réagir ? Pauvre conne ! Il va lui montrer de quoi il est capable et elle le suppliera de la reprendre.

Oh, oui, il est temps de la mettre à genoux.

13

— Ma chère Annabelle, votre mari a reçu son courrier, l'informe Jane. Et je l'ai eu au téléphone ce matin.

— Comment a-t-il réagi ?

— En apparence, plutôt pas mal, mais je suppute qu'en réalité, il devait être vert de rage. L'essentiel étant que le message est passé et qu'il a déjà procédé au virement pour l'institut.

— C'est rapide.

Annabelle essaie de rester digne, mais elle est morte de peur et attend les conséquences de ses actes. Contrairement à ce que laisse entendre Jane, elle doute que Cédric en reste là et s'attend à davantage de représailles qu'une simple destruction de boîte aux lettres.

— Tout à fait. Il m'a affirmé qu'il s'agissait d'une erreur.

— Il n'en est rien, c'était volontaire.

— Ni vous ni moi ne sommes dupes, Annabelle, mais le plus important n'est-il pas que tout rentre dans l'ordre ? Je doute qu'il ait envie de se retrouver sur le banc des accusés, avec ce que ça implique pour sa réputation de chevalier blanc. Vous voyez ce que je veux dire ?

— Tout à fait... Merci, pour votre aide, Jane.

— Je vous en prie. Je dois recevoir un justificatif de paiement de la part de son avocat, mais si vous avez des nouvelles avant moi, passez-moi un coup de fil.

— Je n'hésiterai pas. À bientôt, Jane.

— À bientôt, Annabelle.

Lorsqu'elle raccroche, son cœur bat à une allure folle. Elle sait qu'elle a mis les pieds dans un bourbier dont elle va avoir du mal à sortir, même si Jane ne s'en rend pas encore compte. Mais pour le moment, Cédric s'est engagé à payer et c'est déjà une victoire. Inutile de trop tergiverser sur le reste.

— Alors ?

Annabelle se tourne vers Albertine Lilas. Assise dans son fauteuil préféré, la vieille dame ne cesse de se tripoter les doigts. On dirait qu'elle stresse autant qu'elle. Il faut dire qu'elles ne se sont presque pas quittées depuis qu'Annabelle vit sous son toit. Elle ne pensait pas pouvoir s'entendre aussi bien avec quelqu'un. Albertine est d'une patience d'or et d'une gentillesse exceptionnelle avec elle, si bien que, pas un instant, Annabelle n'a l'impression de travailler. Pourtant, elle ne reste pas sans rien faire, elle cuisine pour Albertine, plie son linge, range son appartement, lui fait ses courses, la coiffe et la pomponne, mais la joie d'Albertine constitue la plus belle des motivations.

— Mon mari a accepté de payer.

— C'est une merveilleuse nouvelle ! s'exclame Albertine en se levant. Comme vous devez être soulagée !

Elle l'est, même si elle le sera davantage lorsqu'elle aura eu la preuve que ça a bien été fait.

— Il est encore tôt, mais si nous allions déjeuner au restaurant pour fêter ça ? lui propose Albertine. Et je vous invite.

— Vous êtes adorable, Albertine, mais vous en faites déjà beaucoup trop. Que diriez-vous de plutôt rester ici et de me montrer ces photos que vous cherchiez à regarder à tout prix avant de faire votre malaise ?

Le visage de Mme Lilas s'illumine.

— Oh, ce serait avec grand plaisir, ma chère Annabelle. Vous verrez combien j'étais une charmante jeune femme.

Ce dont Annabelle ne doute point. À quatre-vingt-onze ans, Albertine Lilas a une silhouette encore fine, de magnifiques yeux bleus ourlés de cils épais, et de longs cheveux blancs qu'elle remonte en un chignon savamment maintenu par une multitude d'épingles.

— La valisette est toujours sous mon lit, indique-t-elle à Annabelle.

Laquelle se précipite pour aller la chercher.

Lorsque le précieux trésor est posé sur la table basse, Albertine l'ouvre avec autant de précautions que s'il s'agissait d'une malle contenant des objets en verre.

La vieille dame lui présente de vieux clichés familiaux, les commente, les respire, les revit, raconte son histoire. Annabelle boit ses mots comme à une source. Albertine est si touchante.

— Regardez, lui dit-elle en lui montrant une photo jaunie aux bords crénelés. C'est moi à vingt ans. C'était à l'occasion du bal du village.

Annabelle admire un cliché en noir et blanc, celui d'une jeune femme portant une robe des années 1940 au décolleté audacieux. Albertine semble si longiligne sur cette photo.

— J'étais jolie, n'est-ce pas ?

— Très, confirme Annabelle.

— Je portais ma robe couleur de lune. C'est ainsi que mon père l'appelait quand il me voyait avec. Ma mère me l'avait confectionnée à sa demande. Il la taquinait toujours en disant qu'elle ne pourrait jamais y arriver. Je l'ai gardée, vous savez ?

— Vraiment ?

— Oui, vous voulez la voir ?

Comme Albertine trépigne à cette idée, Annabelle la suit jusqu'à son armoire et découvre une robe de toute beauté. Raffinée, élégante, dans un tissu gris moiré dans lequel ont été brodées des centaines de petites étoiles argentées.

— Ma mère avait une grande patience.

— Elle était talentueuse, murmure Anabelle avec une réelle admiration dans la voix.

— Très !

Annabelle sourit.

— Et si nous pensions à déjeuner ? Si vous le souhaitez, nous irons nous promener au parc avant que je ne parte pour le Néon d'argent.

— Une jeune femme de votre trempe ne devrait pas travailler dans un bar, ronchonne Albertine.

— C'est un endroit très agréable, et je ne suis plus aussi jeune que ça, lui répond-elle avec un clin d'œil. Allez, venez, il reste des lasagnes que vous avez tant appréciées.

*

La Mercedes de Cédric se gare au pied de l'immeuble d'Annabelle, sur une place réservée aux livraisons. À cet instant, il se moque que la fourrière puisse lui retirer sa voiture, rien ne pourra l'empêcher d'avoir un tête-à-tête avec sa femme.

Il appuie sur l'ouverture automatique sans grande crainte, il sait de source sûre que l'accès est libre jusqu'à midi. Il entre dans l'allée, consulte les boîtes aux lettres et tombe sur celle qu'il a si souvent demandé de vandaliser. Son visage prend une expression de dégoût quand il trouve celle d'Annabelle. « Annabelle Saulier – 5e étage. » Cette garce n'est pas divorcée qu'elle utilise déjà son nom de jeune fille. Comme si s'appeler Berckin était une honte.

C'est plus fort que lui, il sort une clé de sa veste intérieure et l'utilise pour faire sauter la plaque. Quand elle tombe par terre, il la ramasse et la jette dans la corbeille destinée aux journaux publicitaires.

Cinquième étage, elle doit habiter sous les toits. Une chambre de bonne, c'est tout ce qu'elle peut se payer. Loin de le culpabiliser, cette perspective le réjouit. Le luxe de leur hôtel particulier de Neuilly finira par tellement lui manquer qu'il lui sera encore plus facile de la convaincre de rentrer. Et si ça ne suffit pas, il a d'autres moyens bien plus efficaces.

Il utilise l'ascenseur jusqu'au quatrième étage, puis doit emprunter un escalier qui le mène jusqu'au cinquième. Il n'y a que trois portes sur le palier, celle d'Annabelle est au fond à gauche. Il frappe au battant, veillant à ne pas être dans le champ du judas.

Rien. Pas de réponse.

Il regarde sa montre, il est à peine 10 heures et il sait que le jeudi, elle ne commence son job de boniche pour les vieux qu'à partir de midi. Elle devrait être là.

Il essaie encore, sans succès.

— Bordel de merde ! gronde-t-il.

— Un souci, monsieur ?

Cédric se retourne et baisse les yeux vers le palier inférieur. Un petit monsieur rondouillard en bleu de travail attend sa réponse. Le gardien, à n'en point douter. Cédric se compose alors un sourire avenant et avance vers son interlocuteur en lui tendant la main.

— Bonjour, monsieur, je suis Charles Saulier, le frère d'Annabelle.

— Vous ne la trouverez plus ici, lui répond l'homme.

Cédric accuse un vrai mouvement de surprise.

— Comment ça ?

— Eh bien, elle a déménagé.

— Déménagé ? Depuis quand ? Je l'ai encore vue la semaine dernière, elle ne m'a rien dit du tout, invente-t-il.

Le gardien se gratte la tête.

— Ah ben pour sûr, ça s'est fait précipitamment. Elle ne vous a vraiment pas informé ?

— Non, mais ce n'est pas étonnant, je suis parti plusieurs jours à l'étranger. Vous savez où elle habite désormais ?

— Ah non, je suis désolé, elle ne nous a pas laissé ce genre d'information. Appelez-la.

— Oui, bien sûr, je vais faire ça, mais je suis quand même un peu surpris. Vous avez dit que son déménagement s'était fait dans la précipitation. Elle vous a donné l'impression d'avoir des ennuis ? Car ça ne lui ressemble pas. Ma petite sœur déteste tout ce qui n'est pas programmé et organisé bien à l'avance.

— Non, rien de particulier. Mais vous savez, on ne parlait pas beaucoup. Mlle Saulier est quelqu'un de discret. Au point qu'elle ne voulait même pas porter plainte contre son ex-mari qui vandalisait sa boîte aux lettres.

— Ils ne sont pas divorcés, rétorque Cédric avec un peu trop de sécheresse, sans même se demander comment ce type est au courant.

Puis il reprend avec un peu plus de douceur :

— Elle m'a parlé de tout ça. C'est moche.

— Très. Je dois vous laisser. Si vous n'arrivez pas à la joindre, essayez le Néon d'argent, elle y travaille ce soir, si je ne me trompe pas.

Le Néon d'argent ? Ça sonne comme un nom de boîte de nuit. Rien que d'imaginer sa femme entourée d'une tripotée de mecs avinés lui donne envie de tout casser.

— Vous ne vous trompez pas, renchérit Cédric sans savoir. Elle y travaille bien le jeudi. Merci pour votre aide, monsieur.

Il plonge la main dans sa veste et en sort une petite liasse de billets maintenue par une pince en argent. Puis il glisse 20 euros dans la poche du brave homme qui en reste interdit.

*

Annabelle quitte Albertine aux alentours de 17 heures et en profite pour passer un coup de fil à ses parents afin de les rassurer quant à l'institut, que tout est rentré dans l'ordre. C'est du moins ce qu'elle espère, et que Cédric n'a pas changé d'avis.

Elle n'a pas cessé de ressasser la situation, de se dire qu'elle devrait peut-être aller lui parler, trouver un terrain d'entente, jouer sur la corde du cœur et non de l'engagement moral. Certes, Cédric et Charles n'ont jamais été très proches, mais le sort d'un homme handicapé et en fin de vie ne devrait pas le laisser indifférent. Elle espère tout ça, et c'est justement parce qu'elle n'est pas certaine d'obtenir un résultat qu'elle ne se résout pas à aller le voir.

Cédric a toujours participé à des œuvres caritatives, il en a même initié quelques-unes, mais chaque fois, il mettait en avant les relations que ça lui apportait, le réseau indispensable qui s'y développait. Elle ne l'a jamais cru altruiste.

Elle se souvient de leur toute première année de mariage, il avait organisé une collecte de fonds pour une campagne de vaccination contre le choléra en Zambie. Encore aveuglée, elle l'avait félicité pour cette action, ce à quoi il avait répondu avec beaucoup de cynisme que les pauvres Zambiens n'en verraient sûrement pas la couleur, mais que le plus important était que c'était lui l'instigateur de la soirée et qu'on s'en souviendrait.

Annabelle a très vite perdu ses illusions avec Cédric. Elle savait qu'elle avait épousé un homme qu'elle n'aimait pas, mais quand ils se sont mariés, elle n'avait pas conscience que tout était calculé, prévu et millimétré dans l'esprit de Cédric. Il ne faisait jamais rien sans être certain que ça lui rapporte quelque chose. Jamais.

L'appartement de Mme Lilas est très éloigné du Néon d'argent, c'est pourquoi elle est désormais obligée de prendre le métro pour s'y rendre. Elle quitte la station et presse le pas afin d'arriver un peu en avance au bar, elle aimerait demander à Éric Soulas s'il a pu contacter Jane depuis qu'elle lui a laissé sa carte.

Il ne lui reste plus qu'une trentaine de mètres à parcourir lorsqu'un crissement de pneus retentit dans la rue, juste derrière elle. Stupéfaite, elle sursaute et continue son chemin. La seconde d'après, une main de fer la saisit par le bras.

— Espèce de salope, tu penses t'en tirer comme ça ?

Horrifiée, elle fait face à un Cédric dont le visage est rouge de colère. Il la tire par le poignet et la propulse contre le mur. Pas un son n'arrive à sortir de la gorge d'Annabelle : elle est terrifiée.

— Tu crois pouvoir me coller une avocate sur le dos sans que je réagisse ? Je ne suis pas un toutou docile, Annabelle. Et tu es ma femme. Ma femme ! Je t'interdis de te comporter ainsi avec moi. Je te l'interdis, tu m'entends ?

Comme il resserre sa poigne sur son bras, Annabelle se ressaisit et le repousse d'un coup sec.

— Lâche-moi, Cédric. Tu n'as aucun droit sur moi, et si tu n'avais pas failli à tes obligations, ça ne serait pas arrivé.

— Failli à mes obligations ? Failli à mes obligations ? hurle-t-il. Tu as quitté le domicile conjugal, tu as abandonné le navire, alors ne me parle pas d'obligations ! Tu sais ce qui va se passer, maintenant, espèce de petite conne inconsciente ? Ton frère va crever comme un chien sur un trottoir, par ta faute !

Annabelle sent des larmes de rage lui monter aux yeux.

— Tu peux m'agonir d'insultes si tu le souhaites, mais c'est toi l'ordure, Cédric.

— Tu crois ça ? dit-il en baissant la voix, changeant de ton comme il le fait chaque fois qu'il décide de mener la danse autrement. En dépit de ce que tu penses, quand tu ne me provoques pas, quand tu ne fais pas de moi un homme colérique, quand tu ne me blesses pas dans mon estime au point que je suis obligé de mordre pour me défendre, j'ai du cœur. Un grand cœur. Ai-je une seule fois répondu par la négative lorsque ton frère avait besoin de quelque chose ? D'un fauteuil toujours plus cher ? D'une chambre toujours plus grande ? De vêtements et chaussures faits sur mesure ? De mobilier hors de prix adapté à son handicap ? Ai-je une seule fois refusé de l'aide financière à tes parents pour éponger leurs dettes ? Ai-je une seule fois négligé tes propres besoins ? Jamais. Je suis un homme bon et généreux, Annabelle, et tu as fait de moi une brute. Ce que je suis là, c'est ta faute. Pas la mienne.

Annabelle sent sa poitrine se soulever à une cadence infernale. Ce qu'il fait – s'apitoyer, jouer les victimes –, c'est la méthode qu'il a toujours employée pour la faire se sentir coupable. Mais ça ne fonctionne plus.

Autour d'eux, les klaxons retentissent dans un bruit assourdissant, la coupé Mercedes de Cédric est en train de bloquer toute la rue, et cette fanfare infernale galvanise Annabelle.

— Tu as détruit ma vie. Tu as fait de moi ton objet, ta pièce de musée, la cruche dont tu avais besoin pour briller en société. Tu m'as humiliée, rabaissée, violentée. J'ai très largement payé ce que tu fais pour mon frère, je ne te dois rien. Mais toi, tu as le devoir de respecter la loi, tu n'en es pas exempté, tout Cédric Berckin sois-tu. Et sache que si tu te défiles, si tu ne respectes pas le contrat que nous avons signé, je ferai tout ce qui est en mon pouvoir pour te contrer. Tout le monde saura quel genre d'homme tu es, un enfoiré capable de piétiner et laisser crever un homme sans défense !

Jamais elle ne lui a parlé comme ça. Elle a le souffle court, elle ne s'en serait jamais crue capable, et maintenant que c'est fait, elle ressent un véritable sentiment de liberté.

Cédric accuse le coup. Il écarquille les yeux de surprise, puis cet air de puissance manipulatrice qu'elle lui connaît trop bien se met à briller dans le noir de ses yeux.

— On en est donc là, mon petit chat ? Tu es devenue une lionne que la reconnaissance d'avoir été protégée par le lion n'étouffe plus. Très bien. Tu veux ton indépendance et voler de tes propres ailes ? Soit. Voilà ce qui sera effectif dès demain : je demande le divorce ainsi que le gel de tout ce que je me suis engagé à honorer en tant qu'époux, et ce, jusqu'à ce que notre séparation officielle soit prononcée ou... que tu changes d'avis et reviennes auprès de moi. Fais vite, mon petit chat. Je ne suis pas au-dessus des lois, mais mes connaissances me permettront d'obtenir les documents nécessaires en un temps record, puis de faire durer le plaisir aussi longtemps que je veux. Tu le sais aussi bien que moi, divorcer peut être si long... Je doute que l'institut patiente jusque-là.

Annabelle a l'impression d'être écrasée sous une chape de béton. Il vient de sortir l'unique carte contre laquelle elle ne pourra juridiquement rien.

— Ne pleure pas, dit-il en ramassant du pouce l'unique larme qui coule sur la joue d'Annabelle. Tu n'es pas obligée de nous faire tout ce mal. Je t'aime, je t'ai toujours aimée. Un mot de toi et tout s'arrête.

— Tu n'as jamais aimé que toi ! rugit Annabelle. Toi et ton confort, ta réputation, ta position sociale, ta propre jouissance. Tu te fous de moi comme tu te moques de la Terre entière. Je ne suis plus ta chose, Cédric, alors écoute bien ce que je vais te dire : va te faire foutre !

Elle le repousse et se dirige à grands pas vers le Néon d'argent. Cédric la rattrape en moins de deux et la saisit par les cheveux. Annabelle hurle de douleur et tombe à genoux.

— Sale pute ! Je vais t'apprendre, moi, à me parler sur ce ton.

Le visage caché dans le creux de ses bras pour se protéger, Annabelle ne voit pas la main qui menace de s'abattre sur elle.

— Espèce de connard, si tu la touches, t'es mort ! retentit la voix d'Éric Soulas.

Elle ose lever la tête et voit son patron attrapant Cédric par le col de sa chemise, prêt à lui asséner un coup de poing.

— Non ! l'arrête Annabelle en se propulsant sur lui. Ne faites pas ça. Je ne veux pas que vous ayez d'ennuis. Et il peut vraiment vous en créer.

— C'est ton nouveau mec ? siffle Cédric. Je croyais que tu voyais Antoine. Tu baises avec les deux, c'est ça ?

— Ta gueule ! gronde Éric. Je ne le répéterai pas deux fois. Et dégage ! Dégage !

À la troisième injonction, Cédric comprend qu'il n'aura pas le dessus. Il s'essuie rageusement le menton et pointe du doigt Annabelle tout en regagnant sa voiture.

— Tu ne vas pas t'en sortir comme ça. Je vais faire de ta vie un enfer !

Cédric repart dans un crissement de pneus, sous les klaxons furieux des véhicules derrière.

— Ça va aller ? demande Éric en prenant doucement Annabelle par les épaules. Qui était ce type ?

— Mon mari, dit-elle en remettant sa queue-de-cheval en place.

Éric regarde autour de lui, il y a tout un attroupement de gens curieux qui les observent.

— Ne restons pas ici.

Il la prend doucement par les épaules et la conduit au Néon. Steffy et Patrice, ses deux collègues qui étaient aussi sortis pour voir ce qui se passait, sont déconfits.

— Ça va, ma grande ? lui demande Patrice.

— Ça va aller, merci.

— Prépare-lui un cognac, ordonne Éric à Steffy, un double.

La barmaid s'exécute. Éric se saisit du verre et conduit Annabelle dans son bureau où il la fait s'asseoir.

— Bois.

Le tutoiement arrive comme ça.

— Ça ira, essaie-t-elle de le rassurer.

— Je ne vois pas comment ça pourrait aller, ce type allait te frapper. Bois.

Elle avale une gorgée de cognac et grimace. Elle déteste ça.

— Je suis désolée que vous ayez assisté à ça.

— Ne le sois pas. Sans ça, tu aurais fini à l'hôpital. Qu'est-ce qu'il te veut ?

Elle n'a pas envie d'entrer dans les détails, pas envie de tout lui raconter, alors elle se contente de lui dire qu'ils sont mariés depuis vingt ans, qu'elle l'a quitté il y a quatre mois et qu'il ne le digère pas.

— Tu vas porter plainte, n'est-ce pas ?

Elle déglutit et se passe une main sur les yeux.

— Je ne sais pas.

Au lieu de lui faire la morale, Éric garde le silence et lui tend un mouchoir.

— Essuie tes larmes. Ça va s'arranger.

— Merci.

— Je voudrais que tu rentres chez toi ce soir.

— Non ! proteste-t-elle, ce n'est pas la peine. Ça va aller.

Il sourit un peu.

— C'est ce que disent toutes les femmes battues.

— Il ne me battait pas...

Éric fronce les sourcils. Il n'en croit pas un mot.

— Peu importe, je préfère que tu rentres chez toi. Est-ce que tu veux que j'appelle quelqu'un ou c'est moi qui te ramène ?

— C'est gentil, mais je peux prendre le métro.

— Même pas en rêve. Appelle quelqu'un. Maintenant.

Annabelle abdique. Il a raison, elle n'est pas en état de travailler. Et puis son pantalon est déchiré aux genoux. Elle plonge la main dans son sac et ressort son téléphone portable.

Ses doigts pianotent sur le clavier comme s'ils étaient dotés d'une vie propre.

— Allô ? lui répond la voix.

Elle vient d'appeler Antoine.

14

C'est la première fois qu'Annabelle vient chez Antoine. C'est joli. À son image. Simple, mais élégant. Il aurait pu la ramener chez Mme Lilas, mais il tenait à lui parler. Annabelle n'a pas protesté, ça lui permettrait de se ressaisir et de rentrer sans inquiéter Albertine qui ne dormirait probablement pas.

Il pose un grand verre d'eau sur la table basse et s'assoit à côté d'elle, sur le canapé en velours marron.

Il est calme, bien trop calme. Elle sait pourtant qu'il est affecté par ce qu'elle vient de lui raconter.

— Est-ce que tu as mal quelque part ? demande-t-il.

Automatiquement, Annabelle se frotte le genou.

— Ici ?

— Juste une égratignure lorsque j'ai perdu l'équilibre.

— Quand il te l'a fait perdre, la reprend Antoine d'une voix dure.

Elle se saisit du verre d'eau et le boit d'une traite.

— Merci d'être venu me chercher.

— Tu m'as déjà remercié, et c'est normal.

Elle lui sourit timidement.

— Je suis désolée de te mêler à ça.

— Arrête de t'excuser, tu as bien fait de m'appeler. Et ce n'est pas comme si je n'étais au courant de rien. Annabelle, tu n'es pas obligée de supporter tout ça.

— Tu me l'as déjà dit...

— Et je te le redirai, jusqu'à ce que tu en sois convaincue. Ce mec n'est pas un dieu, nom d'un chien ! Il ne jouit pas de la puissance de l'univers. Merde, Annabelle, tu...

Il se tait et ferme les yeux.

— Excuse-moi, ce n'est pas après toi que j'en ai.

— Je sais, murmure-t-elle en lui posant une main sur le genou.

Il tressaille, alors elle la retire et déglutit.

— Cet enfoiré mérite que je lui pète les dents, finit-il par craquer.

— Je ne lui laisserai plus l'occasion de recommencer, je contacte Jane demain.

Antoine hoche la tête et se passe une main devant les yeux.

— J'ai découvert quelque chose sur Cédric aujourd'hui.

— Sur Cédric ?

— Un dossier à la clinique.

En fronçant les sourcils, Annabelle l'invite à continuer.

— Ça date d'il y a dix ans. Cédric avait besoin de gonfler son palmarès chirurgical, alors il a fait trafiquer des analyses qui lui permettaient d'opérer un patient qui n'avait pas besoin d'une intervention aussi lourde.

— Je ne comprends pas...

Antoine lui explique la situation en détail.

— Qu'est-ce que ça signifie ? Qu'on aurait un moyen de pression sur lui ? C'est ce que tu essaies de me dire ?

Antoine se tourne vers Annabelle pour la regarder avec une intensité qui la fait frémir.

— Annabelle, que vous divorciez ou non, si Cédric paie toujours pour Charles, tu ne seras jamais libérée de lui, tu en as conscience ? Nous pourrions trouver un moyen de faire pression sur lui, en effet, mais tu lui serais toujours redevable et lui, toujours en position de force. Il pourrait arrêter de payer juste pour t'emmerder, vous iriez en justice, il arrêterait la procédure au dernier moment, renouvellerait la technique et continuerait à faire de ta vie un enfer. Est-ce vraiment ce que tu veux ?

Annabelle baisse les yeux, elle sait qu'il a raison. Elle ne sera jamais tranquille tant qu'elle ne l'éjectera pas totalement de sa vie.

— Non... Je suis si fatiguée de payer pour les choix que j'ai faits, dit-elle avec une soudaine envie de pleurer. Mais le pire dans tout ça, c'est que je crois qu'à l'époque, si j'avais su quel genre d'homme était Cédric, j'aurais quand même foncé tête baissée.

Il ne peut empêcher son amertume de se manifester :

— L'argent t'aura séduite.

Elle lève des yeux humides vers Antoine.

— Pas séduite, Antoine, secourue...

— L'argent de Cédric t'a secourue ? Il ne me semble pas que tu vivais dans la misère. Tes parents avaient des difficultés, comme tout le monde, mais tu n'étais pas à la rue.

— Il a sauvé Charles.

Le regard d'Antoine se perd dans le vide.

— Charles avait enfin obtenu une admission au nouveau programme de recherche contre sa fybrodisplasie, en Angleterre. Ce qui aurait obligé ma mère à déménager, prendre un appartement sur place, participer aux frais des premiers essais cliniques et ils étaient exorbitants. Mes parents en étaient incapables. Ils n'arrivaient même plus à payer les traites de leur maison et l'association permettait à peine de couvrir les besoins matériels de Charles. Cédric était la seule solution.

Une larme coule sur la joue d'Annabelle. L'émotion est encore très forte. Elle a foutu toute sa vie en l'air ce jour-là.

— Je ne l'aimais pas, il le savait, mais il me voulait et il était prêt à s'occuper de Charles.

Nul besoin d'en dire davantage. Annabelle a compris qu'un rideau s'est ouvert devant Antoine, que tout ce qu'il avait imaginé à son sujet vient de s'écrouler.

La voix de ce dernier est devenue blanche, indéchiffrable.

— Tu ne m'en as jamais parlé.

— Je n'en ai pas eu le courage et ça ne t'aurait pas moins fait souffrir.

— Je t'aimais, Annabelle ! s'emporte-t-il. J'aurais compris, j'aurais trouvé une solution, je nous aurais sauvés, nous, j'aurais...

— Non, tu n'aurais pas pu, Antoine. La situation était désespérée. Je nous ai sacrifiés et je m'en suis toujours voulu pour ça, mais j'ai permis à mon frère de vivre plus longtemps. Il... il aurait pu mourir il y a dix ans déjà. Je...

Les mots se brisent dans sa gorge.

— Tu m'aimais ? demande-t-il sans laisser paraître la moindre émotion.

— À en crever.

Antoine a du mal à accepter ce qu'il entend. Pour lui, il a toujours été plus facile d'imaginer qu'Annabelle ne l'avait jamais aimé, qu'elle était une de ces opportunistes pour qui aucun sacrifice n'est jamais assez grand quand il est question d'argent. Bien sûr, il connaissait la situation de Charles, mais non, il ne savait rien des difficultés des parents d'Annabelle. Ils étaient très actifs, recueillaient des fonds en permanence. Alors non, il n'a jamais été dupe et a très vite compris que Cédric a immédiatement mis la main au porte-monnaie, mais pour Antoine, tout était si logique. Il était encore jeune, et pas une seule seconde il ne s'était dit qu'Annabelle avait fait tout ça pour son frère. Qu'elle s'était presque prostituée pour donner une chance à sa famille.

— Je t'ai détestée ces vingt dernières années. Pourquoi ne m'en as-tu pas parlé plus tôt ?

Annabelle lâche un soupir saccadé.

— Par loyauté envers Cédric. Je ne voulais pas qu'on pense de lui qu'il n'avait été qu'un palliatif, une bouée de sauvetage. Il aidait ma famille, il ne le méritait pas.

— « On » ? répète Antoine que la colère semble ne pas vouloir abandonner malgré le sentiment de honte qui commence à l'envahir. Ce « on », c'était moi ! Tu as pensé à ce que j'ai ressenti ? La femme que j'aimais le plus au monde venait de partir avec mon guide, mon modèle, mon ami. Je me suis retrouvé comme un con à me dire que c'était arrivé parce que je n'étais pas assez riche, influent, grand, pas assez bien pour toi. J'ai couché avec des dizaines de femmes sans jamais leur ouvrir mon cœur parce que j'étais certain qu'elles allaient le piétiner comme tu l'as fait !

Celui d'Annabelle est broyé sous les mots d'Antoine. Il en a conscience, mais tant pis, il faut que ça sorte.

— Je suis désolée.

— C'est un peu tard, lâche-t-il, glacial.

— Mais que voulais-tu que je fasse ? Il n'était pas question que de toi, Antoine. J'avais à peine dix-neuf ans, des parents qui souffraient, un frère mourant ! Cette décision, je l'ai prise pour eux. Moi, je ne comptais pas et je n'ai rien gagné. Cédric a fait de ma vie un enfer, mais mon frère est encore en vie, et pour ça, je ne regrette rien.

Antoine l'observe pendant un long moment de silence, fait le tri dans ses émotions, puis reprend la parole :

— Rien ?

— Je t'aimais et je t'ai perdu. Tu m'as méprisée pendant près de vingt ans. Ça, oui, je le regrette.

Il soupire, ferme les paupières un instant, puis se passe une main sur la nuque. Tous ses muscles sont douloureux. Il est en colère, il se sent à la fois trahi et ridicule d'avoir autant manqué de discernement. Mais ce qui le heurte le plus et le rend fou, c'est tout ce temps perdu. Toute cette souffrance qui aurait pu être épargnée. Car il le sait, il en est même certain : si, à l'époque, Annabelle lui avait parlé de la situation, il aurait remué ciel et terre pour trouver une solution. Il n'aurait jamais accepté qu'on les sépare et se serait battu pour que la femme qu'il aimait n'ait pas à se sacrifier.

— Je peux te poser une question ? demande-t-il.

— Tout ce que tu veux.

— Cet été, lorsque Cédric t'a frappée et que je t'ai trouvée par terre dans son bureau, tu venais de lui annoncer que tu le quittais. Qu'est-ce qui t'a décidée, après tout ce temps, alors que tu t'étais pourtant sacrifiée et que tu connaissais les risques si tu partais ?

— Une prise de conscience. Il m'humiliait de plus en plus, dans l'intimité, en public, s'attribuait toujours le beau rôle ; moralisateur sans reproches, sage, généreux. Il fallait que je supporte ses excès, parce que le péché originel, c'était moi. Il m'accusait d'avoir déteint sur lui quand il se mettait en colère. Il disait que le vice en moi se répandait comme un virus et que si je ne voulais pas qu'il me traite mal, je devais bien agir et contrôler mes réactions. Lui obéir, ne pas le contrarier, le flatter...

— Il te frappait ?

Ce n'est pas la première fois qu'Antoine lui pose cette question. Il sait ce qu'elle va lui répondre, mais il a du mal à le croire.

— Non. Je t'ai déjà dit que non. Avant ce soir, ce n'est arrivé qu'une fois, dans son bureau.

Le souvenir de cette scène le met chaque fois dans le même état de fureur. Cette ordure mérite de manger la poussière, et il aimerait être le premier à lui écraser la tête contre le sol.

— C'est ce qui t'a motivée à partir ?

— Non, j'étais déjà déterminée. La veille, Cédric est rentré plus tôt que d'habitude. Il était d'excellente humeur et venait de signer son contrat en tant que directeur de clinique. Il a proposé que nous allions fêter ça dans un restaurant huppé. Il a choisi ma tenue, mes bijoux, ma coiffure, mon maquillage, puis nous sommes partis. Je pensais que nous serions seuls, ce n'était pas le cas. Un homme que je ne connaissais pas nous attendait. C'était le directeur commercial d'une firme pharmaceutique américaine. Il était de passage à Paris. Cédric me l'a tout de suite présenté comme l'un des importants donateurs du centre de recherche Saint-Roch. Je ne comprenais pas trop ce qu'il faisait avec nous ce soir-là, mais je n'ai pas posé de questions.

Un goût de bile remonte sur la langue d'Antoine. Il a peur de la suite. Qu'est-ce que cet enfoiré a exigé d'elle ? Il sent ses mâchoires craquer.

— Ne me dis pas que...

— Si. Durant tout le repas, pendant que Cédric lui faisait des ronds de jambe, il me dévorait du regard, me complimentait sur ma robe, mon décolleté. J'étais un morceau de viande sur un étal de boucher. Qui j'étais ne l'intéressait pas, ce qu'il pouvait faire avec moi, oui. J'étais très mal à l'aise, je voyais se dessiner l'issue de cette soirée, mais n'arrivais pas à croire que Cédric puisse en arriver là pour servir ses ambitions personnelles. Et pourtant... Il s'est levé de table, il est allé payer la note, et quand j'ai voulu le suivre, il a prétexté un appel urgent de la clinique. L'industriel me ramènerait chez nous. Je n'avais qu'à lui offrir un verre en attendant que Cédric rentre de son urgence.

— Putain, gronda Antoine. Arrête là, Annabelle, je ne veux pas savoir ce qui s'est passé ensuite.

Les images défilant devant lui sont en train de le rendre fou.

— Il ne s'est rien passé, Antoine. Cet homme était plus gentleman qu'il en avait l'air, et a vite compris que je n'étais pas dans la combine, qu'on ne m'avait pas demandé mon avis. Il est parti en me rassurant. Il avait lui aussi des intérêts dans la clinique, je n'aurais qu'à faire croire à mon mari que j'avais été très gentille, il ne démentirait pas. Cédric n'est pas rentré de la nuit, pas de la journée non plus. J'ai eu le temps de ruminer, de me demander jusqu'où ça pourrait bien aller, si j'allais un jour me retrouver au milieu d'inconnus avec moins de scrupules que cet industriel. J'ai préparé un sac avec trois fois rien dedans, juste l'essentiel, je suis allée trouver Cédric, et je lui ai annoncé que je le quittais. Je n'ai pas réfléchi à mon frère, à ce moment-là. Pour une fois, je n'ai pensé qu'à moi.

Antoine a du mal à respirer. Il oscille entre la rage et les remords de n'avoir jamais vu à quel point Berckin était malsain.

— C'était la première fois ? demande-t-il difficilement.

— Oui. Le reste de ce que j'ai subi avec mon mari est de l'ordre du harcèlement moral. Cédric est un manipulateur, mais je n'ai jamais été sous son emprise. Je restais parce que j'avais un devoir envers Charles. Il le savait et ça le rendait encore plus virulent. Et maintenant... je ne sais pas quoi faire.

Un sanglot la secoue. Ça sort comme ça, d'un coup, sans doute n'a-t-elle jamais eu aussi peur de toute sa vie. Antoine n'a aucun mal à comprendre combien elle doit se sentir démunie et incapable d'affronter la situation. Mais si ses sentiments ont été bousculés, ce soir, il est sûr d'une chose : il ne la laissera pas tomber.

— Tu n'es pas seule, lui dit-il d'une voix douce. Jane est là, je suis là. Je ne te lâche pas.

— Tu pourrais pourtant.

— Oui, je pourrais, mais je n'en ai aucune envie.

Il ne peut même pas l'imaginer. Elle est là, chez lui, assise dans son canapé, fragile, authentique et plus belle qu'elle ne l'a jamais été. À cet instant, il a envie d'oublier combien il a souffert, pour la protéger.

— Viens, souffle-t-il en lui ouvrant les bras.

Mais Annabelle reste statufiée, ses grands yeux bleus figés sur une impression de terreur. Il la comprend. La dernière fois qu'ils se sont vraiment touchés remonte à si longtemps. Lui-même n'est pas sûr de ne pas voler en éclats si elle se blottit contre lui, et pourtant, Dieu sait qu'il en crève d'envie.

— Je dois rentrer. Mme Lilas va s'inquiéter, dit-elle.

— Ah, oui. La vieille dame chez qui tu vis.

— Pour qui je travaille, rectifie-t-elle.

C'est vrai. Elle lui a expliqué leur étrange accord. Antoine sourit et consulte sa montre.

— Hum. Il est à peine 20 heures. Comment pourrait-elle s'inquiéter alors que tu es supposée finir ton service à 1 heure du matin ?

Annabelle s'essuie les joues.

— C'est vrai, tu as raison, elle ne m'attend pas si tôt. C'est juste que...

— Ne dis rien, je comprends.

Ça va trop vite pour Annabelle et sans doute que pour lui aussi.

— Antoine ?

— Oui, dit-il d'une voix douce.

— J'apprécie tout ce que tu fais pour moi. Je suis heureuse qu'on ait pu se parler, ce soir, et qu'on ait mis les choses au clair. Mais j'ai besoin de temps pour... Pardonne-moi.

Il pose un doigt sur ses lèvres.

— Tu n'as rien à te faire pardonner. Prends tout le temps qu'il te faut. Je suis là, je ne te lâche pas.

— Merci.

Il lui sourit, elle a les yeux qui brillent.

— Je te raccompagne.

15

Comme chaque vendredi soir, Adrien de Bérail est assis derrière le massif bureau de style Louis XVI qui appartenait à son père, dans l'hôtel particulier que possède leur famille depuis plusieurs générations. Il y travaille peu, préférant le confort et l'ergonomie de ses locaux professionnels. Mais quand il est contrarié, quand il a besoin de se retrouver, de faire le point sur sa semaine, ou de réfléchir, il s'enferme ici, chez lui.

Il termine la dernière gorgée de son café et fronce les sourcils devant l'épais dossier médical qu'Antoine lui a envoyé. Il concerne ce patient amputé sans réelle nécessité dont il lui a parlé la veille. Tout y est pour faire reconnaître la falsification par Cédric Berckin, d'autant que l'ex-chef de laboratoire est, de toute évidence, prêt à passer aux aveux pour libérer sa conscience. En théorie, ce sera un cas facile à traiter et à porter en justice, si besoin.

Mais si Adrien tique, c'est parce qu'il y a deux affaires qui se superposent. Il y a d'un côté, la faute professionnelle de Berckin, et de l'autre l'injonction de sa future ex-femme pour lui faire payer les frais médicaux de son frère qu'il menace d'abandonner dans un mouroir. Les deux cas sont aussi graves l'un que l'autre, sauf que si le premier soulève la question de l'illégalité et de la faute avérée, le deuxième non, et c'est bien là tout le problème.

S'il demande le divorce, Cédric Berckin sera dans son bon droit et n'aura plus à payer quoi que soit jusqu'à l'injonction officielle du juge.

Dans le premier dossier, les seuls qui pourraient porter plainte contre Cédric Berckin sont le patient – qui n'a aucune connaissance de ce qui est en train de se jouer –, la clinique elle-même – ce qui est exclu – et Antoine. Et ce qui chagrine Adrien, c'est que si son ami porte plainte pour falsification de données médicales contre son directeur de clinique, le juge en charge de l'affaire verra forcément un lien entre la motivation d'Antoine et le dossier qu'Annabelle Berckin aura préparé contre son mari. Puisque Antoine et Annabelle ont été liés des années plus tôt, le juge pourrait y voir un moyen de pression, ou un conflit d'intérêts. Il serait très fâcheux pour Antoine que le magistrat définisse que la première affaire ne soit portée en justice que pour servir la seconde. La carrière d'Antoine pourrait ne pas s'en remettre. En bref, ces deux dossiers sont juridiquement simples et compliqués à la fois, ils vont devoir la jouer fine et Adrien sait exactement comment.

L'avocat s'apprête à décrocher son téléphone pour appeler Antoine quand une voix guillerette s'élève :

— On est là !

Adrien lève les yeux, l'adorable visage de sa femme, Gabi, s'immisce dans l'entrebâillement de la porte.

— Je peux entrer ?

Pour toute réponse, il ouvre les bras.

— Tu n'as pas oublié ? demande-t-elle en venant l'embrasser.

Adrien recule sa chaise et prend Gabi sur ses genoux.

— Oublié quoi ?

— On est vendredi. Fast-food et cinéma ! On l'a promis à Paul et Sophie.

— Argh... Si, j'ai oublié.

Elle lui ébouriffe les cheveux.

— Il nous reste une demi-heure pour nous préparer.

— Je me dépêche, dit-il en se frottant le front.

— Tu as des ennuis ? demande-t-elle en jetant un œil à la paperasse sur son bureau.

— Non, Antoine m'a sollicité pour une affaire à la clinique. Des résultats falsifiés.

Gabi sait qu'Adrien est très pudique sur ses dossiers, aussi espère-t-il qu'elle ne posera pas davantage de questions. Hélas, son regard tombe sur un nom qu'elle connaît.

— Cédric Berckin ? On est d'accord qu'il s'agit du chirurgien qui a opéré Martin ?

— Oui, répond-il en soupirant.

Gabi fronce les sourcils.

— Je croyais que c'était Jane qui défendait les droits d'Annabelle Berckin.

— Parce que tu es au courant ?

Gabrielle sourit.

— Tu sais que Martin et moi sommes amis, n'est-ce pas ?

— Je vois, grogne-t-il.

— Il n'était pas très joyeux à cette idée, du reste.

— Cédric Berckin est une enflure, Martin devrait offrir sa loyauté ailleurs.

— Sa loyauté, comme tu y vas ! Il n'en est pas à ce point.

Adrien et Martin sont désormais en bons termes, sans pour autant être les meilleurs amis du monde.

À l'époque où Adrien et Gabi se rapprochaient, Martin était une petite crapule sans foi ni loi. Il a fallu un accident de voiture qui lui a fait perdre une jambe pour faire de lui l'homme qu'il est aujourd'hui. Mais si Adrien n'est pas du genre à avoir la dent dure et qu'il laisse sa chance à quiconque se rachèterait, il est aussi de ceux qui se souviennent toujours de se méfier.

— Donc, ce dossier sur ton bureau, c'est quoi ? insiste Gabi.

Adrien tend le bras vers la liasse et referme le battant cartonné.

— Tu sais ce qu'on dit aux gens trop curieux, dans mon métier ?

— Devenez avocats ? s'amuse-t-elle.

— Ah ah ! On dit : « Moins vous en saurez, mieux vous vous porterez ! »

Gabi lui écrase un doigt sur le nez.

— Ne faites pas ça avec moi, monsieur de Bérail. Quel est le problème ? Je tiendrai ma langue.

Adrien lui glisse une main derrière la nuque et l'embrasse à pleine bouche. Quand leur baiser est terminé, Gabi a les yeux tout pétillants, et il a envie d'elle.

— Je viens de mettre au jour votre premier mensonge, madame de Bérail-Géris. Vous ne savez pas tenir votre langue !

Et elle le sait ! Il se souviendra toute sa vie de leur première rencontre et du pigeon qui les a rapprochés. Elle avait recueilli le volatile sur le trottoir juste avant l'entretien d'embauche pour lequel le cabinet De Bérail l'avait convoquée. Gabi n'avait rien trouvé de mieux que de l'emmener avant de le déposer chez un vétérinaire. Ce maudit pigeon lui avait salopé un manteau à 2000 euros ! N'importe qui se serait excusé platement et aurait fait profil bas, mais pas Gabrielle et sa langue bien pendue. Elle a argumenté, l'a accusé lui de terroriser l'oiseau, elle l'a rendu rouge de colère, et il l'a embauchée.

Non, sa femme ne sait pas tenir sa langue, et c'est sans doute sa plus belle qualité.

— Gabrielle, papa, il est presque 19 heures, vous êtes prêts ? crie soudain Sophie en entrant dans le bureau avec Paul, son petit frère Hugo dans les bras.

Puis elle s'arrête tout net devant eux.

— Non mais sérieux, vous êtes encore en train de vous bisouiller ? Vous n'en avez pas marre ?

Adrien et Gabi éclatent de rire. Non, ils n'en ont jamais assez, mais pour Paul et Sophie, tout juste treize ans, il est bien difficile de comprendre pourquoi les adultes prennent autant plaisir à se lécher le museau.

— On y va ? dit Paul qui, à présent, dépasse sa sœur d'au moins une tête.

Adrien se tourne vers Gabi en haussant les épaules.

— Dommage, mais on dirait bien que la conversation est finie.

Gabrielle quitte ses genoux et le toise du haut de son mètre soixante.

— Tu ne perds rien pour attendre !

*

Il n'est pas loin de 19 h 30 lorsque Jane s'assoit pour ouvrir le courrier que son assistante a déposé sur son bureau. Elle a passé sa journée en réunion et a l'impression que sa tête va éclater, mais elle veut partir en week-end l'esprit tranquille et ne pas revenir lundi avec tout un tas de mauvaises nouvelles à découvrir. Parce que c'est presque toujours le cas, début de semaine oblige.

Elle ouvre la première enveloppe, un pli sans timbre remis par coursier, et arrête de respirer.

L'enfoiré... Il l'a fait.

Elle relit la lettre plusieurs fois, la laisse choir sur la table et tapote des doigts sur son sous-main en cuir. Cédric Berckin demande le divorce, et comme cette enflure a le bras plus long qu'un singe psychopathe, en vingt-quatre heures, il a réussi payer les deux mois de retard à l'institut pour se couvrir, à entamer une procédure de divorce et à obtenir l'ordonnance d'un juge qui a décidé de geler le versement à l'institut tant que le divorce ne serait pas prononcé.

Il l'avait dit à Annabelle et il l'a fait. Il a trouvé le moyen de pression idéal en se donnant un temps illimité.

— *Ballsucker!*

Elle attrape son téléphone et compose le numéro de téléphone d'Antoine. Il décroche au bout de deux sonneries.

— Je n'ai pas de bonnes nouvelles, commence-t-elle. Cédric demande le divorce. C'est officiel, je viens de recevoir une lettre de son avocat.

Antoine n'émet aucun son.

— Et je n'ai pas encore prévenu Annabelle. La pauvre, je crois qu'elle espérait que ce ne soit qu'une menace en l'air.

— Je suppose qu'il a tout bien ficelé ? finit-il par demander.

— Oui. Le paiement de la pension sera rétroactif, mais il n'est pas tenu de payer l'institut tant que le divorce n'est pas prononcé, et comme le juge est un ami de Berckin, ça peut être très long.

— Très bien, répond-il avec une tranquillité qui surprend Jane. J'ai moi-même de quoi l'obliger à faire accélérer les choses.

— Accélérer le divorce ? C'est sûrement une bonne chose pour Annabelle, mais qu'advient-il de son frère sans l'argent de son mari ? Il lui faut quand même le temps de se retourner.

— Tout est négociable, non ? dit Antoine de façon très énigmatique, si bien que Jane creuse la question.

— Tu peux me dire de quoi il s'agit ou c'est confidentiel ?

— Je suis attendu auprès de mes jeunes patients, je ne peux pas t'en parler maintenant, mais je te rappelle.

— D'accord. Souhaite-moi bonne chance, j'appelle Annabelle.

— *Good luck...*

*

Vers 2 heures du matin, Annabelle prend connaissance du message que lui a laissé Jane, elle vient juste de quitter le Néon d'argent. Cédric n'avait pas son adresse, alors c'est par avocats interposés qu'il lui a fait parvenir son intention d'entamer une procédure de divorce. Une longue procédure, petit détail qu'il ne prend pas la peine de préciser, mais dont elle a parfaitement conscience.

Il l'avait promis, il l'a fait.

Annabelle marche pendant plus d'une heure jusque chez Albertine Lilas sans qu'une larme ne lui effleure les joues. Elle est comme anesthésiée, incapable de pleurer ou de ressentir autre chose que l'énorme boule qui grandit dans son estomac.

Lorsqu'elle pousse la porte de l'appartement, il y a encore de la lumière. Albertine ne dort pas, elle est en robe de chambre, assise dans le canapé, et vient de faire du thé, si Annabelle en croit les tasses fumantes qui reposent sur la table basse. Deux tasses. Il est plus de 3 heures et Albertine l'attendait.

Annabelle pose son sac à main sur la commode de l'entrée et pénètre dans le salon.

— Vous n'arrivez pas à dormir ?

— Vous n'auriez pas dû rentrer à pied, la morigène Albertine. Paris est une ville dangereuse, la nuit pour une femme.

Annabelle ne peut s'empêcher un léger sourire, Albertine sait très bien à quelle heure elle rentre quand elle se fait raccompagner ou qu'elle prend un taxi. Il est alors toujours plus tôt et même si elle est dans son lit, Annabelle sait qu'Albertine ne ferme pas l'œil tant que sa pensionnaire n'est pas elle aussi sous les draps.

— J'avais besoin de marcher, lui dit-elle. Vous pouvez aller vous coucher, maintenant, je suis désolée de vous avoir inquiétée.

— Asseyez-vous, lui demande Annabelle en tapotant le coussin à côté d'elle.

Et lorsque Annabelle obéit, Albertine lui met une tasse de thé entre les mains.

— Qu'est-ce qui ne va pas, mon petit ?

Annabelle ne cherche même pas à comprendre comment elle sait que quelque chose cloche. Elle pose sa tasse et pousse un soupir déchirant.

— Je ne veux pas vous ennuyer avec mes problèmes, Albertine.

— Là n'est pas la question. Ce qui m'ennuierait, c'est de savoir que vous avez des soucis et que vous refusez de m'en parler.

Annabelle hoche la tête et lui fait part de la nouvelle laissée par Jane.

— C'est très moche, conclut Albertine. Vos parents ne sont pas encore au courant, je suppose ?

— Ils ne savent même pas que j'ai quitté le domicile conjugal.

— Il va falloir le leur dire.

Annabelle sait que la vieille dame a raison et qu'elle ne pourra plus tenir le secret bien longtemps, mais elle est terrorisée à l'idée de refaire tomber sur ses parents la chape de béton qu'ils ont portée pendant tant d'années, qu'elle ne saura même pas par quel bout commencer. Rien ne saurait les préserver de ce que la situation va provoquer.

— Où est votre frère ? demande Albertine.

— À l'institut Hermus.

— Les deux mois de retard ont-ils été réglés comme convenu ?

— Oui...

Elle a au moins obtenu ça de Cédric, qui ne l'a pas fait de gaîté de cœur, mais juste parce qu'il savait être en tort. Il aurait détesté que sa faute fasse les gorges chaudes de ses relations. L'institut avait reçu un virement le lendemain de sa conversation avec Jane.

— Alors ça vous laisse un peu de temps pour vous retourner, lui dit Albertine. Mais prévenez vos parents, ne les laissez pas sans savoir.

Annabelle acquiesce en silence.

— Allez vous coucher, murmure Albertine. Et souvenez-vous de ce que je vous ai déjà dit : seule la mort n'a aucune solution. Ne cessez jamais de croire.

Annabelle se penche et dépose un baiser sur la joue de la vieille dame. C'est la première fois. Albertine sourit.

— Bonne nuit, Albertine.

— Bonne nuit, mon petit.

Annabelle rejoint sa chambre et se recroqueville sur son lit sans se déshabiller.

Demain sera l'une des journées les plus terribles de sa vie.

Il est à peine 9 heures quand Annabelle repose son téléphone sur la commode. Sa mère était secouée de sanglots. Annabelle a eu l'impression de lui avoir déchiré le cœur de part en part et c'est insupportable. Évelyne Saulier ne le lui aurait jamais dit, mais Annabelle a senti au son de sa voix qu'elle lui en voulait de les avoir mis dans une telle situation. Viendra le moment où elle pourra raconter à ses parents quelle a été sa vie pendant vingt ans, mais pas maintenant. Ce qu'il leur faut d'abord, c'est digérer la nouvelle et trouver un moyen de protéger Charles du mieux possible.

Évelyne Saulier lui a fait promettre de le préserver et de ne rien lui raconter. Annabelle respectera sa parole. Et quand bien même, comment pourrait-elle seulement dire à son frère qu'il vivra les quelques années qu'il lui reste dans une chambre miteuse ? Qu'il sera abandonné au milieu d'un mouroir rempli de gens comme lui et qui n'ont pas les moyens de se payer une mort cinq étoiles ?

Le cynisme lui arrache un sanglot qu'elle étouffe aussitôt. Annabelle ne veut pas pleurer, elle n'en a pas le droit. Cette situation, elle l'a provoquée, elle doit l'assumer.

Elle s'essuie les yeux, se lève et défroisse le couvre-lit. Albertine l'attend pour une balade au Bon Marché. Albertine Lilas s'éloigne de la porte entrouverte d'Annabelle avant qu'elle ne la voie.

Qu'il est difficile de faire face aux coups durs de la vie tout en gardant la tête haute. Mais Annabelle le fait très bien. Elle est brisée de l'intérieur, mais reste digne et droite. Albertine se retrouve un peu en elle. Quand elle a perdu sa fille, elle a pleuré toutes les larmes de son corps, puis s'est accrochée à ce qui valait la peine d'être vécu. Elle a bravé les années sans jamais en regretter ni en renier une seule. Annabelle est aussi de ce bois qui plie, mais ne rompt pas. Albertine ne l'abandonnera pas, parce que le baiser qu'elle lui a déposé sur la joue la veille a pris un sens évident. Annabelle ne remplacera jamais sa fille bien-aimée, mais elle comble un vide qu'elle ressent depuis trop longtemps.

Albertine referme la porte de sa chambre et décroche le téléphone posé sur sa table de nuit.

Elle connaît le numéro de son petit-fils par cœur. Il comprendra sa décision, il l'a toujours comprise.

16

Dans dix jours, c'est Noël, une période qu'Antoine n'a jamais vraiment appréciée que pour les réunions de famille, hélas trop rares désormais, ses parents coulant une retraite paisible sur l'île d'Oléron et sa sœur vivant dans le Sud. Il ne les verra d'ailleurs pas cette année. Tout le tralala des cadeaux, des chants de Noël, des sapins et guirlandes lumineuses l'ont toujours laissé indifférent. Mais quand on arrive chez les de Bérail, à ce moment de l'année, et particulièrement depuis que Gabi est entrée dans la vie d'Adrien, on ne peut rester insensible à la bonne humeur et à l'empressement que suscitent les fêtes. Leur hôtel particulier s'est transformé en maison du père Noël. Il y a des lutins éparpillés dans les quatre coins, de la neige artificielle, un immense train électrique autour d'un sapin. Tout ce qui lui fait horreur, sauf ici.

— Comment allez-vous, Antoine ? lui demande Rosa-Louise, l'employée de maison.

Mais elle est bien plus que ça. Elle et son mari André sont au service des de Bérail depuis plus de quarante ans.

— Bien, très bien. Vous avez l'air en pleine forme.

— Je le suis ! Je vous apporte un café ? M. de Bérail descend dans une minute.

Antoine sourit. Adrien a perdu sa mère très tôt, Rosa-Louise l'a presque élevé, mais depuis qu'il est adulte, elle n'a plus jamais pu l'appeler par son prénom.

— Volontiers.

— Vous connaissez le chemin, lui dit-elle en regagnant la cuisine.

Le médecin traverse l'atrium, retire son manteau qu'il abandonne sur le canapé et s'installe devant la baie vitrée donnant sur le jardin. Adrien l'a fait venir pour parler du dossier médical mettant en cause Cédric. Il a des suggestions à lui faire. Antoine ne sait pas jusqu'où cette affaire va et peut aller, mais il est déterminé à ne rien lâcher. Indépendamment d'Annabelle, Cédric fait la pluie et le beau temps depuis trop longtemps à la clinique, et ce, même avant d'en devenir le directeur. Antoine n'a jamais été dupe le concernant, et s'il supportait son autorité et sa fâcheuse tendance à vouloir tout diriger, c'est parce qu'il lui était redevable et parce qu'il voyait en lui un chirurgien brillant. Mais sa récente position au sein de la clinique le rend davantage sournois et implacable. À long terme, ce ne sera plus un avantage pour personne. Il est temps qu'il redescende de son piédestal.

— Excuse-moi pour mon retard, lui dit Adrien en arrivant dix minutes plus tard. Gabrielle et les enfants sont partis pour la journée chez ses parents, j'en ai profité pour remettre de l'ordre dans ma paperasse.

Il s'approche d'Antoine et lui fait une de ces accolades qu'on ne réserve qu'à ceux qui comptent. Adrien et lui sont amis depuis plus de trente ans. Ils ont fait toute leur scolarité ensemble jusqu'au lycée. On les appelait les inséparables.

— Et voilà le café ! s'exclame Rosa-Louise, un plateau à la main.

Adrien la remercie et se tourne vers son ami.

— Nous pouvons aller dans le bureau, si tu préfères ?

— Non, dit Antoine en souriant, ton canapé est bien trop confortable. Alors, quoi de nouveau ?

Pendant que Rosa-Louise s'éclipse, Adrien les sert.

— J'ai étudié à la loupe le dossier que tu m'as donné. Il y a effectivement matière à faire tomber ce connard arrogant. Pardon de parler comme ça, je sais que tu l'as longtemps apprécié.

— Je n'ai jamais nié ses mauvais côtés, précise Antoine.

— Tu as beaucoup trop de discernement pour ça. Bien, l'affaire est simple, très simple, mais les conséquences pourraient s'avérer plus compliquées qu'on ne le pense. Faire sauter Cédric Berckin sera facile, le dossier médical plus le témoignage de l'ancien chef de labo sont accablants et indiscutables. En revanche, tu ne peux pas déposer cette plainte toi-même, même si cette affaire te concerne puisqu'il y a dix ans, tu étais au premier rang. À un moment, le juge fera le lien entre la procédure de divorce en cours et toi. Il pourrait y avoir un conflit d'intérêts.

Pas besoin qu'Adrien s'explique davantage, Antoine a compris la situation.

— Que proposes-tu ?

— Eh bien, dans la mesure où tu ne dois pas déposer plainte et que le conseil d'administration dirigé par Cédric lui-même ne le fera pas non plus, il ne te reste qu'une seule solution : tout dévoiler à Gérard Lopez, le patient concerné, et l'encourager à porter l'affaire devant les tribunaux.

— Je vois...

— S'il n'a pas quitté le territoire, retrouver ses coordonnées ne sera pas compliqué. Alors soit, si j'en crois le dossier, ton gars doit avoir soixante-dix ans aujourd'hui, mais il n'est pas grabataire. Enfin, j'espère.

— Et Lemaire, dans tout ça ? Je suis presque certain que l'ex-laborantin n'a pas fait les choses de gaîté de cœur. Si on porte plainte contre Berckin, on le traînera aussi dans la boue.

— C'est vrai, mais... dans le message qu'il t'a envoyé, il a eu l'air d'avoir envie de faire amende honorable, non ? Contacte-le et expose-lui la situation. Dis-lui que tu voudrais qu'une plainte soit déposée contre Berckin, qu'il sera forcément impliqué, alors que tu veux savoir s'il est prêt pour ça. Tu demandes pour la forme, quoi.

Antoine hoche la tête.

— Le cas échéant, Lopez, le patient, dois-je le contacter moi-même ?

— Non, surtout pas. Je vais m'en charger. Toi, tu seras considéré comme témoin à charge. Mais attention, Antoine, c'est un gros dossier. Escoffier, l'ancien directeur de clinique, pourrait aussi être appelé à la barre, c'est même certain. Tu vas remuer beaucoup de merde, j'espère que tu en as conscience.

Antoine se frotte le nez. Non, bien sûr, tout ce que dit Adrien, il n'y avait pas vraiment pensé. La seule question qu'il doit vraiment se poser, c'est s'il est prêt à aller aussi loin que possible pour Annabelle. À peut-être même risquer sa carrière, car il se doute que, dans la mesure où le juge ne pourra avoir aucune preuve sur son implication, Cédric, lui, ne sera pas idiot et le lui fera payer si jamais il est disculpé.

— Je veux aller jusqu'au bout, s'entend dire Antoine.

Adrien le dévisage un instant sans rien dire, puis prend la parole :

— Où en es-tu avec Annabelle ? Vous vous revoyez ?

— Définis « revoir ».

— Vous avez une liaison ?

— Non.

Adrien semble soulagé.

— Très bien, parce qu'à partir de maintenant, il faudra éviter de la rencontrer et donner du grain à moudre à l'avocat de Berckin. Ou alors… ajoute-t-il avec un regard démontrant qu'il n'est pas dupe sur les intentions d'Antoine, il faudra être très discrets.

— Je comprends bien.

— Dans ce cas, tant mieux, nous allons mettre toutes les chances de notre côté. Il va de soi que je m'occupe personnellement de cette affaire et que je ne demanderai aucune avance à Gérard Lopez. Ce sera Berckin qui paiera la facture.

Antoine éclate de rire.

— Tu n'as jamais pu l'encadrer.

— Jamais. Maintenant, si tu permets, on va laisser tomber le café et déboucher une bouteille de champagne. Il y a des années que je n'avais pas été aussi motivé par une affaire. Merci, mon vieux !

— À ton service.

*

Lundi matin. C'est le grand jour pour Antoine et Léopold Adamcki.

Antoine a accepté le fait qu'il n'arriverait jamais à dormir avant une opération délicate. Les heures qui précèdent, sa nervosité et son stress s'expriment dans ses moindres gestes et ses paroles, au grand dam de son entourage. Mais dès qu'il est au pied du mur, sur le point d'entrer au bloc, c'est comme si toute la tension accumulée depuis des jours disparaissait d'un coup. Il devient une machine, dénuée d'émotions parasites. Un chirurgien hors pair, qui serait capable de procéder à une intervention à cœur ouvert sur un chalutier en pleine tempête sans dévier son bistouri d'un millimètre.

C'est la marque des meilleurs, il le sait, l'assume et le revendique. Son métier ne souffre ni la médiocrité ni la fausse modestie.

Il entre dans la chambre du petit Léopold. Ce dernier a dû abandonner sa casquette des Spurs. Son crâne chauve est enduit de Bétadine, et ses traits sont un peu plus creusés que d'habitude. Pour autant, il garde son sourire inaltérable, et la confiance dans son regard galvanise Antoine. Ce môme, c'est sa dope, son booster d'envie. Il est impossible qu'il ne veuille pas se transcender pour ce lutin si pétillant et débordant d'optimisme !

— Comment va mon champion ce matin ? demande Antoine en attrapant le dossier médical de son jeune patient.

— Prêt à affronter l'infâme Glioblastomex, docteur ! Comme d'habitude, Oncologue-Man va lui mettre une pâtée, assisté de son fidèle acolyte, Chimio-Boy.

— Tu m'étonnes, John ! On va tellement lui botter les fesses qu'on va lui ôter toute envie de repointer sa face de rat.

L'infirmière qui s'occupe des perfusions de Léopold ne peut masquer un sourire. De l'extérieur, on pourrait être choqué par le détachement apparent du docteur Saint-Armand. Chaque membre du service connaît les risques d'une telle opération, et les probabilités que l'enfant ne ressorte pas vivant du bloc sont ancrées dans tous les esprits. Mais chacun connaît la volonté inoxydable de l'oncologue, sa foi en sa science et en son don.

Oui, ce matin, tout l'étage de la clinique Saint-Roch préfère parler de don que de pratique, car Léopold Adamcki n'aura pas de trop d'un miracle.

— Les parents de Léopold sont à l'accueil, docteur, annonce l'infirmière. On fait comme d'habitude ?

— S'il vous plaît, oui.

Comme tout virtuose, Antoine ne peut empêcher une part d'irrationnel d'entrer dans ses rituels. Depuis que, six ans plus tôt, il n'a pu empêcher un patient de mourir sur la table d'opération, alors qu'il avait promis à ses parents qu'il ferait son possible pour le sauver, il a décidé de ne plus jamais croiser la famille d'un malade avant une intervention. Il préfère envoyer une infirmière, l'anesthésiste ou tout autre membre de l'équipe leur expliquer les derniers détails, tenter de les rassurer. Lui refuse de se laisser perturber par une empathie qui le détournerait de son objectif.

Un aide-soignant entre dans la pièce et relève les tubulures du lit médicalisé.

— Je crois que ton jet t'attend pour ta mission, Chimio-Boy.

Léopold attrape la main d'Antoine et la serre de toutes ses forces.

— On se retrouve dans notre station spatiale *Rémission XIII*, Oncologue-Man ?

Antoine lui adresse un bref salut militaire.

— Un général n'abandonne jamais ses troupes, soldat. Je vous attends à l'atterrissage.

L'aide-soignant manœuvre pour sortir le lit, accompagné de l'infirmière. Antoine se retrouve seul dans la chambre, et l'espace d'une infime seconde, le vide du lieu le cueille à l'estomac. Une infime seconde seulement, car il se reprend aussitôt et gagne à son tour l'ascenseur qui le mène au bloc.

Dans la salle attenante, il retrouve le docteur Agnès Brolier, une neurochirurgienne qu'il a côtoyée lors de son internat à l'hôpital Necker. Agnès est la meilleure dans sa partie, et Antoine n'a eu aucun scrupule à exiger de sa hiérarchie qu'une collègue d'un autre établissement l'assiste sur son opération. Lui-même n'hésite pas à donner de son temps en consultations externes dans d'autres cliniques. Elle a déjà enfilé sa blouse et son calot, et regarde, à travers la vitre épaisse, le jeune Léopold porté sur la table d'opération, et un champ stérile lui être posé sur le crâne.

— Le gamin va supporter ? demande-t-elle sans se retourner.

Par « supporter », Antoine sait ce qu'elle entend. Une telle opération nécessite que le patient soit conscient pendant qu'on lui ouvre le crâne. L'opération touchant le cerveau, il faut en permanence le stimuler, lui poser des questions précises, pour être certain que ses fonctions cognitives, son langage ou sa coordination motrice ne soient pas en train d'être endommagées. Chez un patient de cet âge, savoir qu'on est en train de littéralement lui fouiller dans le crâne, alors qu'on est éveillé, peut être un traumatisme absolu.

— C'est comme si Léopold avait traversé deux guerres, Agnès. Je n'ai jamais eu un patient aussi costaud de toute ma carrière. Rien à craindre de ce côté-là, il ne paniquera pas.

— Tant mieux, soupire sa collègue. Parce que...

Elle ne finit pas sa phrase. Pas besoin. Ils sont parmi les meilleurs chirurgiens de France dans leurs spécialités, inutile de ressasser. À ce moment, la porte du sas s'ouvre dans son chuintement métallique, laissant apparaître Cédric Berckin. Antoine n'y prête même pas attention et va se laver les mains et les bras au savon antiseptique.

— Docteur Brolier, quel plaisir de vous revoir, entreprend Cédric.

Agnès répond par un salut poli.

— Bien, je ne vais pas la faire longue, je suis venu vous souhaiter bonne chance pour votre opération. Tout le monde ici connaît les risques de cette intervention. Personne ne les minimise, surtout pas moi, mais est-il utile de vous rappeler que vu la situation financière de la clinique Saint-Roch, il ne faudrait pas qu'une erreur chirurgicale, voire de diagnostic, lui porte préjudice. Oserais-je dire que la réussite de cette intervention serait notre meilleure publicité ?

Antoine se cure le dessous des ongles avec une minutie presque obsessionnelle. Ce fumier qui vient lui parler d'erreur de diagnostic. Quand on connaît ses propres magouilles pour gonfler ses statistiques et son nombre d'opérations, ce n'est pas l'honnêteté qui l'étouffe.

— C'est évident, docteur Berckin, répond Agnès Brolier. Même si, cela va sans dire, dans les heures qui viennent, seule la santé de notre patient nous importe, bien avant les diagrammes et les tableaux Excel de votre conseil d'administration.

Et paf, prends-toi ça dans les dents, monsieur le directeur ! Antoine constate avec satisfaction que la gestion discutable de la clinique Saint-Roch fait les gorges chaudes des établissements concurrents.

Cédric Berckin subit le camouflet avec un sourire mielleux.

— Bien entendu, chère Agnès, je ne voulais pas dire autre chose.

Puis, s'adressant à Antoine qui lui tourne le dos :

— Docteur Saint-Armand, je vous attends dans mon bureau aussitôt l'opération terminée. Et avec de bonnes nouvelles.

Il tourne les talons sans un autre mot.

— Sérieux, souffle Agnès Brolier, il est toujours aussi encourageant, ton boss ? Il voudrait nous déstabiliser qu'il ne s'y prendrait pas autrement. Pour te mettre la confiance, il se pose là.

Antoine ne répond pas tout de suite. Les mains levées, il ferme les yeux, se détend le cou, inspire profondément puis lâche :

— On se contrefout de cet enculé, Agnès. C'est le moment, Chimio-Boy a besoin de son fidèle coéquipier.

*

Quatre heures plus tard, Cédric Berckin a le nez plongé dans des dossiers, quand Antoine fait irruption dans son bureau. Il porte encore sa blouse et son calot. Ses traits sont tirés, ses yeux cernés, mais une volonté farouche les fait briller. Sans autre forme de cérémonie, il claque un bocal sur le sous-main luxueux du directeur. À l'intérieur flotte une masse informe, grisâtre et vaguement filandreuse.

— Ah, c'est la tumeur, constate sobrement Cédric. L'opération s'est bien passée ?

— Le glioblastome a été enlevé, comme tu peux le voir, et si ça t'intéresse, Léopold Adamcki est toujours vivant et ne semble présenter aucune séquelle visible. Nous allons assurer un suivi post-op de tous les instants, mais, si comme je l'espère, la cicatrisation s'opère bien, nous pourrons rapidement enchaîner avec le traitement par radiothérapie et chimio. Tu peux dormir tranquille et rassurer les membres du conseil, ce n'est pas moi qui coulerai la clinique cette fois-ci.

L'ironie dans le ton d'Antoine est exacerbée par la tension de ces dernières heures. Il vient une fois de plus de banaliser l'exploit, mais n'en tire aucun orgueil. Il ne pense déjà qu'à la suite du protocole de son patient. Cette marche était peut-être la plus difficile à gravir, mais elle ne reste malgré tout que la première d'une longue volée.

Cédric lève le bocal pour l'exposer à la lumière et contemple la tumeur, fasciné.

— Bien, murmure-t-il. Très bien...

Puis, avisant l'étiquette collée dessus, il demande :

— Ça veut dire quoi, TDG ?

Antoine arbore un sourire carnassier. Une vieille tradition de carabins veut qu'on attribue parfois aux tumeurs ou autres corps indésirables dans l'organisme d'affectueux surnoms quand on a réussi à les enlever. Cédric Berckin est bien sûr au courant de cette habitude, mais le sens de cet acronyme lui échappe.

— Comme c'était la tumeur la plus vicieuse, la plus sournoise et la plus difficile à opérer que j'ai croisée dans ma carrière, explique Antoine, impassible, j'ai décidé, en hommage, de lui attribuer le surnom que tout l'hôpital te donne, Cédric. À tout seigneur tout honneur, je suis heureux de te confier Tête de Gland. Je te la laisse : entre saloperies, vous devriez vous entendre.

Antoine a laissé Cédric sans voix derrière lui, jubilant de lui avoir cloué le bec. Il repasse par les vestiaires, jette sa blouse, son calot et ses surchaussures, prend une longue douche brûlante et rejoint enfin son service, bien décidé à s'offrir un petit somme réparateur.

Quand il débouche dans son bureau, il marque un temps d'arrêt. Meredith, son assistante, est en train de remplir un carton avec ses effets personnels. Choqué, il prend alors conscience que c'est son dernier jour. Tout à son opération, il a complètement occulté le départ de sa fidèle secrétaire.

— Meredith, je… bredouille-t-il. Je suis absolument confus, je...

La sexagénaire le fait taire d'un simple sourire, empli de bienveillance.

— J'ai cru comprendre que l'opération de Léopold s'est bien passée, docteur ?

— Euh, oui, mais...

— Alors tout va bien, je suis soulagée et ravie pour lui, le reste n'a aucune importance.

Une vague de remords submerge Antoine.

— Oh, bon sang, Meredith, je suis tellement désolé. Je n'ai même pas pensé à organiser un pot de départ, je suis impardonnable.

Elle balaie l'air de la main.

— Pensez-vous, docteur ! Un pot de départ ? Et puis quoi encore ? C'est vous, le héros du jour ! Et si vous désirez tant que ça un motif pour trinquer, il faudrait le faire à la santé de Léopold et de son idole.

Trinquer ? Mais oui, bon sang ! Antoine se frappe le front et interpelle son assistante :

— Ne bougez surtout pas.

Il se précipite dans son bureau et s'agenouille devant un minibar. Au milieu de petites bouteilles d'eau et de jus de fruits à destination de ses patients en consultation, il garde toujours une demi-bouteille de champagne. Au cas où. C'est l'occasion ou jamais.

Il revient avec la bouteille et deux verres en pyrex, qu'il pose sur le bureau de Meredith. Cette dernière détourne le regard et rougit.

— Oh, docteur, voyons, ce n'est pas la peine.

Antoine pose les poings sur les hanches et surjoue l'outrage :

— Ah, mais ce n'est pas ce que vous croyez, nous ne buvons pas à votre départ, mais bien à l'opération de Léopold, comme vous l'avez suggéré.

En un tournemain, il débouche la demi-bouteille et remplit les deux verres. Il en tend un à Meredith et lui susurre, avec une voix de conspirateur :

— Pour votre départ, ce n'est pas du champagne dans un verre de cantine que je vous réserve, Meredith, mais bien une invitation à déjeuner dans un restaurant huppé, je m'y engage.

L'assistante ne sait plus où se mettre. Elle soupire comme une jouvencelle.

— Docteur Saint-Armand, soyez raisonnable, je ne mérite pas autant d'attentions.

Pour le coup, Antoine n'a pas besoin de feindre l'indignation.

— Comment ça, vous ne le méritez pas ? Vous plaisantez ? Vous êtes l'âme de ce service ! Grâce à votre dévouement durant toutes ces années, j'ai pu me consacrer à mes patients sans avoir l'esprit tracassé par tout cet administratif qui nous pollue le cerveau. Avec vous, c'était l'autoroute royale, débarrassée de toutes ses scories.

Sans qu'il l'ait prémédité, sa voix s'enroue sous l'émotion. Il vide son verre d'un trait et se ressert aussitôt, alors que Meredith a à peine trempé les lèvres dans le sien. Chacun tente de masquer sa gêne, et Antoine embrasse le bureau vide du regard.

— Je ne sais pas ce que je vais faire sans vous. Vraiment... Est-ce que vous avez au moins des nouvelles de votre remplaçante ?

Meredith a sorti un mouchoir en papier de son sac, avec lequel elle se tamponne les yeux.

— Pas encore, docteur. C'est l'assistante en pédiatrie qui me remplacera à mi-temps en attendant que soit effectué le recrutement.

Les doigts d'Antoine se serrent autour de son verre. Jusqu'au bout, Cédric lui mettra des bâtons dans les roues. Reculer le recrutement d'une nouvelle assistante, lui imposer une remplaçante provisoire à mi-temps. Quel odieux connard.

— Vous allez me manquer, Meredith.

— Vous aussi, docteur.

— Je crois que vous pouvez m'appeler Antoine, désormais.

Il se force à un sourire triste, mais l'émotion reste palpable.

— Y a-t-il une dernière chose que je puisse faire avant de partir... Antoine ? Un dernier dossier à exhumer, peut-être ?

Elle a ponctué sa dernière phrase d'un clin d'œil complice, et à ce moment, le cœur d'Antoine déborde de reconnaissance pour cette femme si discrète et si efficace.

— Peut-être bien. Si par hasard, quelqu'un vient vous demander si je vous ai demandé de ressortir des vieux dossiers médicaux d'anciens patients...

— Du docteur Berckin, par exemple ?

— Par exemple, oui. Je peux compter sur vous pour répondre que ça n'a jamais été le cas ?

— Je ne me souviens pas que vous me l'ayez jamais demandé...

Elle repose son verre à peine entamé, saisit son carton qu'elle coince sous un bras, et tend la main à Antoine.

— Eh bien... je vous dis à plus tard.

L'oncologue regarde cette main tendue, interdit, puis il pose à son tour son verre et attrape son ex-assistante pour l'enlacer.

— À très bientôt, Meredith. Merci pour tout...

Il la regarde disparaître au bout du long couloir, une boule dans la gorge. Machinalement, il attrape le verre à peine entamé de Meredith et en avale le contenu en trois gorgées.

Puis il regagne son bureau, ferme la porte derrière lui, et soudain, libère un cri primal. Tant d'émotions en même temps, Annabelle, Cédric, Meredith, Léopold et le contrecoup de l'opération. C'est beaucoup trop pour un seul homme, il ne peut plus contenir la tempête de sentiments qui le fait vaciller.

L'avertissement d'Adrien de Bérail la veille n'oppose qu'une résistance symbolique. Il attrape son téléphone et compose le numéro d'Annabelle. Ce soir, il l'invite à dîner dans un des meilleurs restaurants de la ville, car c'est avec elle qu'il a envie de fêter cette opération miraculeuse, avec elle qu'il a envie d'exulter et de sourire à la vie.

17

— Vous êtes magnifique, dit Mme Lilas.

Ébahie, Annabelle se regarde à travers la psyché dans la chambre d'Albertine.

Cette robe lui va comme aucune autre auparavant. Le décolleté soulève sa généreuse poitrine, lui affine la taille et lui arrondit les hanches. Elle ne peut s'empêcher de penser que même s'il aimait l'exposer, Cédric n'aurait jamais accepté qu'elle sorte dans une telle tenue.

— J'étais aussi mince que vous et à peine plus petite, à l'époque, ajoute Albertine. À moi, elle arrivait au-dessous des genoux, mais qu'importe, la mode et les mœurs se sont raccourcies en même temps avec les années ! D'ailleurs, sous la provocation de mon père qui criait qu'elle en serait incapable, ma mère a aussi cousu une robe couleur soleil. Celle-ci a grandement besoin d'être nettoyée. Je vous la montrerai à l'occasion. Mais en attendant, s'il vous plaît, portez celle-ci ce soir, elle vous va à ravir.

Annabelle touche le tissu couleur de lune. Elle a accepté l'invitation d'Antoine, mais pour autant, se sent-elle prête à sortir le grand jeu ? À jouer les séductrices ? Les femmes fatales ? Les liens qui sont en train de se retisser entre eux ne mèneront pas à une grande et longue amitié, elle le sait. L'amitié n'a jamais existé entre eux, c'était autre chose, des nœuds dans le bas du ventre, des images brûlantes, des étincelles si visibles qu'elles éclipsaient quiconque les approchait. Annabelle était l'essence, Antoine était le feu. Il suffisait qu'il la regarde pour qu'elle s'enflamme et qu'ils laissent se consumer un désir renouvelé à chaque contact. Aujourd'hui, l'homme qu'elle a toujours aimé est de nouveau à portée de main, il suffirait qu'elle le touche du bout du doigt pour que tout recommence et s'embrase. Mais est-elle prête à provoquer le destin et prendre des risques ?

— Cette robe prend la poussière dans le placard, essaie encore de la convaincre Albertine. Ça me ferait très plaisir que vous la portiez. Et puis, avec vos escarpins bleu marine, ce sera parfait, et je vous prêterai une étole en soie pour les assortir.

— Je ne sais pas quoi dire, Albertine.

— Dites oui ! Et souriez, mon petit, on dirait que le poids du monde se retrouve sur vos épaules. Ce n'est qu'un dîner dans l'un des restaurants les plus romantiques de Paris !

Justement...

*

À 19 h 30, Antoine l'attend en bas de l'immeuble. Emmitouflée dans son manteau, elle monte à l'avant de sa voiture et économise ses mots pour éviter le trémolo qui ne manquera pas de trahir son appréhension. Antoine n'est pas très bavard, lui non plus, mais pas pour les mêmes raisons. Même un dimanche soir, à Paris, la circulation est infernale. Ils sont bloqués sur le cours Albert Ier depuis vingt minutes à cause d'un accident et avancent mètre par mètre.

— J'aurais dû venir en taxi, grogne-t-il.

— Ça n'aurait rien changé.

— Bien sûr que si. Nous serions descendus et aurions continué à pied.

Il regarde sa montre, il est tendu.

— Nous sommes en retard, j'appelle le restau pour les avertir.

Il se confond en excuses au téléphone, et, à la façon dont Antoine répond à son interlocuteur, elle comprend qu'ils ne vont pas les attendre très longtemps, il y a de la demande.

— Où as-tu réservé ? finit-elle par demander.

— Lapérouse.

Annabelle blanchit. C'est là que Cédric lui a fait sa demande en mariage. Elle n'a jamais remis les pieds dans ce restaurant depuis. Elle l'a toujours détesté, parce qu'il représente tout ce qu'elle a sacrifié, tout ce que Cédric est devenu ensuite, par sa faute à elle, parce que ce soir-là, elle s'était mise à pleurer en voyant l'énorme diamant au milieu de l'écrin qu'il lui tendait, et il avait compris.

— Quelque chose ne va pas ? demande Antoine en percevant le trouble d'Annabelle.

Elle n'a aucune envie de lui mentir et de redémarrer sur des bases tronquées.

— C'est là que Cédric m'a demandée en mariage.

Antoine ne dit rien et la dévisage dans la pénombre de l'habitacle. Puis il saisit soudain l'occasion qu'une voiture bifurque du côté des Invalides pour la suivre, provoquant la colère des automobilistes autour d'eux.

— Qu'est-ce que tu fais ? demande Annabelle.

— Le restaurant a dit que si nous n'étions pas là dans une demi-heure, la réservation serait annulée. De toute évidence, nous n'y arriverons pas, sans compter que je n'ai aucune envie de raviver de mauvais souvenirs en t'emmenant là-bas. Nous allons chez moi.

— Oh...

— Si tu es d'accord, s'assure-t-il. Ce ne sera pas le grand service que j'avais imaginé t'offrir, mais il y a un excellent traiteur asiatique au pied de mon immeuble.

Antoine est tellement contrarié et désireux de ne pas le montrer, qu'elle n'a qu'une envie, se pencher pour lui embrasser la joue. Et elle le fait. Il ne tourne pas la tête, concentré sur la route, mais ne peut s'empêcher de sourire. Alors, l'espace d'un instant, Annabelle a l'impression de retrouver la complicité qui les unissait il y a vingt ans.

— Je préférerais un kebab, dit-elle. Tu sais, de ceux qu'on dévorait à s'en faire péter la peau du ventre. Je n'en ai pas mangé depuis... depuis nous.

Antoine sourit.

— Je m'en souviens, oui, je finissais toujours tes frites.

— J'adorais te voir manger et je faisais exprès d'en laisser.

Il fait de grands yeux.

— Tu avais un appétit de moineau, je ne crois pas un seul instant que tu te forçais !

— Je mourais de faim avec toi, dit-elle d'un air dramatique. Mais tu étais si grand, si maigre, je ne pouvais pas te laisser comme ça.

— Maigre ? s'étrangle-t-il. Je n'avais rien d'un freluquet quand même !

Elle éclate de rire. Non, c'est certain, mais Antoine s'est étoffé, ces vingt dernières années. Il inspire davantage d'assurance et de sécurité.

— On échangeait nos jeans, lui rappelle-t-elle. Même si avec le mien, tu donnais l'impression d'aller aux fraises.

— Hum… je m'en souviens aussi. On arrive.

Antoine habite dans le 15ᵉ, tout proche de l'hôpital Necker où il a été interne. Il s'y est installé pendant ses études et n'a jamais quitté le quartier.

Il s'arrête devant un parking privatif rue Mademoiselle, tout proche du square Saint-Lambert où ils adoraient se promener lorsqu'ils étaient étudiants. Il actionne le portail électrique et s'engouffre dans le souterrain.

C'est la deuxième fois qu'il fait venir Annabelle chez lui. Il aurait pu ne pas lui donner accès à son intimité, à cette grotte pour célibataire qu'il occupe depuis quinze ans maintenant, mais cela ne lui a même pas traversé l'esprit. À la minute où Annabelle s'est retrouvée dans une situation de détresse, il a eu envie de lui ouvrir les bras et de lui offrir la sécurité dont elle a besoin. Bien trop écorchée pour l'admettre, elle ne lui a pas montré un seul signe de faiblesse, jusqu'au moment où cette enflure de Cédric lui a une nouvelle fois levé la main dessus, devant le Néon d'argent. Alors, Antoine veut qu'elle sache qu'il est là pour elle, et que c'est la raison pour laquelle il lui donne accès à ce qui fait sa vie aujourd'hui.

— On va chercher les kebabs et on remonte ? suggère Antoine.

— Ça me va.

Annabelle resserre le col de son manteau lorsqu'ils sortent sur le trottoir. La température a chuté depuis quelques jours. On annonce même de la neige pour Noël. Il baisse les yeux sur ses chevilles délicates. Elle porte une robe qu'il ne voit pas, mais ces quelques centimètres de peau voilée par des bas suffisent à lui envoyer des images qu'il s'efforce de chasser aussitôt. Ce n'est pas le moment. Pas encore.

Ils entrent dans le fast-food, accueillis par les odeurs de graisse et de viande grillée. Une équipe de jeunes gens bien rodés prend leur commande et les fait patienter.

— J'aimerais beaucoup qu'on dîne ici, dit alors Annabelle.

Surpris, Antoine penche un peu la tête. Le standing est si différent de ce dont elle a eu l'habitude ces dernières années.

— Ça nous rajeunirait presque, s'enthousiasme-t-elle.

— OK, comme tu voudras, dit-il en retirant sa parka. Ce que ne fait pas Annabelle.

— Froid ?

— Non, répond-elle. Ma tenue n'est juste pas, disons... adaptée.

Il est intrigué, repense à ses chevilles, mais n'insiste pas.

Ils sont servis très rapidement. Voir Annabelle mordre de bon cœur dans son sandwich le ramène à toutes ces soirées qu'ils ont passées ensemble à étudier, avaler en vitesse ce genre de malbouffe, faire l'amour et étudier encore. Antoine louait un petit appartement sous les toits où Annabelle le retrouvait souvent. C'était minuscule, mal isolé, mal insonorisé, mais quand ils étaient tous les deux, rien de tout cela ne comptait.

— Tu te rappelles la fois où tu as voulu me faire plaisir en m'emmenant dans un pur restaurant thaïlandais ? lui demande-t-elle.

Il fronce les sourcils et tente de rassembler ses souvenirs.

— Mais si ! Tu avais commandé un plat servi dans un demi-ananas, précisant que tu préférais qu'il ne soit pas trop épicé. Hélas, ils ont zappé la consigne et tu es tombé sur un morceau de piment qui t'a littéralement arraché la langue.

— Ouais, je m'en souviens… grogne-t-il.

— Tu es resté digne parce que tu étais supposé être un homme, un vrai, mais tu retenais tes larmes et as vidé la carafe d'eau en moins de dix secondes, continue-t-elle sans pouvoir s'arrêter de rire. On a même demandé du yaourt pour faire passer le feu.

Antoine aimerait rire, lui aussi, mais le visage rayonnant d'Annabelle l'en empêche. Elle n'est jamais aussi belle que quand elle est heureuse. Comme ce soir, juste parce qu'ils sont tous les deux.

— Toi et moi, on a passé l'âge des détours et circonvolutions, n'est-ce pas ?

Elle renifle et s'arrête de rire, comprenant le sérieux de l'instant. Alors, il tend la main vers son visage, et, du pouce, retire un peu de sauce qui lui reste au coin des lèvres.

— J'ai envie de toi, lui dit-il d'une voix si rauque qu'il la reconnaît à peine.

Elle frissonne. Que ne donnerait-il pas pour virer cette table entre eux, écraser sa bouche sur la sienne et lui donner un baiser qui se passerait de toute explication.

Annabelle baisse les yeux. Elle va lui dire qu'elle n'est pas prête, que ce n'est pas ce qu'elle souhaite, qu'elle a besoin de temps. Mais putain, il a quarante ans ! Du temps, il en a déjà assez dépensé futilement comme ça !

— Allons chez toi... murmure-t-elle.

Il retient son souffle, mais pas plus de deux secondes : il ne veut pas qu'elle change d'avis.

Antoine se lève, enfile sa parka et lui tend la main. Plus aucun mot n'est nécessaire. Annabelle glisse ses doigts entre les siens, le contact lui semble si familier...

L'ascenseur monte les trois étages sans qu'ils ne cessent de se regarder. Ils ne se touchent pas, ne parlent pas, chacun adossé à une cloison. Puis les grilles s'ouvrent comme un symbole, vers une promesse, vers la fin de deux décennies de souffrance à se retenir, à s'empêcher de vivre.

Ils entrent dans son appartement, il y fait chaud. Annabelle fait quelques pas à l'intérieur de la pièce principale, puis se tourne vers Antoine, les mains sur son manteau qu'elle déboutonne avec une lenteur qui le rend fou.

La lourde étoffe tombe à ses pieds. Elle porte une robe époustouflante, lui moulant les hanches comme une seconde peau. Antoine se réjouit qu'ils ne soient pas allés au restaurant, il aurait été incapable de se comporter normalement.

Elle est là, immobile, les bras le long du corps, les seins se soulevant par saccade, ses cheveux blonds lui tombant sur les épaules. Il est à deux doigts de lui fondre dessus et d'envoyer valser tous ses principes de gentleman.

— Je... ça fait longtemps, dit-elle alors qu'il s'approche pour la toucher.

— Vingt ans.

— Non... Ce que je veux dire, c'est que Cédric et moi ne...

Il pose un doigt sur ses lèvres pour la faire taire. Quoi qu'ils aient pu faire ou ne pas faire ne l'intéresse pas. Ce soir, il n'y a qu'elle et lui.

Annabelle sort la langue et goûte au sel de sa peau. Antoine frissonne.

— Tu me rends fou, dit-il, tu m'as toujours rendu fou...

Elle pose les mains sur ses épaules, se hisse sur la pointe des pieds et lui embrasse le cou. Le corps d'Antoine réagit aussitôt, Annabelle sent son désir contre son bas-ventre, sa peau qui s'électrise. Avec calme, il laisse lentement glisser les mains le long de sa taille et de ses hanches, se réhabitue à ses formes, reprend possession de son désir. Leurs lèvres se touchent et se retrouvent. Les souvenirs de leurs baisers, de leur odeur, de leurs longues nuits passées ensemble se consument entièrement dans cette étreinte. Le passé n'existe plus, il ne reste que l'instant présent et le plaisir qu'il leur procure.

Annabelle pousse un cri étouffé quand la langue d'Antoine s'enroule autour de la sienne. Leur baiser est lent, plein de douceur, et les doigts d'Antoine bien écartés sur la taille d'Annabelle, comme s'il redoutait de la serrer trop fort.

— Embrasse-moi vraiment, le supplie-t-elle. Embrasse-moi comme tu m'embrassais.

Antoine glisse une main derrière sa nuque et plonge le regard dans le bleu de ses yeux. Il parcourt son visage, son nez délicat, ses pommettes et ses lèvres pleines, offertes. Il en prend possession, les lèche, les mordille. Sa bouche descend vers sa gorge, remonte jusqu'au lobe de son oreille, revient à ses lèvres. Annabelle est haletante, sous l'emprise de sens qu'elle croyait à jamais disparus. Puis Antoine s'arrache à elle.

Il retire sa veste et s'agenouille devant elle, parcourt ses chevilles, ses mollets, ses genoux, et remonte le long de ses jambes jusqu'à la dentelle de ses bas. Annabelle ne respire plus quand il froisse le tissu de sa robe pour trouver la chaleur de son ventre et y poser la joue. Il reste là, plusieurs secondes, sans bouger. Il semble la respirer, savourer qu'ils se soient retrouvés après tout ce temps.

Annabelle aussi est submergée par les émotions. Elle enfouit les mains dans ses cheveux et le serre contre elle. Puis Antoine, le Antoine qu'elle connaissait, celui qui a fait d'elle une femme passionnée et affranchie de toute retenue, refait surface. Il se redresse d'un coup, la soulève et traverse l'appartement pour rejoindre sa chambre. Il dépose la jeune femme sur le lit et la tourne sur le ventre pour faire glisser la fermeture Éclair de sa robe.

— Tu es belle, dit-il en lui caressant les fesses. Plus belle que tu ne l'as jamais été.

D'un seul geste, il la retourne, baisse la tête sur sa poitrine et glisse les doigts sous la pâle courbure d'un sein. Annabelle gémit lorsque la langue d'Antoine se glisse sous le voile de son soutien-gorge et titille les pointes érigées. Les ondes de plaisir qui zèbrent le corps d'Annabelle la font se cambrer, se tortiller.

C'en est trop ! À son tour.

— Je te veux, murmure-t-elle.

Annabelle s'assoit sur le lit et dépouille Antoine de sa chemise. Sans cesser de l'embrasser, elle détache sa ceinture, ouvre les boutons de son jean. Il tressaille. Alors, elle accroche son regard au sien, et, du pouce, monte et descend le long de cette chair dure et palpitante. Antoine siffle entre ses dents, la respiration saccadée.

Elle se relève et lui appuie sur le torse pour l'allonger sur le dos. Il se laisse faire, soulève les hanches pour l'aider à retirer son jean et son boxer. Annabelle ne peut plus, ne veut plus attendre, elle n'a pas fait l'amour depuis si longtemps. L'urgence est là, la brûlure dans son ventre de plus en plus vive. Elle retire sa culotte et chevauche Antoine avant de le prendre en elle. Le râle de plaisir qu'il laisse échapper la rend folle, elle se met à onduler tandis qu'il lui agrippe les fesses et bouge en cadence avec elle.

Il ne leur faut pas beaucoup de temps pour atteindre les sommets, Annabelle la première. Avec un grognement de volupté, Antoine donne les derniers coups de reins et saisit les épaules d'Annabelle pour la serrer contre lui, de toutes ses forces.

Ils restent ainsi de longues secondes, le souffle court et la peau moite. Puis Antoine se met subitement à rire.

— Quoi ? demande-t-elle.

— J'avais imaginé nos retrouvailles de bien des façons, mais jamais dans la position du pingouin, répond-il en se levant, les jambes encore entravées par son jean.

Annabelle sourit et se laisse aller sur le côté tandis qu'Antoine se libère de ses chaussures et de son pantalon. Elle tend la main et ne résiste pas à l'envie de la glisser sur son dos pour retrouver la douceur de sa peau.

Antoine se retourne et la regarde, pose les yeux sur ses bas à moitié descendus, sur ses sous-vêtements chiffonnés, puis lui sourit, et ce sourire est le plus rassurant du monde. Parce qu'il ne regrette rien.

Antoine se penche sur Annabelle. Elle sent le désir se réveiller en elle alors qu'il a à peine eu l'occasion de s'assoupir.

— Je ne suis pas rassasié, lui murmure-t-il à l'oreille.

Cette fois, leur étreinte s'étire. Ils se redécouvrent, se réapprennent, s'apprivoisent, s'aiment sans pour autant se le dire.

Antoine repose la tête sur l'oreiller, celle d'Annabelle contre son épaule. Il lui prend la main, joue avec ses doigts et regarde la marque presque imperceptible que son alliance lui a laissée.

— Je t'avais offert une bague pour tes dix-neuf ans, tu t'en souviens ? Tu l'as gardée ?

Annabelle retient son souffle. C'était un double anneau en argent. Le premier, lisse et simple, le représentait, lui, brut et massif. Le deuxième, serti de cristaux blancs et brillants, la représentait, elle, délicate et étincelante, ça avait été ses mots quand il la lui avait mise autour du doigt. Elle se souvient du jour où elle l'avait découverte, sur un banc à

Montmartre, au pied du mur des « je t'aime ». Elle n'avait jamais rien vécu d'aussi romantique.

— Non.

— Je comprends. Sans doute était-il insignifiant en comparaison des bijoux que Cédric t'a offerts ensuite.

Le cœur d'Annabelle se serre. Ils viennent de faire l'amour de la plus belle et intense des façons, mais l'amertume d'Antoine ne pourra être effacée aussi vite. Il leur faudra du temps, à tous les deux. C'est pourquoi elle se tait et se contente de se serrer plus fort contre lui.

Un jour, peut-être, réussiront-ils à guérir de leurs blessures. Ensemble.

18

Annabelle revient à la réalité dès le lendemain matin. Elle est attendue à l'institut Hermus où elle a pris rendez-vous avec le directeur afin de lui expliquer sa situation familiale, et lui faire part de la décision du juge de geler les paiements. Si tant est qu'il ne soit pas déjà au courant... Elle s'y rend avec la tenaille au ventre et n'imagine que trop bien l'accueil qui sera fait à une pareille nouvelle. Elle patiente sur un fauteuil, dans le couloir, les genoux serrés et les doigts s'entremêlant pour contenir son stress.

— Madame Berckin ? l'interpelle l'assistante en entrant dans la pièce. Veuillez entrer, M. Eddé va vous recevoir.

Annabelle se lève et défroisse le tissu de son pantalon. La respiration un peu courte, elle pénètre dans le bureau, reçue par un directeur souriant. Il sait pourtant qu'il y a encore un retard sur le paiement de décembre.

— Entrez, madame Berckin, et asseyez-vous. C'est un plaisir de vous voir.

Cet homme a toujours été si charmant... La soixantaine, libanais de naissance, M. Eddé était médecin dans son pays avant de venir en France. Annabelle l'a toujours connu comme directeur de l'institut. Il a rencontré Charles, la première fois, alors que son frère n'était encore qu'un enfant. C'est lui qui a soutenu sa candidature au programme de recherche contre la fybrodisplasie ossifiante progressive, et qui l'a envoyé dans l'institut britannique pour les premiers essais cliniques. La famille d'Annabelle lui doit au moins dix ans de la vie de Charles.

— Je vous sers un café ? propose-t-il.

— Non, je vous remercie, monsieur Eddé.

Il s'assoit derrière son bureau et croise les mains devant lui.

— Je suppose que vous venez me voir pour justifier votre retard de paiement.

— Oui, répond-elle, la gorge nouée.

Il lui sourit avec bienveillance et l'invite à parler.

— Je vous écoute, madame Berckin.

— Vous avez dû recevoir un courrier de l'avocat de mon mari ?

Il fronce les sourcils.

— Non, pas encore. De quoi s'agit-il ?

— Rien qui vous concerne personnellement, le rassure-t-elle. Mon mari a entamé une procédure de divorce.

S'il est surpris, il n'en montre rien.

— C'est ce qui explique les retards de paiement, je présume ?

— Oui. C'est mon mari qui prenait en charge Charles, et le juge a décidé de geler tous les règlements tant que notre divorce ne sera pas prononcé.

Il comprend très bien les tenants et aboutissants de la situation. Comme c'est humiliant pour Annabelle d'être assise là, sur cette chaise, démunie des repères qui ont fait sa vie pendant vingt ans. De devoir admettre, sans même dire un mot, qu'elle fait partie de ces gens, de ces femmes privées d'indépendance pendant des années, et qui, aujourd'hui, en paient les conséquences.

— C'est fâcheux, se contente-t-il de dire, le visage grave.

— Monsieur Eddé, je ne suis pas en mesure de payer les frais de Charles, et mes parents ne sauront supporter une charge financière aussi lourde. Est-il possible que l'institut nous accorde un délai en attendant que le divorce soit prononcé ? Mon mari est tenu par contrat de mariage de régler ces frais, c'est juste une question de temps, ajoute-t-elle, consciente de son bien maigre argument.

Le directeur pince les lèvres et soupire par le nez.

— Madame Berckin, croyez en ma sincère amitié. Nous nous connaissons depuis longtemps, et rien ne pourrait me contrarier autant que voir Charles quitter l'institut. Cependant, ma volonté n'est pas la seule à prendre en compte. L'institut dépend d'un conseil d'administration, lequel n'hésite pas à prendre des décisions drastiques pour que l'établissement ne perde pas en qualité. Je vais faire mon possible pour demander un délai supplémentaire, mais j'ai peur qu'il ne soit pas à la hauteur de vos attentes.

— Je comprends... dit-elle avec amertume. Quel délai pourriez-vous obtenir ?

— Compte tenu de la maladie extrêmement rare de votre frère, des nombreux dons faits à l'institut par votre mari et par l'association de vos parents à l'époque où nous avons soutenu sa candidature aux essais cliniques ; mais compte tenu aussi du fait que le conseil d'administration a déjà fermé les yeux sur deux mois de retard, et accuse un nouveau défaut de paiement, je pense réussir à négocier un délai de deux mois supplémentaire. Je ne pourrai pas faire plus, ajoute-t-il, la mort dans l'âme.

C'est peu... Annabelle garde la tête froide.

— Que va-t-il se passer pour Charles, précisément, quand le conseil d'administration aura décidé de le mettre dehors ?

Le directeur est très affecté, elle le voit.

— Charles sera transféré dans un hôpital public avant qu'on lui trouve une place dans un établissement plus spécialisé. Mais nous pouvons gagner du temps et faire les démarches dès maintenant, si vous pensez ne pas réussir à payer l'institut. Je m'en occuperai personnellement.

— Un établissement plus spécialisé… répète-t-elle d'une voix brisée.

Elle sait qu'aucune résidence n'est plus adaptée que l'institut Hermus. Elle ne peut pas faire ça à son frère. C'est au-dessus de ses forces. Les mains d'Annabelle tremblent, elle essaie de les cacher entre ses genoux.

— Madame Berckin… murmure le directeur.

Il se lève pour remplir un verre d'eau et l'offre à Annabelle.

— Avez-vous au moins de quoi honorer ce mois de décembre ? À cette période, nous bouclons les budgets de l'année en cours, et validons ceux de l'année suivante. Je ne vous promets rien. Notre réunion aura lieu lundi prochain, je pourrais peut-être mettre en place un plan d'urgence. Mais il faudrait payer avant la fin de la semaine.

— Je ne pourrai pas...

Elle n'a pas plus de 1000 euros de côté sur son compte, et ses parents se saignent toujours aux quatre veines. Si, toutes ces années, ils ont accepté que Cédric prenne en charge l'institut parce qu'ils en étaient incapables, ils tiennent à payer le fauteuil de Charles, les sorties, les activités auxquelles leur fils peut participer. Et depuis que Cédric paie pour Charles, l'association créée par ses parents ne recueille plus assez de dons. Seuls leurs amis ont encore la gentillesse de renouveler leur cotisation chaque année pour leur donner un coup de pouce, mais c'est bien trop dérisoire...

— Madame Berckin, dit M. Eddé en la voyant effondrée. Je vais faire tout ce qui est en mon pouvoir pour garder votre frère ici et faire passer quelques mois sur le budget des donations de l'institut. Car si j'ai bien compris, les fonds seront débloqués lorsque le divorce sera prononcé. Je ne vous promets rien, mais je vais essayer.

Volontairement ou pas, le directeur ne fait pas mention de l'après-divorce, et elle lui en est reconnaissante. Le temps court toujours plus vite, mais un pas après l'autre, c'est tout ce qu'elle peut faire.

— Merci, monsieur Eddé, conclut-elle en se levant. J'aimerais vous demander une dernière faveur.

— Je vous écoute.

— Merci de ne rien dire à Charles. Nous préférons le préserver de la situation tant qu'il reste un peu d'espoir d'arranger les choses.

— Bien entendu...

Annabelle remonte son sac sur son épaule et, le manteau sur le bras, s'apprête à quitter le bureau.

— Madame Berckin ? l'arrête M. Eddé.

— Oui ?

— Pardonnez-moi ce jugement de valeur. Je me souviens de votre mari à l'époque où il vous a accompagnés, vous et vos parents, pour inscrire Charles en pension complète à l'institut, il semblait si désireux et fier de vous aider. J'ai conscience que ces dernières années lui ont coûté énormément d'argent, mais Charles est en fin de vie et votre époux ne manque pas de moyens financiers. Peut-être pourriez-vous lui rappeler la situation et solliciter sa mansuétude, en dépit de ce qui vous contraint à divorcer ?

Une main sur la poignée de la porte, Annabelle accuse un sourire triste et se tourne vers le bienveillant directeur de l'institut Hermus.

— Il ne sait même pas ce que c'est. Au revoir, monsieur Eddé, et merci de m'avoir reçue.

Annabelle a le cœur lourd quand elle rejoint la chambre de Charles. Annie, la jeune kinésithérapeute qui s'occupe de lui, est en train de ranger ses affaires.

— Oh, pardonnez-moi, dit Annabelle en rentrant.

— Nous avons terminé, la rassure Annie d'une voix particulièrement fuyante.

Elle qui est si avenante, d'habitude...

Annabelle pénètre dans la pièce et pose les yeux sur son frère. Bien qu'il soit immobilisé dans son fauteuil, Charles a toujours le regard pétillant, particulièrement lorsque Annie est là, mais aujourd'hui, il a les traits tendus et les yeux pleins de colère. Annabelle les dévisage tous les deux, supposant qu'il s'est passé quelque chose entre eux.

— Au revoir, madame Berckin, lui dit Annie en ouvrant la porte. À demain, Charles.

— À demain, répond-il d'un ton rêche.

Annabelle s'approche de Charles pour lui embrasser la joue.

— Que se passe-t-il ?

— C'est drôle que tu me poses cette question, siffle Charles. J'allais presque te demander la même chose.

Annabelle fronce les sourcils.

— Charles, je t'ai rarement entendu aussi cynique, tu m'expliques ?

— Non, *toi*, tu m'expliques, s'énerve-t-il en crispant les doigts sur les accoudoirs de son fauteuil. Je peux savoir ce que c'est que cette histoire de cessation de paiement ? Tout le monde en parle dans les couloirs, il paraît que ça fait des mois que ça dure.

Annabelle devient livide.

— Charles...

— Il n'y a pas de Charles qui tienne ! Qu'est-ce que cette verrue a encore fait ?

Cette verrue, c'est Cédric. Annabelle a souvent trouvé Charles injuste avec lui, elle prenait toujours la défense de son mari, essayait d'arrondir les angles, mais cette fois, elle n'y parviendra pas pour la bonne raison qu'elle n'en a aucune envie.

Annabelle avale sa salive, tire une chaise pour s'asseoir à côté de son frère et prend une profonde inspiration.

— Cédric demande le divorce.

Elle observe le visage crispé de Charles, la nouvelle ne lui fait même pas cligner les yeux.

— Pourquoi ?

— Parce que je l'ai quitté il y a cinq mois, avoue-t-elle, incapable de mentir davantage.

— Et donc, cet enculé a décidé de me mettre sur le carreau pour te faire payer ? Ça lui ressemble bien, tiens ! Papa et maman sont au courant ?

Annabelle baisse les yeux, Charles n'est jamais aussi vulgaire, mais sa rage est justifiée.

— Depuis quelques jours seulement...

— Ça me rend dingue ! Je les ai vus ce week-end, tu crois qu'ils m'auraient dit quelque chose, eux aussi ? Putain, il s'agit de moi, là ! Pendant combien de temps encore allez-vous me traiter comme un enfant ?

— Ils ne v...

— Ils ne voulaient pas m'inquiéter, bla bla bla ! C'est évident, ce teubé de Charles ne serait pas en mesure de comprendre, puisqu'il n'est même pas capable de se torcher tout seul !

— Charles ! s'exclame Annabelle. Comment peux-tu dire une chose pareille ? Personne ne te méprise ni ne t'a jamais pris pour un demeuré.

— Ouais, bien sûr, il faut que je fasse attention à ce que je dis, mais vous, vous n'en avez rien à foutre de ce que je pense.

— Ce n'est pas vrai, murmure-t-elle, au bord des larmes.

Charles a la respiration courte, elle ne l'a jamais vu comme ça.

— Raconte-moi tout, Annabelle, et arrête de me prendre pour un demeuré, nom d'un chien ! Mon corps m'a lâché depuis longtemps, mais mon cerveau, lui, fonctionne toujours très bien.

Charles est adulte, il a raison, c'est pourquoi elle lui révèle ce qu'elle a caché toutes ces années. Des aveux difficiles et douloureux qui, au lieu de le calmer, le rendent fou de colère. Charles braille que sa sœur lui a menti pendant vingt ans, que c'est minable, qu'il ne pourra plus jamais lui faire confiance. Il y a quelque chose d'irrationnel dans sa réaction, mais elle ne lui en veut pas. La victime principale, c'est lui.

— Je veux que tu t'en ailles, finit-il par dire.

— Charles...

— Laisse-moi, j'ai besoin de digérer. Si je digère un jour, ajoute-t-il avec amertume. Et quand vous vous serez tous mis d'accord sur ce que vous allez faire de moi, ne prenez pas la peine de venir m'en parler, je n'aurai qu'à attendre que ma kiné ait la gentillesse de me prévenir.

Et pour clore la conversation, Charles actionne la manette de son fauteuil de façon à tourner le dos à sa sœur.

— Au revoir, Annabelle, et referme la porte derrière toi.

Les larmes aux yeux, elle reste immobile de longues secondes. Elle voudrait faire un geste vers Charles, le prendre dans ses bras et le serrer fort contre elle, mais elle en est incapable. Il la rejetterait.

Sans prononcer un mot, elle ramasse son sac, son manteau, et quitte la pièce.

Annabelle a le cœur brisé, Charles lui a fait mal, et elle l'a fait souffrir, elle aussi, mais elle pansera ses plaies plus tard. Pour le moment, il y a plus urgent. Elle doit trouver une solution à tout ce merdier.

*

Antoine a dix minutes d'avance quand il arrive au bar du Novotel du 15e arrondissement. Il a suivi les conseils d'Adrien et a contacté Thierry Lemaire, l'ex-chef de labo de la clinique. Il s'installe dans un confortable fauteuil, commande un café et ferme les yeux un instant.

Antoine a terminé ses consultations en fin d'après-midi, avec le petit Léopold. Si le garçon semble *a priori* bien se remettre de l'opération, Antoine l'a trouvé anormalement soucieux, voire irritable. À deux reprises, Léopold a buté sur des mots simples. Ni Antoine ni lui n'ont rebondi sur ces bafouillages, préférant les mettre sur le compte de la fatigue, bien compréhensible. Mais tous les deux savent que c'est un des risques de l'opération : que les neurones aient été touchés, affectant certaines fonctions. Antoine a préféré laisser Léopold se reposer, se promettant d'être particulièrement vigilant aux prochains résultats du scanner.

Le serveur vient de lui apporter son café allongé quand son rendez-vous entre dans l'établissement. Cela fait cinq ans qu'Antoine et lui ne se sont pas vus, depuis le départ à la retraite du médecin, mais le docteur Lemaire n'a pas changé. Petit, sec, les cheveux blancs presque rasés, mâchoire carrée impressionnante, Thierry Lemaire a tout du sergent-instructeur. Il aperçoit Antoine attablé, le rejoint et lui serre la main avec fermeté.

— Bonjour, docteur Lemaire.

— Docteur Saint-Armand, le salue-t-il en s'asseyant.

D'autorité, il fait signe au serveur de lui apporter la même chose que son vis-à-vis, croise les mains sur la table et plante son regard bleu acier dans celui d'Antoine.

— Qu'attendez-vous de moi ? demande l'ancien laborantin sans préambule.

Antoine se souvient maintenant du surnom donné à Thierry Lemaire par les internes : Rambo. Il avait oublié l'autoritarisme légendaire de son ancien collègue, qui ne s'embarrassait jamais en civilités et autres circonvolutions pour aller à l'essentiel. Ses comptes rendus étaient froids, implacables, si bien que la direction de l'époque préférait parfois envoyer un autre médecin annoncer les diagnostics délicats aux patients.

Inutile, donc, de lui demander comment se passe la retraite ou de lui poser des questions sur sa famille. De toute façon, il n'a pas le souvenir que Thierry Lemaire ait jamais mentionné l'existence d'une femme ou d'un enfant. Antoine répond avec le même aplomb :

— Que vous acceptiez qu'une plainte soit déposée contre le docteur Berckin.

— Ah.

Le garçon lui apporte son café, et comme il s'apprête à repartir, Thierry Lemaire l'attrape par le coude.

— Attendez.

Il porte la tasse à ses lèvres, en avale le contenu brûlant d'une traite, et annonce :

— Une eau-de-vie, s'il vous plaît.

Interloqué, le garçon hausse les épaules et repart vers le bar.

— Je m'attendais à une requête dans le genre, annonce finalement l'ex-chef de labo. Votre texto m'y a préparé.

— Très bien.

Lemaire se passe une main sur le crâne. Il est nerveux.

— Écoutez, je sais ce que je vous ai dit à ce sujet, que j'étais prêt à en assumer les conséquences, mais maintenant que le secret a été exhumé, je me demande si je suis d'accord pour sacrifier une retraite, certes un peu monotone, mais paisible, pour une affaire vieille de dix ans. J'ai été complice du docteur Berckin. Oserais-je dire que j'en suis même le principal responsable ? Rien ne m'obligeait à accéder à sa requête et à falsifier les résultats.

Antoine a anticipé cet argument. Il déverrouille l'écran de son téléphone, affiche le long texto que Thierry Lemaire lui a envoyé cinq soirs plus tôt, et fait glisser son appareil vers son interlocuteur.

Le docteur Lemaire y jette un œil rapide puis se redresse imperceptiblement.

— Votre sens de l'honneur ? avance Antoine. Pardonnez ma franchise, cher collègue, mais tout dans ce texto indique le remords et la culpabilité d'un homme qui, une seule fois dans sa vie, a commis une faute. Un seul écart en quarante ans de carrière, mais qui le taraude depuis.

Il s'interrompt quelques secondes et, de la main, désigne le costume croisé impeccable du laborantin, son maintien rigide et le front qu'il porte haut.

— Tout en vous respire la droiture, docteur Lemaire. Je le dis sans flagornerie ni calcul, je le pense vraiment. Vous êtes un homme foncièrement intègre, mais un homme malgré tout, à qui il est arrivé de commettre une erreur. Et depuis, cette erreur le ronge, au point qu'il n'aspire qu'à soulager sa conscience et à rétablir la justice.

Tandis que le serveur revient avec un verre d'eau-de-vie qu'il pose sur la table, non sans un regard méfiant envers son client incongru, Thierry Lemaire croise les bras sur sa poitrine.

— C'est ce que vous pensez de moi ? La dernière fois que nous nous sommes croisés, c'était pourtant entre deux portes, il y a cinq ans. Nous n'avons jamais réellement échangé, mais vous dressez mon profil psychologique avec beaucoup de certitude.

Aucune agressivité dans sa voix. Pas même l'ombre d'un sarcasme. Juste celle d'un homme peu habitué aux détours protocolaires. Antoine sait que, pour emporter son adhésion, il lui faut aller sur le même terrain et jouer la carte de la franchise.

Du doigt, il montre son téléphone.

— Oui, c'est ce que je pense, docteur Lemaire. Sinon, croyez-vous sincèrement qu'un homme qui n'aspire qu'à une retraite tranquille enverrait un tel message à un collègue qu'il n'a pas vu depuis des années ? Bien sûr que non. Ce n'est pas une réponse que vous m'avez envoyée, Thierry, c'est une confession, mûrement réfléchie. Et vous saviez très bien que je voudrais m'en servir. Je crois que c'est un acte prémédité, qui vous honore.

— Qui m'honore ? Sans blague...

Pour la première fois, Thierry Lemaire laisse apparaître un début de sentiment. Celui d'un homme amer.

— Je le pense, oui.

Un long silence s'installe, qu'Antoine n'ose rompre. Il ne doit pas briser ce début de confiance qui est en train de s'établir entre les deux hommes, aussi laisse-t-il son vis-à-vis aller au bout de sa réflexion.

— Admettons que j'accepte que Gérard Lopez porte plainte contre la clinique, reprend le retraité. Vous et moi savons que je serai condamné, *a minima*, à une réparation financière qui risque de me poursuivre jusqu'à ma mort.

— Toute faute mérite réparation, concède Antoine. Mais tout l'art de la défense consistera à vous obtenir la peine la moins lourde possible. C'est Adrien de Bérail, un excellent avocat, qui déposera la plainte et qui se chargera de faire porter l'essentiel des responsabilités sur le docteur Berckin, arguant la pression dont il fait toujours usage pour obtenir ce qu'il veut. Avec votre propre avocat, ils établiront une stratégie pour tâcher de réduire au maximum votre implication.

Thierry Lemaire esquisse un sourire carnassier.

— Vous voulez vraiment avoir sa peau, n'est-ce pas ?

Antoine préfère ne pas répondre.

— Je ne sais pas ce qu'il s'est passé entre Berckin et vous, continue le laborantin, mais ça a dû être douloureux. Si mes souvenirs sont bons, du temps où j'exerçais encore, c'est vous qui étiez en désaccord avec le docteur Berckin sur le traitement à apporter à la tumeur de Gérard Lopez. Alors pourquoi ne pas le contacter vous-même ? Après tout, avec le texto que je vous ai envoyé, vous pourriez facilement le convaincre.

— Je ne crois pas qu'entrer dans les détails soit judicieux, docteur Lemaire. Disons qu'il vaut mieux que je ne sois pas directement mêlé à la procédure si je veux qu'elle aille jusqu'au bout.

Thierry Lemaire ricane.

— Ah, d'accord. Donc, vous voulez régler vos comptes avec le chef, mais sans vous mouiller. Et vous vous dites que vous abriter derrière un homme de paille vous permettrait d'atteindre votre objectif sans vous impliquer ? Belle mentalité, en vérité.

— Vous faites erreur. Je n'essaie pas de me protéger. Je n'essaie pas non plus de préserver mon poste de chef de service, je ne crains rien de Cédric Berckin. Mais faites-moi confiance, pour donner toutes ses chances d'aboutir à ce dossier, je ne dois pas apparaître dans la procédure en tant que plaignant. Mais sachez que comme j'ai eu un rôle dans cette histoire, je serai témoin à charge et devrai prendre parti d'une façon ou d'une autre. Enfin, j'ajoute que si la démarche vient de votre part, cela jouera forcément en votre faveur au moment du verdict.

Thierry Lemaire balaie l'air de la main, peu touché par ce genre de considération.

Antoine reprend :

— Si vous acceptez, il nous faudra retrouver la trace de Gérard Lopez. En espérant qu'il soit toujours vivant ou sur le territoire. Croisons les doigts pour que l'issue de nos recherches soit positive.

Lemaire tend la main vers son verre d'eau-de-vie et le liquide d'un geste sec.

— Gérard Lopez vit avec son épouse à Saint-Égrève, non loin de Grenoble. Il touche une pension d'invalidité, et sa femme est employée de mairie. Il est membre de différentes associations locales, et bénévole aux Restos du cœur. Sa fille a accouché le mois dernier de son premier garçon, portant à trois le nombre de ses petits-enfants. Il n'a jamais retravaillé depuis son opération, mais n'a connu aucune récidive depuis. Preuve que l'amputation, à défaut d'être justifiée, a au moins permis d'arrêter l'évolution de sa tumeur. Ah, j'oubliais, il est également supporter du FC Grenoble Rugby, et se rend au stade des Alpes les soirs de match.

Thierry Lemaire reprend son souffle et précise :

— Vous avez raison sur au moins un point, docteur Saint-Armand. Il n'y a pas une semaine qui passe sans que le cas de Gérard Lopez ne hante mes nuits. Cela fait dix ans que je prends, sans qu'il le sache, de ses nouvelles. J'ai même son numéro de téléphone, bien que je n'aie jamais cherché à le contacter.

Antoine en reste sans voix, la bouche ouverte d'étonnement.

— Surprenant, n'est-ce pas ? On ne s'attend pas à ça d'un homme comme moi.

— J'avoue... Docteur Lemaire, puis-je vous poser une question indiscrète ?

Lemaire fronce les sourcils, mais acquiesce.

— Je vous écoute.

— Pourquoi l'avez-vous fait ?

— Parce que j'ai été lâche, lui répond-il sans détour. La clinique connaissait déjà des difficultés financières et Berckin faisait partie du conseil d'administration. Il a laissé entendre qu'il pourrait avoir suffisamment d'influence pour que les coupes budgétaires ne touchent pas mon service, et même que mon salaire pourrait être gonflé sur mes cinq dernières années de carrière, revalorisant considérablement ma future retraite.

— Je vois.

— Ne croyez pas que j'en sois fier, gronde Lemaire. Il nous arrive à tous de céder aux sirènes de la facilité.

Antoine pince les lèvres et ne juge pas l'homme assis en face de lui. N'est-ce pas ce qu'il est lui-même en train de faire en ne prenant pas la responsabilité de porter plainte contre son supérieur hiérarchique ?

— Non, on ne peut pas être fier, reprend le médecin en retraite. Parce qu'un jour, vous savez que vous vous retrouverez en face d'un homme qui vous demandera de répondre de vos actes. D'avouer à la victime, les yeux dans les yeux, comment deux hommes, animés par des desseins personnels, ont sacrifié une partie de sa vie.

Lemaire se laisse aller contre le dossier de son fauteuil.

— Et vous, docteur Saint-Armand ? Vous ne m'avez pas dit ce qui vous motive et vous pousse à mettre Berckin sur le carreau. Convainquez-moi de lui mettre la corde au cou.

Thierry Lemaire semble être prêt à se ranger aux arguments d'Antoine, alors ce dernier n'a pas le choix, il lui faut jouer la carte de la sincérité. Antoine soutient son regard acier et répond sans ciller :

— Parce qu'il a détruit la vie de la femme que j'aime.

Le regard de Lemaire s'arrondit de surprise. Antoine ne sait pas ce qu'il a précisément compris et il s'en moque. Tout ce qui compte, ce sont les coordonnées de Gérard Lopez que l'ex-chef de labo est en train de lui envoyer par texto, ainsi que sa réponse :

— Très bien, vous pouvez compter sur moi.

19

Annabelle a passé l'après-midi suivant chez ses parents pour parler de la situation de Charles. Qu'ils soient dans l'impasse, elle le savait déjà, mais ils n'ont fait que se lamenter sur leur sort et elle ne peut pas leur en vouloir. Sa famille a déjà tant enduré. Un coup de fil à Jane Stewart leur a cependant apporté un bref soulagement. L'avocate fera tout ce qui est en son pouvoir pour convaincre l'institut de budgétiser un fonds d'aide sociale pour Charles.

Elle est épaulée, mais Annabelle est repartie de chez ses parents plus lourde que jamais, et sans réelle visibilité sur l'avenir.

En fin de journée, au lieu de rentrer directement chez Mme Lilas, elle a appelé Antoine et l'a rejoint chez lui. Elle a besoin de penser à autre chose. Le médecin pose un verre de bourbon devant elle, Annabelle le touche à peine. Depuis deux jours, elle ne peut rien avaler, il lui ferait tourner la tête en moins de deux, et puis, son estomac lui semble plus lourd que du plomb.

— 9000 euros, annonce Antoine, je peux te les donner.

Annabelle a l'impression que son sang s'est refroidi d'un coup.

— Me les donner ? Non, Antoine. C'est gentil de ta part, mais je ne préfère pas.

— Pourquoi ?

— Parce que ce n'est pas à toi d'assumer.

Il soupire.

— Il n'est pas question d'assumer, mais de t'aider.

Annabelle se crispe. Elle ne peut pas accepter parce qu'elle refuse de redémarrer une relation sur une base financière. Certes, Antoine n'est et ne sera jamais comme Cédric, mais c'est au-dessus de ses forces. Elle ne fera pas l'erreur une seconde fois.

— C'est non, dit-elle avec le plus de douceur possible.

— OK. Je n'insiste pas. Que dit Jane de la situation ?

— Elle va essayer de gagner du temps, de les convaincre d'accorder un fonds social à Charles, même si le mois de décembre n'est pas payé.

Agacé, Antoine claque la langue.

— Tu prendrais le risque de voir ce fonds refusé juste parce que tu ne veux pas de mon aide ? Excuse-moi d'être aussi cru, mais c'est ridicule ! Si tu as tant de mal à l'idée de recevoir un cadeau de ma part, considère que je te fais une avance et accepte ce fric. Écoute, je suis célibataire, je n'ai pas d'enfant, j'ai passé ma vie à mettre de l'argent de côté. Je suis même prêt à sortir beaucoup plus que ça. Crois-moi, tu ne m'ôteras pas la cuillère de la bouche.

— Antoine...

— Annabelle, l'interrompt-il d'une voix plus douce. Je crois comprendre ce que tu ressens. J'imagine que plus que personne, tu refuses toute forme de dépendance à un homme, et c'est bien normal. Mais ici, il ne s'agit pas que de toi, il s'agit de ton frère et de sa santé.

Annabelle se renferme. Toute sa vie, elle a fait passer le bien-être de Charles avant le sien. Toute sa vie elle s'est sacrifiée. Antoine ne sait pas à quel point la culpabiliser n'est pas le meilleur moyen pour la faire changer d'avis. Elle aurait donné n'importe quoi pour qu'il comprenne à quel point il lui est difficile de lui tenir tête, et que si elle le fait, c'est pour laisser une chance à son passé de disparaître. Pour construire autre chose. Elle doit régler le problème sans son aide. Mais elle n'a pas la force de se justifier, de lui expliquer.

— Antoine, cette journée a été éprouvante, je suis venue ici pour...

Elle se passe la main dans les cheveux et soupire.

— S'il te plaît, laissons ça dans un coin pour le moment, tu veux bien ?

Assis à côté d'elle, Antoine la dévisage avec une intensité troublante. Puis il lui passe une main derrière la nuque et l'embrasse sur le front avant de la ramener contre lui.

— N'en parlons plus.

*

Il est 20 heures quand Annabelle rentre chez Mme Lilas, et lorsqu'elle pousse la porte de l'appartement, tout est éteint et un étrange silence l'accueille.

— Albertine ? demande-t-elle en pénétrant dans le salon.

Elle allume la lampe principale, son regard est attiré par un sac de pressing contenant un tissu jaune. Intriguée, elle s'en approche. Une étiquette annotée « Pour Annabelle » y est collée. Alors, elle ouvre le plastique transparent avec délicatesse et déplie une magnifique robe ; la robe couleur soleil dont lui avait parlé Albertine. L'étoffe est pigmentée de minuscules points dorés lui donnant une luminosité exceptionnelle. Annabelle sourit, la mère d'Albertine avait été une couturière remarquable.

Elle dépose la robe sur le canapé, revient à la réalité et fronce les sourcils. Où est Albertine ? Après 18 heures, la vieille dame ne sort plus de chez elle. Par précaution, elle se rend dans la chambre de Mme Lilas, le lit n'est pas défait et rien n'a été dérangé dans la chambre. Puis elle entend un gémissement presque imperceptible. Son sang ne fait qu'un tour.

— Albertine ?

— Je suis là… lui répond Mme Lilas d'une voix faible.

Annabelle accourt dans la salle de bains et, horrifiée, trouve la nonagénaire assise contre la baignoire, le front en sang.

— Mon Dieu, mais que s'est-il passé ? s'exclame-t-elle en s'agenouillant.

— J'ai perdu l'équilibre et je suis tombée.

Annabelle s'empare d'une serviette de bain et éponge le sang sur son front.

— Vous avez mal ?

— J'ai la tête qui tourne.

— Vous avez fait un malaise, n'est-ce pas ?

Albertine ferme les paupières.

— Je ne sais pas, je ne sais plus.

— Je vais appeler les secours, n'essayez pas de vous lever.

Annabelle court récupérer son téléphone et compose le numéro des pompiers.

En donnant de plus amples informations sur l'état d'Albertine, Annabelle sent l'inquiétude la gagner. C'est la deuxième fois en un peu plus de quinze jours que la nonagénaire perd connaissance. Ce ne serait anodin pour personne, à plus forte raison à son âge.

Quand elle la rejoint, Albertine n'a pas bougé d'un centimètre.

— Ils seront là dans moins de dix minutes. Vous sentez-vous capable de vous lever ?

Albertine hoche la tête.

Elle est si frêle qu'Annabelle n'a aucun mal à la soulever pour la faire tenir debout. Elle la conduit jusqu'à sa propre chambre et l'allonge sur son lit.

— J'ai froid, murmure Albertine.

Alors Annabelle la recouvre d'un plaid et ajuste le coussin sous sa tête.

— Merci, mon petit.

— Vous avez dîné ce soir ?

— Non.

Le poids de la culpabilité s'écrase sur les épaules d'Annabelle. Si elle était rentrée tôt au lieu d'aller chez Antoine, ça ne serait pas arrivé. Annabelle a une responsabilité envers la vieille dame. L'âge et la fragilité d'Albertine ne doivent plus être sous-estimés.

Annabelle lui caresse les cheveux et Albertine sourit.

— Vous êtes mon soleil...

— Un soleil qui ne va plus vous lâcher d'une semelle. Tâchez de vous reposer un peu avant que les secours arrivent. Je reste là.

Les pompiers interviennent très vite et conduisent Albertine dans la même clinique que la dernière fois.

N'ayant aucune famille à proximité, c'est à Annabelle que le médecin s'adresse lorsque les principaux examens sont faits. Albertine se repose dans une des chambres des urgences.

— Sa tension artérielle est très faible, elle a besoin de repos.

— À quoi est-ce dû ? Mme Lilas ne fait pas d'efforts particuliers, à part quelques promenades.

— Elle approche les quatre-vingt-douze ans, elle n'a pas besoin d'être active pour avoir le corps fatigué. Les examens n'ont rien montré qui pourrait justifier cette baisse de tension. Nous allons donc la garder en surveillance pendant quelques jours.

— Très bien...

— Vous disiez ne pas être de la famille. En a-t-elle encore ?

— Oui, son petit-fils qui habite dans le Sud de la France. Je vais le prévenir.

— Il serait judicieux qu'il vienne, dit le médecin d'un ton qui glace le sang d'Annabelle.

— Euh... oui, bien sûr, mais...

Le médecin esquisse un sourire pudique.

— Ne vous inquiétez pas, je n'ai aucune nouvelle catastrophique à annoncer. Je veux juste qu'il prenne conscience que sa grand-mère va avoir besoin d'une surveillance quotidienne et qu'il n'est plus question qu'elle vive seule.

— Je suis sa dame de compagnie.

— Et vous êtes avec elle la nuit ou uniquement la journée ?

— J'habite à son domicile.

— C'est très bien. L'infirmière vous donnera un protocole plus détaillé, mais il va falloir surveiller son alimentation, ses heures de sommeil et de repos, et éviter tout ce qui pourrait la fatiguer, les longues balades ou les activités réclamant trop d'énergie.

— Je comprends.

— Quand elle sera de retour chez elle, une infirmière libérale viendra tous les jours pour prendre sa tension et vérifier son état général.

— D'accord.

Le médecin la dévisage, semble vouloir dire quelque chose, puis se ravise.

— Je dois vous laisser. N'oubliez pas de vous rendre à l'accueil pour compléter le dossier de Mme Lilas.

— Ce sera fait. Merci, docteur.

Elle suit le jeune médecin du regard jusqu'à ce qu'il bifurque dans un couloir. Puis elle entrouvre la porte de la chambre où se repose Albertine, vérifie qu'elle ne soit pas réveillée, puis s'éloigne pour téléphoner à Jacques Lilas. Depuis le précédent malaise d'Albertine, Annabelle veille à toujours conserver son numéro sur elle.

L'avocat décroche aussitôt. Il aime profondément sa grand-mère et accueille la nouvelle avec une angoisse qu'il a bien du mal à cacher. Il va prendre ses dispositions et partira le lendemain même pour être à son chevet.

Annabelle reste toute la nuit à la clinique. Le personnel lui a installé un lit de camp dans la chambre pour qu'elle puisse dormir un peu, mais elle en est incapable. Tout se bouscule dans sa tête. Charles, ses parents, Cédric, Albertine, Antoine... Elle a l'impression d'être sur tous les fronts et de n'en assumer aucun correctement. Et puis, il y a le Néon d'argent. Doit-elle continuer à travailler trois soirs par semaine tout en sachant qu'il est préférable qu'Albertine ne reste pas seule ? Peut-elle seulement se le permettre ? Ce qu'elle gagne au bar à vin est loin d'être suffisant pour combler la dette due à l'institut, mais se priver de ce que rapporte ce mi-temps les mettrait dans une situation encore plus difficile.

L'épuisement finit par remporter ce round-ci, et Annabelle s'endort. Mais combien y en aura-t-il encore ?

*

Le petit-fils d'Albertine arrive le lendemain vers midi. Annabelle ne prend pas trop le temps de discuter avec lui et s'éclipse pour les laisser seuls. Le médecin l'a fait transférer dans une chambre individuelle à l'étage, ils aimeraient la garder au moins une semaine. Annabelle se rend à l'appartement pour se changer et préparer une valise de vêtements et d'affaires de toilette à Albertine, elle la lui déposera avant de retourner voir Charles avec une boîte de macarons. Elle est bien consciente de ne pas pouvoir l'acheter avec ça, mais le temps qu'il leur reste ensemble est bien trop précieux pour qu'ils le gâchent à se disputer. Elle veut le prendre dans ses bras et lui dire combien elle est désolée de leur avoir menti, toutes ces années. Que désormais, elle est libre et ne laissera plus jamais personne dicter sa vie.

Quand elle rejoint la clinique en tout début d'après-midi, le petit-fils d'Albertine est au téléphone, dans le hall d'entrée. Il fait un signe à Annabelle pour lui demander de patienter.

Jacques Lilas est un homme solide. La cinquantaine, grand et d'allure sportive, il dégage un charisme sans doute très utile dans son métier. Il a les mêmes yeux bleus qu'Albertine et la même épaisseur de cheveux. Sans qu'ils aient de réels traits communs, il y a pourtant une indéniable ressemblance entre eux, et particulièrement dans la douceur du regard.

— Excusez-moi, dit-il en raccrochant. Je voulais que nous prenions un moment, vous et moi.

Puis il pose les yeux sur le sac de voyage à ses pieds.

— Merci d'être allée chercher les affaires de ma grand-mère.

— Je vous en prie, c'est normal.

Il lui sourit.

— Madame Berckin, je vous suis très reconnaissant pour tout ce que vous faites pour ma grand-mère. Elle vous aime énormément, et je vois combien c'est mérité. Votre investissement auprès d'elle est précieux.

Surprise par une telle déclaration, Annabelle sent une douce bouffée de chaleur l'envahir.

— Je vous dirais bien que je ne fais que mon travail, mais ce serait faux. J'aime aussi infiniment votre grand-mère, et je suis très heureuse de faire partie de sa vie.

— Vous lui faites du bien. J'habite au bout de la France, je ne peux pas passer avec elle la moitié du temps que je voudrais, alors votre présence me permet de me sentir moins coupable.

Annabelle lui sourit.

— Vous comptez beaucoup pour votre grand-mère, et elle sait combien vous pensez à elle. Tenez, dit-elle en montrant le sac de voyage, je lui ai préparé quelques affaires. Vous dormirez chez votre grand-mère pendant les quelques jours où vous resterez ici ?

— Non, répond-il en souriant. Vous y vivez, à présent, et je suppose que nous ne nous connaissons pas assez pour partager un logement.

— Oh, mais je peux rester chez mes parents, vous savez.

— Non, surtout pas, insiste-t-il. Ne changez rien à vos habitudes, je peux me loger à Paris sans problème.

— Merci à vous, c'est très gentil. Je monte embrasser votre grand-mère, puis je repars tout de suite, je voudrais aller rendre visite à mon frère.

— Oh, votre jeune frère de l'institut, c'est ça ?

Annabelle ne peut s'empêcher d'être étonnée.

— Votre grand-mère vous a parlé de lui ?

Il la gratifie d'un sourire qu'elle est incapable d'interpréter.

— Oui, je vous laisse la rejoindre, je dois encore passer un coup de fil. Je suis ravie d'avoir pu discuter avec vous, madame Berckin.

— Annabelle. Appelez-moi Annabelle.

— Allons-y pour Annabelle !

— À demain, Jacques, lui lance-t-elle en traversant le hall.

*

Annabelle rase les murs en pénétrant dans l'institut. Elle n'a pas envie qu'on la voie, qu'on la juge ou que le directeur l'aperçoive et lui demande si elle a pu réfléchir à la proposition qu'il lui a faite deux jours plus tôt. Elle se dépêche de gagner la chambre de Charles et pousse la porte. Il n'y est pas. Sans doute se trouve-t-il dans la salle commune où elle hésite à se rendre, car là-bas, il faudra faire face à tous les regards braqués sur elle.

Alors qu'elle se décide quand même à y aller, la voix de M. Eddé, le directeur, s'élève derrière elle.

— Bonjour madame Berckin. Ne cherchez pas Charles, il est parti en promenade avec Annie, la kinésithérapeute. Ils ont voulu profiter du franc soleil que nous avons aujourd'hui. À moins d'une semaine de Noël, c'est une aubaine, même si nous le paierons sûrement plus tard, ajoute-t-il en lui tendant la main.

— Bonjour, monsieur Eddé. Ils reviennent bientôt ?

— Ah non, ils viennent juste de partir, mais vous pouvez les rejoindre, si vous voulez, ils sont dans le parc.

Elle sait que la colère de son frère doit être encore prégnante. Elle ne prendra pas le risque de le déranger dans l'un de ses rendez-vous avec la jolie Annie.

— Non, dites-lui simplement que je suis venue, et que je lui ai apporté des macarons au café, répond-elle en lui tendant la boîte vert pâle.

— Je n'y manquerai pas. Madame Berckin, laissez-moi vous remercier pour votre réactivité.

Elle fronce les sourcils.

— Ma réactivité ?

— Oui, pour la pension de Charles. Nous avons reçu un virement, ce matin, et je tenais à vous exprimer mon soulagement. J'ai parfaitement conscience de l'effort que votre famille et vous avez dû fournir.

Annabelle cligne des paupières. L'institut a été payé ?

— Monsieur Eddé, j'ai peur de ne pas comprendre. Qui vous a fait un virement ?

— Eh bien... Ce n'est pas vous ?

Elle secoue la tête.

— Je crains que non. Vous pourriez regarder de qui il s'agit ?

Le directeur semble tout déboussolé.

— Oui, évidemment. Pour cela, il faudrait que je consulte le relevé auprès du comptable.

Comme il y a du passage dans le couloir, le directeur lui propose de la suivre pour en discuter loin des oreilles indiscrètes.

— Entrez, l'invite-t-il en ouvrant la porte de son bureau, nous allons essayer d'en savoir plus.

Annabelle a les jambes tremblantes quand elle s'assoit. M. Eddé décroche son téléphone et demande à parler au comptable.

— Dites-lui de me rappeler dès qu'il rentre, dit-il. Merci, Sarah.

Puis en se tournant vers Annabelle :

— Bon, je suis désolé, l'équipe est en réunion jusqu'à ce soir. Madame Berckin, si je comprends bien, vous n'êtes pas à l'origine de ce paiement ? insiste-t-il.

Annabelle secoue la tête.

— Non, mais je compte sur vous pour m'en dire plus.

Déstabilisé, le directeur s'assoit derrière son bureau et croise les bras devant lui.

— Dans l'immédiat, je peux juste vous confirmer que le virement a eu lieu ce matin et que tous les frais de votre frère sont soldés pour la prochaine année.

Le cœur d'Annabelle fait un bond dans sa poitrine.

— Pour la prochaine année ?

— Nous avons reçu l'équivalent de quatorze mois de loyer, oui.

Annabelle porte une main à son cou, elle a l'impression qu'elle va défaillir.

— Vous n'avez aucune idée de qui pourrait en être l'auteur ? demande le directeur.

— Non… s'étrangle-t-elle.

— Votre mari pourrait avoir changé d'avis ?

— J'en doute.

— Un proche ? insiste-t-il.

Annabelle regarde le directeur comme s'il venait de lui délivrer une information capitale. Les seules personnes à qui elle a parlé de sa dernière entrevue avec M. Eddé sont ses parents, incapables de débourser une telle somme, Jane, qui lui dit avoir l'intention de gagner du temps, pas de braquer une banque pour elle, et Antoine qui lui a promis de ne rien faire du tout.

Puis elle se souvient des mots qu'il a prononcés ce soir-là : « Je suis célibataire, je n'ai pas d'enfant, j'ai passé ma vie à mettre de l'argent de côté. Je suis même prêt à sortir beaucoup plus que ça. »

Il l'a fait... Elle lui a dit non, mais il l'a fait quand même.

— Madame Berckin, tout va bien ?

— Oui, dit-elle en se levant d'un coup. Je dois vous laisser.

— Je vous contacte dès que j'en sais davantage ?

— Merci, répond-elle du bout des lèvres en ouvrant la porte. Bonne fin d'après-midi, monsieur Eddé.

— Bonne fin d'après-midi ! lance-t-il alors qu'elle est déjà partie.

Si Annabelle n'avait pas autant peur de tomber sur son mari, elle foncerait tout droit jusqu'à la clinique, puis dans le bureau d'Antoine pour déverser sur lui toute sa colère. Elle lui a dit non. Elle a été catégorique : elle ne veut pas de son aide financière. Alors pourquoi ? Qu'est-ce qui fait que les hommes sont autant poussés par l'orgueil et le syndrome du chevalier blanc face à une pauvre femme en détresse ? Tout ça pour finir par le lui reprocher plus tard ou lui demander de payer sa dette ! Alors qu'en toute logique, elle devrait déborder de reconnaissance, pas une once de gratitude ne la traverse. Elle est furieuse et ne cesse de ruminer dans le RER qui la ramène à Paris.

Essayant de se calmer, elle fait une grande partie du trajet à pied jusque chez Antoine, sans savoir si elle le trouvera chez lui, et patiente une heure sur le banc juste en face de son immeuble. Elle va être très en retard au Néon d'argent, mais tant pis.

Annabelle ne voit pas sa voiture arriver, le parking sous-terrain donne de l'autre côté du bâtiment, mais quand la lumière s'allume dans son appartement, elle traverse la rue et fond sur le bouton de l'interphone.

— Oui ? lui répond une voix surprise.

— C'est Annabelle, tu as une minute ?

Antoine jette son pardessus sur son vieux canapé Chesterfield. Il a une furieuse envie de se servir un double whisky. Les cernes qui lui brûlent les yeux et la fatigue qui l'étreint sont de viles tentatrices, mais Annabelle arrivant, ce sera pour plus tard.

Il déverrouille la porte et, machinalement, contemple son living-room. Il n'a rien rangé depuis la venue d'Annabelle la veille au soir. De toute façon, son appartement n'est pour lui qu'un lieu de passage, et depuis peu, de retrouvailles.

Il ouvre le battant, attendant que la cabine de l'ascenseur s'arrête. Annabelle en sort d'une démarche saccadée. Elle a l'air tendue et arbore un masque qu'il ne lui connaît que trop bien, celui de la colère mal contenue.

— On peut parler ? attaque-t-elle sans préambule.

Il s'efface pour la laisser entrer.

— Je t'en prie, et ne fais pas attention au bazar.

Elle s'engouffre dans l'appartement et semble se soucier comme d'une guigne de l'état du logement. Elle se tourne vers Antoine et l'apostrophe :

— Il me semble que j'avais été claire, non ?

Il fronce les sourcils, en proie à un début de migraine.

— De quoi parles-tu, Annabelle ?

— Comme si tu ne savais pas ! Des frais d'hospitalisation de Charles. Je t'avais pourtant gentiment demandé de ne pas t'en mêler, mais non, toi, évidemment, il a fallu que tu passes outre et que tu fasses un virement ! Comment dois-je te dire les choses, Antoine : je ne voulais pas de ton aide !

Annabelle est dans un tel état de fébrilité que sa diction est hachée et qu'elle ne tient pas en place, faisant feu de tout bois. Non seulement Antoine ne comprend pas de quoi elle parle, mais son excitation, proche de l'hystérie, l'inquiète.

— Annabelle, pour l'amour de Dieu... J'ai eu une journée très compliquée, et je ne comprends pas un traître mot à ce que tu dis. Tu ne veux pas t'asseoir un instant ? Boire quelque chose ? On ne pourrait pas prendre le temps de souffler un moment ?

Les yeux d'Annabelle lancent des éclairs et ses joues s'empourprent.

— Arrête de jouer au con, s'il te plaît ! Je sais que c'est toi qui as payé ! Qui d'autre sinon ? Qui d'autre est au courant pour Charles ? À qui en ai-je parlé à part toi ? Qui disposerait d'assez d'argent pour virer une telle somme ? Ne fais pas l'innocent, Antoine, et assume, pour une fois. Je suis furieuse, tu m'entends ? Furieuse ! Je fais quoi, moi, maintenant ? Je demande à l'institut de refuser le virement ? Je fais le trottoir pour te rembourser ? Allez, vas-y, dis-moi ce que je dois faire, puisque tu as décidé à ma place.

— Benjamin Chanel est mort ce matin...

Annabelle s'interrompt dans sa diatribe et plisse les paupières.

— Je te demande pardon ?

— Benjamin Chanel est mort ce matin. C'était l'un de mes patients. Il avait huit ans et était atteint d'une leucémie. Je me suis battu pendant des mois pour lui, il a été d'une vaillance exemplaire, mais on savait que c'était la fin. Il est mort ce matin dans les bras de ses parents, tandis que j'attendais dans le couloir.

Annabelle serre les doigts et les porte à ses lèvres.

— C'est affreux ce que tu me dis là, Antoine, et je suis sincèrement désolée pour toi. Mais qu'est-ce que ça a à voir avec...

— Ce que je veux dire, l'interrompt doucement Antoine, c'est que j'ai eu une journée difficile. Bien plus que d'autres. Que je suis très fatigué, triste, et un peu en colère contre la vie. Et que je ne comprends rien à ce que tu déblatères depuis tout à l'heure. Alors, si tu veux bien, ce qu'on va faire, c'est qu'on va s'asseoir dans le canapé, souffler un bon coup, et tu vas m'expliquer très calmement ce qui te met dans un état pareil.

Honteuse de son emportement, Annabelle acquiesce et répond à l'invitation d'Antoine. Elle prend place dans le Chesterfield, le dos bien droit, Antoine à ses côtés.

— Bien, reprend ce dernier. Explique-moi tout, maintenant. Et sans t'énerver.

Elle inspire profondément et résume à Antoine ce que l'institut lui a appris, le virement conséquent, et la certitude que c'est lui, Antoine Saint-Armand, qui a joué les généreux donateurs malgré son interdiction.

Loin de s'énerver, Antoine penche la tête en arrière, ferme un instant les yeux et calcule :

— OK. Donc, si je résume, l'institut a reçu quelque chose comme 100 000 euros, c'est bien ça ?

— 126 000, précise Annabelle, toujours méfiante.

Antoine se redresse et arbore un sourire en coin.

— Annabelle, mon chou, tu crois vraiment que je peux débourser une telle somme en un claquement de doigts ? Je sais que les toubibs ont la réputation d'être pleins aux as, mais bon... Et quand bien même, il m'aurait fallu au moins vingt-quatre heures pour que ma banque accepte de procéder à un tel virement. Si je ne m'abuse, c'est hier soir que nous avons parlé de tes besoins financiers.

Il sait qu'Annabelle est ébranlée par son argument, et surtout par la sincérité qu'elle lit sur son visage fatigué.

— Alors qui a payé pour Charles ?

— Cédric ? avance Antoine sans trop y croire.

— Impossible. Pourquoi ferait-il ça ? Et pourquoi une telle somme d'un coup ? De toute façon, Jane aurait été mise au courant et m'aurait prévenue.

— Je sais que tes parents n'en ont pas les moyens, mais des relations à eux peut-être ?

Elle secoue la tête.

— Non. Et les caisses de l'association sont presque vides. C'est forcément quelqu'un d'autre. Antoine, pardonne-moi d'insister, mais... tu me promets que ce n'est pas toi ?

Il s'apprête à jurer et cracher si besoin, mais la sonnerie du téléphone d'Annabelle les interrompt.

— Je suis désolée, s'excuse-t-elle, c'est l'institut, je dois répondre.

— Bien sûr.

Elle décroche, fébrile.

— Bonsoir, monsieur Eddé.

Antoine ne peut entendre la conversation. Il regarde Annabelle et voit son visage passer par toutes les émotions, de l'inquiétude à la stupeur.

Elle ne dit pas un mot, mais quand il voit ses yeux s'embuer, il se retient pour ne pas la prendre contre lui. Comme il aimerait s'allonger là, tout habillé, sur son canapé, avec Annabelle sur lui, sa tête sur son épaule, enfouir son nez dans sa chevelure et s'endormir avec son odeur de miel.

— Je vous remercie, monsieur Eddé. À bientôt.

Elle laisse retomber son téléphone, hébétée.

— Est-ce que Charles va bien ? s'inquiète Antoine.

Annabelle semble soudain se rappeler où elle se trouve. Elle tourne la tête vers Antoine, groggy.

— Oui... C'était le directeur de l'institut. Il a eu son comptable qui lui a dit qui était à l'origine du virement.

— Et ?

Elle avale sa salive et lâche d'une toute petite voix :

— Albertine Lilas.

20

Lorsque Annabelle entre dans la chambre de Mme Lilas, elle la trouve en train de dormir. Les infirmières lui ont dit que son petit-fils n'est pas encore arrivé. Tant mieux, elle veut être seule pour lui parler et la serrer contre elle. Annabelle a le cœur qui bat fort.

Elle est si frêle et si pâle qu'elle a l'air toute petite dans ce lit pourtant étroit. Elle aimerait lui trouver meilleure mine, mais ce n'est pas le cas. Albertine est hospitalisée depuis deux jours et est encore très fatiguée.

Elle s'approche du lit, tend la main et caresse les longs cheveux blancs d'Albertine. Elle n'est pas coiffée, et Annabelle sait qu'elle déteste être comme ça.

— Annabelle ? murmure la vieille dame en ouvrant lentement les paupières.

— Oui, c'est moi, Albertine. Pardon, je ne voulais pas vous réveiller.

— Ce n'est pas grave, je suis contente de vous voir. Asseyez-vous à côté de moi, dit-elle en tapotant le matelas.

Annabelle s'exécute en veillant à ne pas trop faire bouger le lit.

— Vous avez soif ?

— Non. Vous avez une petite mine.

Annabelle sourit. Elles sont presque à égalité. Mais Albertine ne se trompe pas. La veille, son service au Néon d'argent a été plus difficile que d'habitude. Des clients pénibles, des poivrots, un patron plus crispé que jamais. Éric est en relation avec Jane dans son affaire avec le fisc, mais le dossier semble plus compliqué que prévu. Ça fait une semaine qu'un contrôleur des impôts épluche chaque facture, reçu, note et avoir émis par l'établissement. Éric est sous pression, même si Jane affirme que tout va rentrer dans l'ordre et que faire durer le plaisir est la grande satisfaction de l'administration française. Bref, Annabelle, déjà très tendue elle-même, a dû prendre sur elle et supporter une ambiance dont elle se serait bien passée. Elle est rentrée à 2 heures du matin, épuisée. Et au réveil, elle a été cueillie par un mal de crâne qui semble ne pas vouloir la quitter.

— Albertine...

Puis, contre toute attente, Annabelle éclate en sanglots, incapable de les refréner.

— Mon petit, que se passe-t-il ? demande Albertine, affolée.

— Pardon, répond-elle en s'essuyant les yeux. Ce que vous avez fait... Charles... il...

Sa voix se brise. Trop d'émotions se bousculent. Quand Albertine comprend, elle prend la main d'Annabelle.

— J'ai toujours détesté les injustices, mais je vous aime, vous, mon petit. Ce que j'ai fait n'en est qu'un témoignage.

— Je ne peux pas accepter. C'est plus que ce que je ne pourrai jamais vous rendre.

Albertine sourit.

— Ce n'est pas à vous d'en décider, ma chère enfant. C'est à l'institut que j'ai fait un don. Et je doute qu'ils aient envie de revenir dessus. Quant à me rendre ce que je ne vous ai pas directement donné, quelle idée !

— Votre petit-fils ne vous en a pas empêchée, murmure Annabelle, ébahie par la bonté de cette famille.

— Pourquoi l'aurait-il fait ? Ne veut-il pas mon bonheur ?

— Vous me connaissez à peine.

— C'est vrai, mais je ne me trompe jamais.

Annabelle lâche un soupire saccadé.

— Savez-vous comment s'appelle la fée dans *Peau d'âne*, le conte de Perrault ?

— Je ne m'en souviens pas.

— C'est la fée des lilas.

Annabelle se penche sur la vieille dame et pose son front contre le sien.

— Je vous l'ai déjà dit, vous êtes ma bonne fée, Albertine.

*

Annabelle n'a pas vu Charles depuis une semaine, et parce qu'il n'a pas essayé de la contacter pour la remercier de lui avoir laissé une boîte de macarons, elle n'a pas non plus insisté. Mais aujourd'hui, c'est Noël, et Charles sera chez ses parents pour la journée.

Dans le RER, elle serre contre elle le sac de cadeaux qu'elle a prévus pour sa famille. Ils seront bien moins luxueux que d'habitude, mais Annabelle les a choisis avec soin. Pour son père, un pull bleu marine en laine qui remplacera celui qu'il porte chaque week-end, troué aux coudes ; pour sa mère, le foulard en soie qu'elle avait repéré dans une boutique ; et pour Charles, puisqu'il en est fou depuis son plus jeune âge, l'intégrale des films de Marilyn Monroe. C'est pour lui qu'elle a le plus dépensé, mais qu'importe. Tout ce qu'elle veut, c'est le voir sourire.

C'est son père qui vient la récupérer à la gare. Il a les traits tirés, comme toujours.

— Bonjour papa, lui dit-elle en l'embrassant sur la joue.

— Bonjour, trésor. Donne, je te libère.

Il prend les sacs d'Annabelle et la conduit jusqu'à la voiture, un vieux Touran bien utile pour transporter les affaires de Charles, quand il vient le week-end. Mais Charles lui-même est toujours conduit en véhicule spécialisé nécessitant une large ouverture.

— Il m'en veut toujours autant ? demande Annabelle.

— Il a la dent dure, mais ça lui passera.

C'est la première fois en vingt ans qu'ils ne seront que quatre, alors elle décide de ne pas se laisser abattre. Elle attache sa ceinture et décide de garder le sourire.

Lorsqu'ils entrent dans le pavillon, une bonne odeur de gigot de sept heures flotte dans l'air. Sa mère n'a jamais supporté cuisiner de la dinde ou du chapon. L'idée de farcir un animal l'a toujours rebutée, ce qui lui avait valu de si nombreuses vannes de son père...

— Ah ! Te voilà ! s'écrie-t-elle en voyant Annabelle.

Elle a un sourire radieux. Déjà, parce que ses deux enfants sont réunis, mais surtout parce que la situation de Charles s'est momentanément arrangée. Chez les Saulier, le répit est si rare que tout le monde en profite.

Annabelle embrasse sa mère et jette un œil au fauteuil de Charles. Installé devant la fenêtre, il lui tourne le dos et ne prend pas la peine d'actionner la manette pour se retourner. Annabelle respire un grand coup et fonce sur son frère.

— Les macarons étaient bons ? attaque-t-elle en se postant devant lui.

Il ne peut pas tourner la tête, mais il veille à ne pas la regarder.

— Je ne sais pas, je n'y ai pas touché.

— À d'autres. Tu perdrais la mobilité d'un doigt supplémentaire pour continuer à t'en goinfrer.

— Ah ah, très drôle, persifle-t-il.

— Tu comptes me faire la tête pendant longtemps ?

— Aussi longtemps que nécessaire. Tu m'as trahi.

Annabelle plisse les yeux.

— Je t'ai trahi ? Hum, tu as quand même conscience que dans l'histoire, la plus à plaindre de nous deux, c'est moi ?

Cette fois, Charles lève le nez et la fusille des yeux. Elle s'approche et se baisse pour le regarder en face.

— Ben oui, pendant que moi, j'étais à la solde d'un type qui me traitait comme un chien, m'utilisait comme *escort girl* et m'empêchait de sortir de chez lui sans avoir signé une autorisation en trois exemplaires, toi, tu te la coulais douce dans un institut cinq étoiles, mangeais des petits plats sur commande, te faisais masser les guiboles par une kiné aux gros seins... Ouais, tu devrais moins te regarder le nombril, mon vieux.

Charles n'en croit pas ses oreilles, c'est sûr. Jamais sa sœur ne lui a parlé comme ça.

— Tu te souviens que je suis handicapé, n'est-ce pas ? Et que la façon dont je vis n'est pas un choix ? Rassure-moi.

— Ah oui, c'est vrai, j'avais oublié ce détail. Comme toi, tu as oublié pourquoi j'ai fait tout ça, pourquoi j'ai menti, et pourquoi j'ai sacrifié ma vie entière alors que je n'y étais pas obligée. Parce que je t'aime et que je t'ai toujours aimé, sombre crétin. Alors maintenant, tu peux me battre froid autant que tu veux, mais pour aujourd'hui, tu arrêtes de jouer les victimes exclusives, et tu ne pourris pas le repas de Noël que papa et maman attendent toute l'année parce que c'est le seul moment où ils ont l'impression de faire comme tout le monde, OK ?

Charles est médusé et Annabelle s'en moque. Il y a tant de fois où sa maladie l'a conduit à un égoïsme pur, et personne n'a jamais osé le lui dire sous prétexte qu'il est immobile dans un fauteuil. Mais Annabelle a assez donné, elle aussi. Elle a toujours, toujours fait passer son frère avant elle. Qu'il ait été perturbé par les révélations qu'elle lui a faites, elle comprend, mais de là à la considérer comme une traîtresse, il ne faut pas pousser !

Rageuse, elle fonce dans la cuisine sous les yeux effarés de sa mère et regarde autour d'elle.

— Je peux t'aider à faire quelque chose ? Non ? Dans ce cas je vais dans mon ancienne chambre, j'ai besoin de respirer.

— Annabelle, murmure Évelyne Saulier en la retenant par le bras. Ça va lui passer.

— Je sais, répond-elle en soupirant. C'est juste que... Non, rien. Donne-moi quelques minutes pour me reprendre et ça ira mieux.

Évelyne acquiesce et regarde sa fille disparaître dans le couloir.

Lorsque Annabelle pousse la porte de sa chambre d'adolescente, une quantité de souvenirs lui reviennent en mémoire. Les soirées pyjama entre copines, les longues heures à potasser son bac, les faux baisers sur l'oreiller et les ruptures de lycée pour lesquelles elle n'a versé que des larmes de crocodile.

Accablée par son échange avec Charles, elle va s'asseoir sur le bord du lit avec l'envie de pleurer. Toutes ces années de silence... Elle aurait aimé que son frère la comprenne, qu'il ne lui en veuille pas, qu'il compatisse un peu. Mais Charles n'est pas seulement enfermé dans son corps, il l'est sur lui-même. Il s'est créé un univers qui n'appartient qu'à lui, avec ses limites, ses failles et ses forces. C'est ce qui arrive quand notre regard sur l'extérieur est limité par un muret impossible à franchir. Oui, Charles est égoïste, mais comment pourrait-il en être autrement ?

Annabelle soupire, puis son regard se pose sur la table de nuit qu'elle avait recouverte de papier mâché avant de la peindre. Elle ouvre le tiroir, incapable de se rappeler ce qu'il y a dedans, et sourit en sortant un journal intime tout abîmé. Il date du collège, elle y avait consigné tous les malheurs, joies et futilités de sa vie. Elle en consulte quelques pages, sourit et le repose sur le lit avant de carrément retirer le tiroir pour le poser sur ses genoux et fouiller à l'intérieur. Elle y retrouve toutes sortes de choses : un bracelet brésilien cassé que lui avait offert sa meilleure amie de l'époque, un scoubidou pas terminé, une cocotte en papier qui doit dater de ses années de primaire, un carnet d'adresses, quelques capsules de bière tordues dont elle est incapable de justifier la présence, un livre d'amour qu'elle a lu cent fois, ainsi qu'une petite boîte rouge et rectangulaire.

Elle s'humidifie les lèvres et ouvre l'écrin. Il s'agit de la bague que lui avait offerte Antoine pour ses dix-neuf ans. Elle lui a menti en lui disant qu'elle ne l'avait pas gardée.

Elle la retire du coussinet et la glisse autour de l'annulaire droit. Elle lui va toujours.

Elle caresse les cristaux sertis et pense à Antoine, à leur relation retrouvée, à tout ce qu'ils pourront de nouveau vivre ensemble lorsqu'elle sera totalement libre. Elle l'a toujours aimé, et même si elle refuse son aide, même si elle ne veut pas être dépendante de lui, rien ne la rendrait plus heureuse que d'essayer de rattraper le temps perdu, puisque le destin leur a donné l'occasion de le faire.

Annabelle retire le double anneau, le range dans sa boîte et remet le tout à sa place, dans le tiroir. Puis deux battements sourds contre la porte retentissent. Charles met de petits coups à l'aide de son fauteuil.

— Oui ?

— C'est moi, tu m'ouvres ?

Annabelle se lève et se compose un air sévère avant d'actionner la poignée. Puis elle s'écarte et laisse passer Charles.

Il s'arrête au milieu de la pièce et la regarde avec étonnement.

— Rien n'a changé depuis la dernière fois que j'y ai mis les pieds.

— Les pieds, comme tu y vas ! se moque Annabelle.

— Connasse.

Annabelle se retient un peu, puis finit par éclater de rire. Si Charles est ici, c'est qu'il veut faire la paix. Malgré les apparences, ce qu'il vient de lui dire est affectueux. Cédric détestait quand Charles lui parlait comme ça, il disait qu'il n'avait aucun respect pour elle et qu'elle ferait mieux de le remettre à sa place. Ce qu'elle ne faisait jamais.

— Mme Connasse, précise-t-elle.

Charles actionne son fauteuil pour faire face à sa sœur.

— Je suis désolé.

— Tu as intérêt.

Le regard bleu de Charles s'humidifie. S'il se met à pleurer, elle ne se donne pas une seconde pour l'imiter.

— On n'est pas vraiment obligés d'en parler, n'est-ce pas ? lui dit-il.

Elle sourit.

— Non. Tu m'as traitée de connasse, ça suffit. Excuses acceptées.

Un sourire mutin se dessine sur le visage de Charles.

— Ton amour de jeunesse, tu vas pouvoir le revoir, du coup, non ?

— Han, han...

— Attends... fais voir tes yeux.

Elle plie un peu les genoux pour se mettre à sa hauteur et s'exécute.

— J'y crois pas, il t'a déjà pécho !

— Ah bon ? fait-elle mine de s'étonner.

— De toute façon, lui, je l'ai toujours bien aimé. Mais il a dû vachement vieillir depuis !

— Il a pris vingt ans, comme moi, et il est sexy à mourir.

— Il va me falloir des preuves.

— Et tu en auras. Allez, viens, papa doit être en train de ronger le canapé, il déteste qu'on le fasse attendre pour manger !

Annabelle se place dans le couloir et laisse passer son frère.

Lorsque leurs parents les voient arriver, leurs yeux s'illuminent de soulagement et de fierté.

— Qui découpe le gigot ? demande gaiement Évelyne Saulier en brandissant un couteau.

— Moi ! répond Charles. Allez chercher vos boucliers !

Annabelle regarde son père, sa mère et son frère éclater de rire, ressent l'amour autour duquel tout a toujours gravité et brillé, les unissant envers et contre tout. Un asile, un abri.

Leur famille n'a jamais ressemblé à aucune autre. Et si elle se démarque avec une telle intensité, c'est que personne ne s'est jamais aimé autant qu'eux.

Jamais.

21

Antoine remonte du service radiologie avec un poids en moins sur l'estomac. Le dernier scanner cérébral du petit Léopold est encourageant. La cicatrisation semble en bonne voie, pas de séquelles apparentes, bref, avec toute la prudence dont il s'agit de faire preuve dans ces cas-là, au moins peut-il se dire qu'il n'a pas réduit son patient à l'état de légume. Du reste, sa visite du matin lui a permis de retrouver un Léopold plus enjoué que la fois dernière, fidèle au gamin à l'optimisme en acier trempé qu'il a toujours connu. Ils vont pouvoir désormais mettre en place le protocole de radiochimiothérapie. Une station de plus sur le chemin de croix de Léopold Adamcki, mais Antoine sait qu'il remportera cette nouvelle bataille avec la même abnégation que la précédente, il ne peut en être autrement.

Il salue Mélanie, l'assistante à mi-temps censée remplacer provisoirement Meredith le temps d'un recrutement qui tarde à arriver, et entre dans son bureau. Sur son sous-main, le courrier du jour, non ouvert. Meredith, elle, avait pour consigne de le décacheter et d'opérer un premier tri, entre les missives auxquelles elle pouvait elle-même répondre, celles qu'elle pouvait directement jeter à la corbeille, les résultats d'analyses prioritaires, etc. Un véritable travail d'assistante qui déchargeait Antoine d'une bonne partie de l'administratif si pesant. Mélanie ne s'occupe pas du courrier, si ce n'est pour le déposer sur son bureau. Avec un temps plein qui l'accapare en pédiatrie, la pauvre n'a pas le temps de faire autre chose que pallier le plus urgent pour Antoine.

Ce dernier se laisse tomber dans son fauteuil en cuir avec un grand soupir, attrape son coupe-papier en bois et s'apprête à ouvrir la première enveloppe quand son téléphone l'interrompt.

Adrien de Bérail.

Avec une pointe d'appréhension, il décroche.

— Adrien, comment vas-tu ?

— Très bien, mon vieil ami. Excellemment même, car j'ai de bonnes nouvelles nous concernant : Gérard Lopez a porté plainte contre Thierry Lemaire et Cédric Berckin, et c'est bien moi qui vais le représenter. La procédure est déjà lancée, notre cher Cédric doit déjà être notifié. Si ce n'est pas un beau cadeau de Noël, ça !

Antoine ferme les yeux et inspire profondément. Pour la première fois depuis des jours, il aperçoit une sortie de crise possible pour Annabelle à qui il n'a toujours pas parlé de la situation. Un léger sentiment de culpabilité altère néanmoins sa joie. À l'autre bout du fil, Adrien l'a senti et demande :

— Ça ne te fait pas plaisir, Antoine ?

— Si, bien sûr que si ! C'est juste que... Je suis embêté pour le docteur Lemaire, qui va être également condamné, alors que c'est grâce à lui que le dossier a pu être exhumé.

— On en a déjà parlé, mon vieux, ne t'inquiète pas pour ça. Entre ses aveux spontanés et le chantage que Berckin a effectué à son encontre pour qu'il falsifie les résultats, je me fais fort de charger la mule sur ce dernier. Si mon collègue de la défense n'est pas trop mauvais, avec les délais de prescription, je suis sûr que Lemaire s'en tirera avec du sursis et une amende minime. Berckin, en revanche, on va le faire manger sévère !

— Tu ne peux pas savoir à quel point je te fais confiance pour ça, Adrien...

Machinalement, Antoine ouvre son courrier pendant sa conversation. La dernière enveloppe contient une invitation émanant de la Fondation des Hôpitaux de Paris pour deux personnes à l'Opéra. *Turandot*, le soir même. Le carton rejoint la pile de courrier en souffrance.

— Quelle est la suite des opérations, maintenant ? demande Antoine.

— Tu vas très vite être appelé par le juge en charge de l'affaire, puisque tu seras entendu comme témoin pour déterminer la responsabilité de Berckin et de Lemaire dans la décision de pratiquer l'amputation abusive sur mon client. Il va sans dire que ton témoignage sera capital. En revanche, il est préférable que nous ne nous parlions plus avant les premières confrontations. Notre amitié n'est un secret pour personne, et surtout pas pour l'avocat de Berckin, qui essaiera de jouer là-dessus. Nos entretiens devront désormais avoir lieu dans un cadre strictement professionnel. Je fais déjà une entorse au code déontologique en te passant ce coup de fil.

— J'en suis conscient et je te remercie infiniment.

— Je t'en prie. Tu comptes en parler à Annabelle ?

Antoine éprouve le tranchant émoussé de son coupe-papier à l'aide du pouce. Il repense à la scène qu'Annabelle lui a faite quand elle a cru qu'il était à l'origine du don pour les soins de Charles.

— Je ne pense pas, non. Même si nous nous sommes rapprochés ces derniers temps, elle a été très claire, elle refuse que j'intervienne dans ses affaires personnelles. Elle craint tellement pour la situation de son frère, je ne suis pas sûr qu'elle apprécierait ma démarche. Tu en penses quoi ?

— C'est Jane son avocate, cher ami, pas moi. Je n'ai pas d'avis à avoir sur la question.

Antoine sourit en coin.

— Message reçu, chef.

Il ne peut poursuivre sa phrase, la porte de son bureau s'ouvre à la volée sur un Cédric Berckin écarlate, les yeux exorbités. Derrière lui, Antoine n'a que le temps d'apercevoir Mélanie qui s'est levée, les yeux emplis d'inquiétude, avant que Cédric ne referme violemment le battant.

— C'est toi qui es à l'origine de ce bordel ?! crie le directeur.

D'une voix posée, Antoine finit sa conversation, sans lâcher Cédric des yeux :

— Je dois te laisser, vieux. Tu l'entends peut-être, un rendez-vous urgent. Embrasse Gabi et les enfants pour moi. À très vite.

Il repose son téléphone sur son bureau, se cale bien confortablement contre son dossier, croise les doigts sur son ventre et demande, d'un ton patelin :

— Cédric, que puis-je faire pour toi ?

Berckin ne quitte pas le téléphone d'Antoine des yeux. Il brandit un index tremblant vers le smartphone et crache :

— Gabi, c'est bien ce que j'ai entendu ? Tu parles bien de Gabrielle, la pouffiasse de ton avocat ? Ce petit salopard qui veut porter plainte contre moi ? C'est avec lui que tu étais en ligne, hein ?

Le regard d'Antoine se fait incisif, et sa voix tranchante.

— Fais attention à ton langage, Cédric. Je ne tolérerai pas que tu parles ainsi de mes amis. Qu'est-ce que c'est que cet état dans lequel tu te mets ? Et c'est quoi cette histoire de plainte ?

Cédric Berckin ne crie plus. Il hurle désormais :

— Arrête de te foutre de ma gueule, Antoine ! Tu sais très bien de quoi je parle, parce que je sais que c'est toi et Annabelle qui êtes à l'origine de ce merdier ! L'autre éclopé, là, qui surgit d'on ne sait où, par miracle, pour me poursuivre en justice. Comme par hasard, juste au moment où je suis en train de rappeler à l'autre traînée qui est le patron ici. Toi seul pouvais sortir ce squelette du placard, espèce d'enfoiré !

Antoine sent un calme assassin l'envahir. C'est l'une de ses forces. S'il est capable de colères homériques, face à l'hystérie, la panique ou les emportements de ses interlocuteurs, il reste toujours d'une froideur chirurgicale. Pourtant, quand Cédric a traité Annabelle de traînée, il a bien failli briser la lame de son coupe-papier.

— Je crois que tu perds la raison, Cédric. Qu'est-ce qu'Annabelle ou moi aurions à voir avec la plainte de Gérard Lopez ?

Berckin marque un temps d'étonnement, puis s'esclaffe, plein d'une jubilation malsaine :

— Ah, qu'est-ce que j'avais dit ? Tu as mentionné Gérard Lopez, alors que je n'avais pas donné son nom ! C'est bien la preuve que c'est vous qui manigancez dans mon dos, avoue.

Le sourire moqueur d'Antoine s'accentue.

— Tu crois ? En réalité, mon pauvre vieux, je t'ai parlé de Gérard Lopez parce qu'en effet, je viens de recevoir un appel de son avocat, m'informant que je serai appelé à témoigner dans une sombre affaire de falsification de résultats médicaux. Ça te rappelle quelque chose, peut-être ?

— Putain !

Fou de rage, Berckin attrape une lampe posée sur un meuble à archives et la fracasse contre le mur. Antoine ne bouge pas, mais tout son corps est tendu, prêt à bondir si le directeur fait un pas de plus dans sa direction.

— Dis-moi que ce n'est pas vrai, Antoine. Que vous ne m'avez pas fait ça.

— D'une, tu vas arrêter de mêler Annabelle à cette histoire, parce qu'elle n'est au courant de rien. Tu ne me croiras sans doute pas, mais c'est ainsi. De deux, ce n'est pas moi qui porte plainte contre toi, mais un pauvre gars, dont tu as ruiné la vie par ton orgueil et ton ambition de petit parvenu. Je ne suis que témoin dans cette affaire, et je ne dirai que la vérité, mais crois-moi, j'espère bien qu'elle te fera plonger et ruinera ta carrière de sale type arriviste.

Le grésillement de l'interphone interrompt Antoine dans sa diatribe. Il appuie sur le bouton et la voix de Mélanie lui parvient.

— Docteur Saint-Armand, est-ce que tout va bien ?

Antoine observe Cédric Berckin qui s'est affalé contre le mur, la tête entre les mains.

— Je crois que ça va aller, Mélanie. Je vous remercie.

À la rage de Berckin succède l'abattement. Antoine croit voir ses épaules tressauter sous l'assaut de larmes. Il s'est levé, les mains dans les poches de sa blouse, contemple la loque pathétique qu'est devenu son ancien ami, et attend la suite des événements.

Finalement, Berckin relève la tête. Il a les yeux rougis et cernés, mais il semble avoir recouvré son calme. Il esquisse même un sourire.

— C'est bon, Antoine, vous avez gagné, je capitule.

Antoine fronce les sourcils. Que veut-il dire par là ? L'instruction n'a pas encore commencé.

— Je ne comprends pas.

Cédric se relève péniblement, époussète son pantalon et rajuste son nœud de cravate. C'est un effort immense pour lui, une humiliation, mais il finit par lâcher :

— Annabelle et toi avez gagné la partie. Inutile que je lutte plus longtemps. Contrairement à ce que vous pensez, je sais reconnaître mes défaites. Je te propose l'arrangement suivant, Antoine : j'appelle tout de suite mon notaire pour modifier mes engagements par rapport au frère d'Annabelle. Dès à présent, je m'engage à subvenir aux besoins de Charles Saulier jusqu'à sa mort, même en cas de séparation avec Annabelle. Et je vais même plus loin : je suis d'accord pour entamer une procédure de divorce, et lui verser une pension rondelette, afin qu'elle n'ait plus à travailler dans son bar miteux. Tu vois, je ne peux pas être plus conciliant : j'accepte le divorce et subviens malgré tout aux besoins financiers d'Annabelle et de son frère. En échange, tu convaincs Lopez et de Bérail d'abandonner les poursuites à mon encontre. Vous êtes largement gagnants, tu ne trouves pas ?

— Non.

La réponse a fusé, nette, sans la moindre hésitation. Antoine lui-même en est surpris.

— Comment ça, non ? bredouille Berckin. Mais enfin, je vous accorde tout ce que vous voulez, et davantage ! Je nc peux pas aller au-delà. Parce que si vous maintenez votre plainte, vous savez ce que ça veut dire ? C'en est fini de ma carrière. Et qui dit plus de carrière, dit plus de revenus, et avec quoi je vais payer les frais médicaux du petit frère, si je suis ruiné ? Tu y as pensé à ça, au moins ?

Il ne voudrait pas le faire pleurer, si ? Cédric a hérité d'une fortune colossale de son père. Même sans travail, il serait le dernier à plaindre. Et puis, ce que Cédric ne sait pas, c'est qu'Annabelle est la bénéficiaire d'un généreux donateur, qui règlera momentanément la question de l'hospitalisation de Charles. Et même si ça n'avait pas été le cas, sa réponse aurait été identique : hors de question d'accepter le moindre compromis avec ce cloporte de Berckin. Sa veulerie, son manque de fierté, sa médiocrité malsaine, sa perversion de manipulateur, capable de passer des menaces aux supplications, tout en lui le dégoûte, lui donne envie de vomir.

Frayer avec une telle engeance ? Plutôt mourir ! Quoi qu'il advienne, Annabelle vivra désormais libérée du joug de ce tyran, il s'en est fait la promesse. Et si un jour elle manque d'argent pour son frère ou toute autre raison, ils arriveront toujours à trouver une solution.

— J'ai dit non, Cédric. Je ne peux pas être plus clair. Tu vas enfin payer. Pour ton arrogance, ta maltraitance, cet homme dont tu as brisé la vie, cette femme que tu as humiliée pendant des années, ce personnel que tu méprises, ce métier que tu déshonores... Tu vas payer pour tout une vie de nuisances, et je serai le premier à venir danser sur la tombe de ta belle carrière.

Berckin est devenu livide. Il a retrouvé sa morgue, mais elle ne trompe personne.

— Très bien, Antoine. Alors rendez-vous chez le juge. Fais-moi confiance, ton Adrien de Bérail va devoir cravacher et ne pas compter ses heures, parce que je vais m'entourer des meilleurs avocats du pays. Tu veux me faire chuter ? Fais-toi plaisir, mon pote, mais je te préviens, si je tombe, ce ne sera pas seul, et il y aura des victimes collatérales. À commencer par ma salope de femme et son monstre de foire qui lui sert de frère. Tu peux leur passer le message.

Il tourne les talons et quitte le bureau d'Antoine sans refermer la porte.

D'un geste, Antoine indique à Mélanie que tout va bien et commence à ramasser les débris de la lampe. Malgré les insultes et les menaces de Berckin, tout son cœur n'est qu'allégresse. Son histoire, leur histoire, vient de connaître un tournant. Tout bravache que soit Cédric, il ne voit pas comment il pourra se sortir indemne de la tourmente juridique qui s'annonce. Et il a toute confiance en le talent et la pugnacité d'Adrien pour lui planter les crocs dans le mollet et ne rien lâcher, façon pitbull.

Jamais l'issue n'a été aussi proche ni se présentant sous de meilleurs auspices. Il a envie de crier et d'enta-mer une danse de la joie, là, au milieu de son bureau, au milieu des bris de verre.

Il aimerait tant appeler Annabelle, lui faire part des derniers événements, lui raconter comment son futur ex-mari s'est liquéfié dans son bureau, s'emportant, geignant comme un chiot apeuré à l'approche de la sanction, comment il s'est rabaissé plus bas que terre, prêt à toutes les compromissions. Il aimerait l'entendre s'exclamer, voir ses yeux briller à l'évocation de sa libération à venir, y lire enfin les promesses d'un avenir meilleur et de lendemains qui chantent.

Oui, il aimerait lui dire tout ça, mais il ne peut pas. Il la connaît mieux que personne. Jamais elle ne lui pardonnerait de s'être immiscé dans ses affaires sans son autorisation. L'orgueil d'Annabelle est tel que même l'issue positive du procès ne suffirait pas à atténuer son impression d'avoir été instrumentalisée.

Alors, il sait qu'il doit se taire. Justice sera rendue. Pour Gérard Lopez comme pour Annabelle Saulier. Et seuls Adrien et lui sauront quel aura été son rôle en coulisse, véritable démiurge anonyme.

N'empêche, c'est vraiment trop bête de ne pouvoir partager cette euphorie... Il va jeter les débris de la lampe dans la corbeille et son regard accroche la liasse de documents sur son bureau. Le carton d'invitation pour *Turandot* lui fait de l'œil, comme une évidence.

Il attrape son téléphone et envoie un texto enthousiaste à Annabelle. Le mercredi soir, elle ne travaille pas et Mme Lilas est encore à la clinique. Qu'elle se libère pour ce soir, il l'emmène à l'opéra, elle n'a pas le choix. Taquin, il ajoute qu'il connaît un très bon kébab dans le quartier. Soirée de gala et menu étudiant, ce soir sera le trait d'union entre leur histoire révolue et leur avenir à construire.

22

Antoine attend sur les marches de l'Opéra que le taxi d'Annabelle la dépose. Il n'a pas eu besoin de beaucoup d'arguments pour la convaincre. Elle a toujours adoré l'opéra. Pendant leurs études, elle le tannait régulièrement pour qu'il l'y invite. Dans ses yeux, il voyait alors se refléter des lustres étincelants et des tenues de soirée ; il y devinait des arias et un public debout, applaudissant des cantatrices aux destinées romanesques.

Annabelle et ses rêves de petite fille.

Il éprouve une pointe d'amertume en réalisant qu'avec le train de vie qu'elle a connu pendant ses vingt années de mariage avec Cédric Berckin, se rendre à l'opéra doit être devenu une activité courante, un passe-temps presque anodin.

Oui, mais ce soir, c'est avec lui, Antoine Saint-Armand, qu'elle s'y rend, et il espère qu'il retrouvera dans son regard l'émerveillement qui était le leur jadis.

Un taxi s'arrête au pied du bâtiment, et Annabelle en sort.

Antoine frise la syncope.

Elle s'extrait du véhicule, moulée dans une robe dorée qui lui fait comme une seconde peau. Bien qu'il fasse déjà noir, cet écrin de tissu rayonne d'une lueur presque solaire. Une étole jetée sur ses épaules masque provisoirement une échancrure qu'il devine vertigineuse. Elle a relevé ses cheveux en un chignon sophistiqué, arbore deux boucles d'oreilles pendantes qui soulignent son long cou délicat.

À mesure qu'elle s'approche, il lui aperçoit un maquillage discret, mais sophistiqué. Ses lèvres sont rehaussées d'un rouge vif, et ses paupières sont recouvertes d'un fard cuivré, rappelant le doré de sa robe.

Robe qui, à n'en pas douter, sera l'attraction de la soirée. Bon sang, comment un simple vêtement peut-il être si subtil, vaporeux, classieux et... terriblement érotique ? Antoine a du mal à détacher le regard de sa poitrine généreuse, de son ventre plat et de ses hanches si voluptueuses qu'il doit se tordre les doigts pour ne pas les empoigner.

Consciente de l'effet qu'elle produit, Annabelle s'arrête devant Antoine. Elle plonge ses yeux dans les siens, et d'une voix rauque, murmure :

— Docteur Saint-Armand. Quel plaisir de vous retrouver ce soir.

Antoine reprend ses esprits, se penche galamment et lui saisit le poignet pour un baise-main cérémonieux.

— Chère madame Saulier. Vous êtes ce soir particulièrement...

Il s'interrompt et pose les lèvres sur la main d'Annabelle. Il perçoit un imperceptible frisson et voit la chair de poule sur son poignet.

— Particulièrement ? demande cette dernière.

Antoine se mord les joues. Il est sur le point de lui répondre qu'elle est particulièrement bandante, terriblement désirable, mais il s'en voudrait de gâcher le moment en se la jouant hussard. Il repense alors à ce jeu qui était le leur, quand, affectant la pudeur blasée des amoureux qui se refusent aux petits mots niais, ils s'inventaient des compliments absurdes.

— Vous êtes particulièrement... perpendiculaire !

Annabelle éclate de rire, d'un rire qui dévale le long du dos d'Antoine, jusque dans son bas-ventre. Bon Dieu, mais qu'est-ce qu'il a à réagir ainsi au quart de tour, comme un collégien ?

— On y va ? propose-t-il en offrant le bras à Annabelle. Puccini n'attend pas.

Elle esquisse une petite révérence, passe son bras sous celui d'Antoine, et les deux amants grimpent solennellement les marches de l'opéra, conscients des regards envieux et jaloux que les autres spectateurs leur envoient.

Les deux premiers actes sont une torture pour Antoine. Les fauteuils sont pourtant confortables, la température dans la salle parfaite, et les chanteurs et la mise en scène de grande qualité, mais en réalité, il a l'impression d'étouffer. Il est agité de tics qu'il peine à réprimer, de peur d'importuner son voisin de gauche, mais il a envie de se gratter, de se passer la main dans les cheveux, de se faire craquer les doigts, bref, il ne tient pas en place.

La faute à Annabelle qui, à sa droite, l'électrise par sa simple présence. L'électrise est d'ailleurs un terme trop faible. Elle l'enflamme ; l'attise ; le consume. Elle ne fait pourtant rien pour cela. Autant Antoine est bouffé de nervosité, autant elle semble impassible, n'esquissant pas le moindre geste, le port altier, concentrée sur le spectacle. Antoine ne cesse de l'observer, sans se cacher. Il meurt d'envie d'embrasser la mèche duveteuse qui s'est échappée de son chignon et lui balaie la nuque. Et bien que pas une seule fois elle n'ait tourné la tête dans sa direction, elle sait qu'il la contemple dans l'obscurité. Comment expliquer sinon cet imperceptible sourire en coin, celui de la femme consciente de l'effet ravageur qu'elle produit, de la femelle dominante s'amusant de la parade grotesque du mâle en rut.

À un moment, elle pose ses longs ongles laqués sur le dessus de sa main, et les remonte en un long mouvement sensuel. Antoine ne peut retenir un gémissement qui provoque le regard courroucé de son voisin.

Il desserre son nœud de cravate. Ce n'est pas possible, il ne se souvenait pas que cet opéra fût à ce point interminable. Sur scène, la princesse Turandot n'en finit pas avec ses atermoiements quant à ses prétendants. Quand, à l'acte II, arrivent les trois ministres de l'Empereur, Ping, Pang et Pong, Antoine est pris d'un fou rire nerveux. Pourquoi pas Pim, Pam et Poum, tant qu'on y est ? Ce n'est pas possible, il ne va pas tenir jusqu'au bout. Turandot ne peut pas se décider une bonne fois pour toutes, cette conne, qu'on puisse passer à autre chose ? *Fuck* le kebab ! Sitôt la représentation finie, Annabelle et lui sauteront dans un taxi, direction son appartement. Tout se mélange en lui, désir, sentiments, envie de s'abandonner aux promesses les plus insensées et aux étreintes les plus profondes, de lui susurrer des serments et de la prendre à lui faire mal. Alors que Turandot choisisse son jules à *shi fu mi* s'il le faut, et basta !

L'entracte accorde un répit provisoire aux souffrances d'Antoine. Alors qu'une partie du public quitte la salle dans un brouhaha feutré, Annabelle se lève, lisse sa robe pourtant sans un pli et murmure à Antoine :

— On va prendre l'air ?

— Avec plaisir...

Mais il reste assis, maladroit, cherchant avec quoi il pourrait bien cacher la monumentale érection qui le comprime depuis le début de la pièce. S'il se lève dans cet état, il a l'impression que toute la salle va lui scruter l'entrejambe.

Il enfile finalement son pardessus dont il rabat les pans, et entreprend de suivre Annabelle. Arrivés devant le bar assailli par des dizaines de spectateurs, elle se retourne, le dévisage avec curiosité et demande :

— Tu as froid ?

— Non, non, pas du tout.

— Alors pourquoi tu as mis ton manteau ?

Il ne répond pas, serre les poings dans ses poches et tâche de masquer la fâcheuse protubérance. L'effet inverse se produit, puisque le regard d'Annabelle descend et s'arrête sur la zone incriminée.

— Oh... Je comprends. Mon pauvre chaton.

Antoine arbore un sourire crispé. D'être ainsi démasqué dans son désir, et qu'elle emploie volontairement ce surnom qu'il a en horreur.

Annabelle se dirige vers le bar, ouvrant la foule des spectateurs comme une impératrice, saisit deux flûtes de champagne et revient vers Antoine. Il attrape le verre qu'elle lui tend.

— À quoi trinque-t-on ? demande-t-il d'une voix qu'il espère badine.

— Je ne sais pas... À nous ?

— Alors à nous.

Ils choquent leurs verres sans se quitter des yeux, et la tension qui les unit en cette soirée gagne encore en intensité. Elle lui attrape alors la main et se dirige vers un escalier menant aux balcons.

— Suis-moi.

Étonné, il se laisse faire, et ils se retrouvent à l'étage supérieur. Avisant une large colonne en marbre, elle l'y entraîne puis lui prend sa flûte des mains, la pose sur le parapet et l'adosse à la colonne.

— Annabelle ? Mais qu'est-ce que tu fais ?

De l'index, elle lui caresse le visage, descend le long de son torse, descend encore et s'arrête sur la bosse qui lui déforme son pantalon.

— On va tâcher de remédier à ce désagrément, lui susurre-t-elle. Sinon, tu vas finir par étrangler la chanteuse tellement tu es nerveux.

Il n'en croit pas ses oreilles. Bien sûr, plus jeunes, il leur est arrivé de faire l'amour en des lieux insolites, l'attrait de l'interdit et la peur d'être vus décuplant leur plaisir, mais ils n'ont plus vingt ans, et sont en plein Opéra de Paris, au vu et au su de centaines de spectateurs.

— Annabelle ! Sois raisonnable, je ne vais quand même pas te prendre ici, avec tout ce monde autour !

— Qui te parle de me prendre, Antoine. Tu as toute la nuit pour ça, non ? Profite du moment, je me sens d'humeur généreuse, ce soir.

Sans lui laisser le temps de répondre, elle s'agenouille et d'une main experte, descend sa fermeture Éclair.

Prenant conscience de l'énormité de la situation, Antoine objecte une dernière fois :

— Tu es folle, on va se faire choper !

Elle contemple l'objet du délit avec une moue approbatrice.

— Ce que je vois là me laisse penser que ton corps, lui, est d'accord.

Elle lui a déjà saisi le sexe et lui imprime un délicieux mouvement de poignet qui arrache un gémissement de plaisir à Antoine.

— Deux opéras pour le prix d'un. *Turandot* et *La Flûte enchantée*, de quoi te plains-tu ? Laisse-toi faire, pour une fois.

Elle le prend en bouche et Antoine retient à grand-peine un cri d'extase.

Les yeux exorbités, il contemple la chevelure sophistiquée d'Annabelle s'activer contre son ventre. S'il ne l'aimait pas autant, s'il n'avait pas pour elle un si grand respect, sans doute se sentirait-il gêné par la situation, mais il s'agit d'Annabelle et rien, rien n'a jamais été trop cru ou audacieux entre eux. Ils n'ont toujours fait qu'un, en toutes circonstances.

Il ne faut à Annabelle que quelques minutes pour que, sous ses caresses et sa succion expertes, Antoine se répande en elle, abandonnant toute retenue.

Il a joui en silence, et son plaisir n'en a été que plus intense. Le souffle court, il regarde autour de lui, hébété, et peine à reprendre ses esprits.

Annabelle se relève, le regard trouble, reprend sa flûte champagne et en vide le contenu sans quitter Antoine des yeux.

Il l'attrape alors par la taille, la colle à lui violemment et l'embrasse avec une voracité qui la laisse pantoise et gémissante.

— Toi... halète-t-il. Toi, tu es à moi, et je ne laisserai plus jamais quiconque se dresser entre nous.

Elle se détache délicatement et le dévisage avec un regard indéchiffrable. Il s'en veut aussitôt d'avoir employé cette expression maladroite. Être à lui. Dire ça à une femme qui a vécu vingt ans sous le joug d'un époux tyrannique, quel connard il fait !

— Annabelle. Pardon, je...

— Chut, ce n'est rien, Antoine. On y retourne ? C'est bientôt la reprise.

— Bien sûr, oui.

Ils rejoignent la foule qui s'agglutine pour regagner la grande salle, quand une voix derrière eux les fait sursauter.

— Antoine ? Annabelle ?

Les deux amants se crispent aussitôt en reconnaissant cette voix. Pourquoi lui ? Pourquoi Cédric, ici et maintenant ?

— Mais qu'est-ce que vous foutez là ? demande le directeur de clinique, peu soucieux du monde qui les entoure.

Ils sont plantés dans le hall, et les gens les contournent en maugréant pour reprendre leurs places.

Antoine se pose la même question, que fait-il ici ? Dans un premier temps, il pense que Cédric les a suivis, mais il se rappelle l'origine de l'invitation : la

Fondation des Hôpitaux de Paris. Cédric en a forcément reçu une de son côté.

— Eh bien, explique Antoine, je suppose que tu as eu ton carton d'invitation en même temps que moi, non ?

Les yeux écarquillés de Cédric passent d'Antoine à Annabelle.

— Et tu as choisi de venir avec... elle !

Tout le mépris qu'il met dans ce dernier mot donne envie à Antoine de lui coller son poing dans la figure. Il se retient néanmoins pendant que Cédric continue de cracher sa bile.

— Cela dit, entre comploteurs, c'est normal, hein ! Vous ne pouvez pas au moins attendre le divorce pour vous afficher ensemble ? Non, c'est trop marrant de venir s'offrir la tronche du cocu de service en public !

Un couple en tenue de soirée, qui accompagne Berckin, s'avance alors, et un homme en smoking demande :

— Cédric, il y a un problème ?

Cette interruption semble ramener Berckin à un peu plus de calme. Prenant conscience qu'il est sur le point de provoquer un esclandre, il pose une main rassurante sur le bras de son vis-à-vis.

— Non, pardonnez-moi, professeur Berthier. Rien de grave, un petit souci d'ordre personnel à gérer. Je n'en ai pas pour longtemps. Puis-je vous demander de regagner la salle avec votre épouse ? Je vous y retrouve tout de suite.

Le couple s'éloigne, non sans un regard réprobateur à Annabelle, qu'ils connaissent forcément. Antoine et cette dernière tentent de prendre leurs distances, mais Cédric ne lâche pas l'affaire :

— Vous me donnez envie de vomir, crache-t-il. Comme si ça ne suffisait pas de me harceler, il faut en plus que vous exposiez votre graaaaaand amour aux yeux de tout le monde, alors que tout le conseil d'administration est présent ce soir. Venant d'Antoine, ça ne m'étonne pas, mais de ta part, Annabelle... Quoique, quand on y pense, tu t'es prostituée pendant vingt ans afin que je paie pour ton frère, alors maintenant que tu t'es débarrassée de moi, logique que tu reprennes Antoine entre tes cuisses, hein. Pute un jour, pute toujours !

Annabelle n'a que le temps de retenir Antoine par le bras. Déjà, ce dernier s'apprêtait à foncer sur Berckin pour lui rectifier le portrait.

— Cédric, intervient-elle, je ne cherche même pas à discuter. Va-t'en et oublie-nous. Tu es un être abject, ordurier et minable. Dire qu'on te harcèle alors que je n'aspire qu'à te sortir de ma vie, c'est tellement à ton image de médiocre...

Le visage de Cédric est apoplectique.

— Comment ça, tu ne me harcèles pas ? Et porter plainte contre moi ? Vouloir me tirer jusqu'au moindre centime ? M'assassiner professionnellement, tu appelles ça comment ? Tu ne pouvais pas te contenter d'accepter ma proposition ? Merde, je t'offrais une paix royale, et la sécurité de ton frère en prime. Non, il t'en fallait plus, naturellement. Abattre un homme déjà à terre !

Une barre soucieuse ride le front d'Annabelle. Sous ses mains, elle sent le biceps d'Antoine se contracter.

— Madame, messieurs, leur annonce une ouvreuse, le spectacle va reprendre. Si vous voulez bien regagner votre place.

— Une minute s'il vous plaît, mademoiselle. Cédric, qu'est-ce que tu racontes ? De quel procès tu parles ? Et de quelle proposition ? J'ai toujours dit que je ne voulais pas un centime de ta part, ni plus jamais entendre parler de toi. C'est quoi encore, cette histoire ?

Cédric en reste sans voix. Il regarde Annabelle, puis Antoine, et soudain, son visage s'éclaire.

— Ah putain, c'est pas vrai ! s'exclame-t-il. Tu avais raison, Antoine, Annabelle n'était pas au courant. Pour une fois, tu ne m'as pas raconté de craques. Tu as agi dans son dos ! Ah, il est beau, le chevalier blanc, le défenseur de la veuve et de l'orphelin !

Derrière eux, l'ouvreuse intervient à nouveau, plus directive. À ses côtés, un agent de sécurité a pris discrètement position.

— Madame, messieurs, dernier appel. Je vous informe qu'il ne vous sera plus possible de rentrer ensuite et que votre sortie sera considérée comme définitive.

— Je vous suis, mademoiselle, annonce Berckin. En revanche, j'ai l'impression que ces deux-là ont des choses à se dire, inutile de les attendre. Bonne nuit, les tourtereaux !

Il s'engouffre dans la salle, et alors que l'ouvreuse s'approche d'Annabelle et d'Antoine, ce dernier lui fait signe que c'est inutile et qu'ils ne reviendront pas.

Le silence qui suit la fermeture des portes est glacial. Annabelle croise les bras sur la poitrine et dévisage Antoine sans un mot. C'est inutile.

Ce dernier lève les mains en guise d'apaisement.

— Je vais tout t'expliquer. Tu veux t'asseoir ?

Le visage fermé d'Annabelle, irradiant de colère, vaut toutes les réponses. Alors, Antoine s'exécute et lui raconte tout, sans rien omettre : comment il a exhumé le dossier médical de Gérard Lopez, convaincu ce dernier de témoigner, mis sur pied une stratégie avec Adrien de Bérail, et comment il a refusé, en son nom à elle, l'ultime tentative de Berckin d'acheter la paix sociale et judiciaire.

Au fil de son résumé, le visage d'Annabelle se vide de ses couleurs, et à s'écouter, Antoine se rend bien compte à quel point son attitude est difficilement défendable.

Quand il a fini sa pénible confession, Annabelle tend le bras et déplie les doigts au fur et à mesure.

— Que je résume, Antoine. Premièrement, je t'avais demandé de ne pas interférer dans ma situation. Tu devais être mon ami, mon amant, voire mon confident, mais en aucun cas, tu ne devais agir dans mon dos. Deuxièmement, tu me donnes la singulière sensation de te servir de moi afin de régler un vieux contentieux avec Cédric. Le coup de l'erreur médicale et du procès, tu ne m'ôteras pas de l'idée qu'il y a de la vieille rancœur professionnelle derrière. Troisièmement, j'apprends que, à la suite de tes manigances, Cédric était prêt à un arrangement. Arrangement que tu t'es bien gardé de me rapporter, et pour lequel tu as répondu à ma place. À ma place, Antoine !

— Annabelle, je...

— Tais-toi, je n'ai pas fini ! Quatrièmement, je me retrouve donc à l'arrivée embarquée malgré moi dans un règlement de comptes qui mélange le personnel et le professionnel avec, dans la balance, la vie de mon petit frère, le tout, sans que j'aie voix au chapitre. La conclusion ?

— Je ne sais pas quoi te dire.

— Mais tu l'as déjà fait tout à l'heure : je suis à toi. C'est bien comme ça que tu l'as formulé, non ? Passer de la coupe d'un tyran domestique à celle de mon libérateur ? Être redevable jusqu'au restant de mes jours de vos querelles d'ego ? Passer ma vie à dépendre de petits coqs montés sur leurs ergots ? Non mais sérieusement, tu m'as bien regardée ? Tu crois vraiment que je vais continuer à accepter qu'on parle en mon nom, qu'on prenne des décisions à ma place, et qu'on me dise quand je dois respirer, tant qu'on y est ?

Elle attrape son sac à main et en sort une carte de métro.

— Annabelle, qu'est-ce que tu fais ?

— Je rentre chez moi. Et si tu as pour deux sous de jugeote et un reste de respect me concernant, je t'interdis de me suivre ou de m'adresser la parole, tu m'as bien compris ? Je te l'interdis !

Antoine s'apprête à répondre, mais le regard d'Annabelle est si meurtrier qu'il se retient. Il n'a d'autre choix que de la regarder partir, magnifique de fureur contenue. Enjouée ou en colère, muette ou exubérante, riche ou pauvre, Annabelle Saulier sera toujours la plus belle femme du monde, celle de sa vie. Et c'est bien là tout son drame.

23

La sonnette de l'interphone ne cesse de hurler, il est à peine 9 heures. Annabelle ne veut pas sortir de son lit. Elle sait qu'il s'agit d'Antoine, il y a quinze appels en absence sur son téléphone. Elle a passé à la nuit à ruminer, à se demander pourquoi il a agi de cette façon, pourquoi il ne l'a pas prévenue, pourquoi il a pensé à sa place et pourquoi il n'est pas différent des autres...

Cédric l'a brimée toute sa vie, l'a empêchée d'être et d'exister. Quelles qu'aient été les motivations d'Antoine, elle ne peut laisser passer ça, accepter d'être ridiculisée en public, encore et encore, sous prétexte qu'on veut la protéger et qu'on sait mieux qu'elle ce qui est bien pour elle. De quoi a-t-elle eu l'air devant les Berthier ? Non, en réalité, Annabelle se fiche bien de ce qu'on pense d'elle, pourvu qu'elle soit à l'origine de l'image qu'elle donne. Depuis cinq mois, sa vie a pris un nouveau tournant ; elle ne veut pas, ne veut plus qu'un homme se fasse le porte-parole de la femme qu'elle est ou décidera d'être. Si Antoine ne l'a pas compris cette fois, il ne le comprendra jamais. Annabelle avait laissé passer les années jusqu'à se retrouver au point zéro. Aujourd'hui, elle veut être libre. Tant pis si elle a cru pouvoir reconstruire quelque chose avec Antoine.

La sonnette s'arrête, il s'est lassé. Alors, Annabelle se lève, le cœur aussi lourd que le découragement qui lui écrase les épaules. Albertine sort de l'hôpital ce matin. Elle sera de retour avec son petit-fils pour le déjeuner. Elle veut tout mettre en ordre avant leur arrivée.

Elle prend une douche, et en moins de trois heures, son besoin de penser à autre chose est tel que l'appartement devient plus rutilant qu'il ne l'a jamais été. Elle prend un soin tout particulier à rendre accueillante la chambre d'Albertine. Elle change les draps, organise les coussins sur le lit, jette un plaid sur le fauteuil, prend le temps d'aller chercher un bouquet de roses de Noël au coin de la rue, et le dépose sur la commode. Le tout pendant qu'un ragoût de pommes de terre et une tarte aux pommes cuisent doucement. Albertine a besoin de reprendre des forces.

À 12 h 15, une clé tourne dans la serrure, Mme Lilas est de retour. Mais le sourire d'Annabelle se fige lorsqu'elle voit la silhouette d'Antoine juste derrière Jacques.

— Nous avons ouvert à votre ami, explique Albertine, il s'apprêtait à sonner.

Elle jette un regard à Antoine et se penche sur la nonagénaire pour l'embrasser.

— Vous avez bien fait. Installez-vous, je vous retrouve dans une minute. Et bonjour, Jacques, dit-elle à son petit-fils.

Elle s'empare d'une veste sur le portemanteau, sort et referme la porte derrière elle. Le palier est désert, mais Antoine semble prendre toute la place, il a les traits tirés et pose sur elle un regard presque désespéré. Le nœud déjà présent dans le ventre d'Annabelle s'intensifie.

— Comme toi, j'ai vécu ces vingt dernières années en enfer, commence-t-il. Comme toi, je n'ai plus jamais pu ouvrir mon cœur, et comme toi, j'ai appris à me méfier. Mais nous sommes encore debout, encore là, face à face, et nous éprouvons l'un pour l'autre des sentiments qui ont traversé les ans et qui nous dépassent. Je t'aime, Annabelle, et quoi que nous ayons pu faire, ça n'a jamais changé.

— Je ne doute pas de tes sentiments, dit-elle après un long silence à étudier la sincérité indiscutable sur son visage. Mais je ne veux plus dépendre d'aucun homme. Même pas de toi.

Il tente un geste vers elle, puis se ravise.

— J'ai conscience d'avoir déconné, mais fais-moi confiance sur ce point, tout ce que je voulais, c'était te libérer de l'emprise de Cédric.

— Je le sais aussi, Antoine. Mais tu n'aurais pas dû définir à ma place que je n'étais pas en mesure de prendre moi-même une décision aussi importante.

— Annabelle... Je n'ai pas toutes les clés, je ne sais pas toujours agir correctement ou réfléchir à ce qui est mieux. C'est mon cœur qui parle. Je te veux dans ma vie, mais je te veux libre de ton passé. J'ai cru bien faire.

Elle baisse un instant les yeux et prend son souffle.

— Mais me veux-tu libre de l'avenir, Antoine ? C'est vrai, tu as voulu me délivrer de mon passé, mais en le faisant, c'est à toi et à tes propres décisions que tu m'enchaînes. Et je ne veux pas qu'on m'empêche d'exister, je ne veux plus vivre dans l'ombre de quelqu'un.

— Nom d'un chien, Annabelle ! Tu mélanges tout. Je ne veux pas décider à ta place. Oui, oui, tu as raison, j'ai agi dans ton dos et c'était stupide. Oui, l'orgueil m'a sans doute motivé plus que je ne veux bien l'admettre, mais non, je n'ai jamais eu et n'aurai jamais l'intention de faire de toi une ombre. Je veux te soutenir, t'aider, pas te soumettre à ma soi-disant toute-puissance masculine. Et j'ai besoin de toi, moi aussi. J'ai besoin d'une partenaire, et toi, ça fait vingt ans que je t'espère.

Quand il parle comme ça, c'est toute son âme qui se déchire, mais Annabelle ne peut pas. Quelque chose au fond d'elle se bat contre tout ce qu'Antoine représente malgré lui : des années de souffrance et d'abdication à n'appartenir qu'à des souvenirs. L'ombre de Cédric sera toujours entre eux, réveillera toujours les démons qui les ont possédés pendant vingt ans. Et même si Antoine est plus grand que ça, même si son amour pour elle est plus fort que la souffrance endurée toutes ces années, même si elle l'aime à en crever, Annabelle sent au plus profond d'elle-même qu'elle ne sera plus jamais capable d'avoir confiance en un homme.

— Tu as besoin de temps, continue-t-il d'une voix douce qui la meurtrit davantage.

Elle secoue la tête et enfonce les ongles dans ses paumes pour ne pas trembler.

— Nous avons eu tort.

— Tort ? répète-t-il.

— Renouer était une erreur. Nous n'aurions jamais dû croire que c'était possible. Je...

— Qu'est-ce que tu racontes, Annabelle ? Nous nous aimons, tout est possible au contraire. Il n'y a aucune blessure que nous ne puissions soigner si on est unis.

Elle lève sur lui des yeux tourmentés.

— Nous avons souffert ensemble, il y a vingt ans, puis chacun de notre côté, tous deux touchés par la même maladie. Je crois que tu le sais aussi bien que moi : nous ne pouvons pas être à la fois une partie du problème *et* la solution. C'est voué à l'échec.

Le regard d'Antoine se durcit d'un coup.

— Alors quoi ? On arrête là ? On ne voit pas plus loin que les apparences ? On s'est attendus toutes ces années, on s'est retrouvés, mais parce que tu es morte de trouille à l'idée de ne pas redevenir la femme que tu étais à dix-neuf ans, tu ne veux prendre aucun risque ? Eh bien, je vais t'apprendre un truc, Annabelle : c'est ce que tu penses qui est voué à l'échec. Tu n'auras plus jamais vingt ans.

— Je sais...

Antoine laisse encore passer quelques secondes, sans doute attend-il qu'elle change d'avis, qu'elle dise quelque chose, mais elle en est incapable.

— Je ne vais pas rester là à m'humilier pendant des heures. Je m'en vais. Tu m'as largué comme une merde il y a vingt ans, et si aujourd'hui, tu fais preuve d'un peu plus de classe, sache que cette fois, je ne reviendrai pas. Je te souhaite le meilleur, Annabelle, mais je ne veux plus jamais te revoir.

Il plante son regard dans le sien comme pour enregistrer une dernière image d'elle, puis tourne les talons et descend les escaliers.

— Antoine… murmure-t-elle.

Mais il ne s'arrête pas.

C'est fini.

*

La vie continue, flottante, incertaine et sans éclat. Annabelle passe les trois mois suivants à jongler entre son travail au Néon d'argent et Albertine. Elle s'est arrangée avec Éric pour faire un peu moins d'heures, et avec son collègue Patrice pour prendre sa place l'après-midi. Ça lui permet d'être auprès de la vieille dame chaque soir.

Albertine, elle, n'a jamais retrouvé l'entrain qui précédait sa dernière hospitalisation. Elle est devenue craintive et se fatigue très vite. La nonagénaire qui aimait tant se balader au parc Monceau refuse de sortir si ce n'est pour se rendre chez le médecin. Alors, Annabelle lui trouve d'autres occupations. Elle regarde la télé, fait du crochet, plonge encore et encore dans ses vieilles photos. Les journées sont longues et se ressemblent toutes...

Quant à Antoine... fidèle à sa promesse, il ne lui a plus jamais donné de nouvelles, et elle n'a pas non plus essayé de le contacter. Alors qu'il aurait dû s'estomper, le manque se creuse un peu plus au fur et à mesure des jours, et chaque semaine qui passe lui prouve à quel point le vide n'est pas près de se combler. Mais pour guérir de son passé, il faut qu'elle l'endigue, lui donne moins d'importance. Il lui faudra du temps. En attendant, Annabelle se nourrit d'Albertine, de ses parents, de son frère, et évite de faire des projets, vivant au jour le jour. Elle a sûrement tort.

Ce matin-là, elle a rendez-vous avec Jane Stewart, chez De Bérail & Stewart.

Les dernières nouvelles de son divorce avec Cédric remontent à fin février. Annabelle ne voulait plus avoir de relation avec lui, mais Jane a insisté pour qu'Annabelle arrête de se sentir coupable et redevable, et réclame ce qui lui est dû. Elle a contacté l'avocat de Cédric pour le convaincre de faire demander l'annulation du gel des paiements de pension à l'institut auprès du juge. Elle avait insisté sur le fait qu'un divorce *clean* pourrait jouer en sa faveur dans l'affaire du dossier médical falsifié. Dans les faits, Cédric est dans la tourmente et risque de ne pas s'en sortir sans dommages, alors Jane a beaucoup misé sur un revirement de situation. C'est aujourd'hui qu'Annabelle saura si oui ou non ses arguments ont porté leurs fruits. Ce qu'elle espère de toutes ses forces.

Les Saulier ont encore un peu de temps devant eux, mais la donation de Mme Lilas s'épuise chaque mois un peu plus, ils devront trouver une solution au plus vite. Dans ce sens, Jane a également demandé une prestation compensatoire pour Annabelle, tenant compte du fait que, depuis huit mois, celle-ci n'a pas eu accès aux comptes communs et encore moins au domicile conjugal. Qu'elle a dû repartir de rien et sans pouvoir jouir de ce qui avait été acheté hors contrat de mariage.

Mais tout ceci dépasse Annabelle, en être arrivée là la rend malade. Et puis, elle ne veut pas recevoir d'argent de Cédric pour son compte personnel, parce qu'elle a conscience que, d'une certaine façon, il la lierait toujours à lui. Alors, si Jane obtient ce qu'elle a demandé, Annabelle veillera à ce que tout soit versé sur un compte, pour Charles, afin que ses derrières années à l'institut soient assurées.

Annabelle respire un grand coup et passe la porte du cabinet.

Elle est reçue par une jeune femme vêtue d'une robe fleurie. Elle la fait patienter en salle d'attente, lui assurant que maître Stewart arrivera dans quelques minutes. Et en effet, Jane apparaît presque aussitôt.

— Bonjour, Annabelle, la salue-t-elle chaleureusement. Suivez-moi, je vous en prie.

La magnifique rousse la conduit dans son bureau, l'invite à s'asseoir et lui offre un café.

— J'ai de bonnes nouvelles, annonce-t-elle en s'installant derrière sa table.

— Je vous écoute.

— Je juge a fait sauter le gel des pensions et a exigé un paiement rétroactif qui sera directement versé à l'institut. Un paiement de quatre mois, donc, mars compris. Les échéances suivantes seront également honorées jusqu'au divorce.

— C'est une bonne nouvelle, dit Annabelle d'un ton neutre. Je vous remercie.

L'avocate hausse un sourcil circonspect.

— Ça n'a pas l'air de vous réjouir.

— Si, bien sûr. C'est juste que... j'ai l'impression d'être en train de profiter de la situation. Si Cédric n'était pas dans la panade, il n'aurait jamais accepté.

Jane, pourtant toujours très maîtresse d'elle-même, émet un hoquet de surprise.

— Annabelle, la loi est la loi, je ne fais que la faire respecter. Dois-je vous rappeler que votre mari s'est engagé devant notaire, il y a vingt ans ?

Personne n'a à s'excuser d'avoir utilisé toutes les cartes à jouer. Il a même été le premier à contrer.

— Certes...

— Vous vous inquiétez pour lui, c'est ça ?

Annabelle soupire.

— Je ne sais pas si je suis inquiète. Je me demande juste comment il va s'en sortir avec l'affaire Lopez. Vous savez, Cédric est ce qu'il est, mais il a toujours été un excellent chirurgien, et j'espère pour la médecine qu'il ne sera pas suspendu.

— Je ne suis pas supposée vous donner ce genre d'information, mais je vais vous en révéler une quand même. Il y a peu de chances pour que votre mari perdre son droit d'exercer. Qu'il reste directeur de clinique, c'est une autre affaire, mais sachez que la partie civile a demandé une somme rondelette et je doute que votre mari refuse de la payer si elle peut l'aider à minimiser les dégâts.

— Et le Dr Lemaire ?

— Mais c'est que vous voulez tout savoir ! s'amuse-t-elle. Il ne sera sans doute pas le plus accablé dans l'affaire, rassurez-vous. Mais revenons-en à nos moutons. Votre mari a proposé une prestation compensatoire.

— D'accord, dit Annabelle sans savoir à quelle sauce elle sera mangée.

— 500 000 euros.

Annabelle manque s'étrangler.

— C'est une somme...

— Oui, en effet, mais elle sera définitive. Les frais de l'institut Hermus ne seront plus pris en charge ensuite.

— Je comprends.

L'avocate dévisage Annabelle quelques secondes sans rien dire, puis reprend :

— Je suis désolée d'entrer dans des calculs aussi indélicats, mais la pension de votre frère s'élève à 9 000 euros par mois, soit 108 000 euros par an.

Jane sort sa calculatrice, frappe sur les touches d'un geste assuré et donne sa conclusion :

— La donation de Mme Lilas vous permettra de payer encore dix mois de pension. Le versement rétroactif de votre mari, quatre mois supplémentaires, et disons, vu la complexité du dossier, je vois large, peut-être encore six mois avant le divorce. Vous avez donc devant vous environ un an et demi de pension. Plus les 500 000 euros de prestation compensatoire, on ira jusqu'à quatre ans et demi supplémentaires.

— Je vois ce que vous voulez dire, murmure Annabelle, la gorge serrée.

Dans six ans, Charles aura trente-huit ans. Sauf complications, son pronostic vital l'emmènera au-delà de quarante ans, mais guère plus. Même pour les deux ou trois années restantes, Annabelle ne pourra jamais accepter qu'il rejoigne un centre de fin de vie.

Elle ferme les yeux pour s'éviter de pleurer, mais une larme perce le rideau de ses paupières et lui coule sur la joue. Elle l'essuie aussitôt et croise le regard attristé de Jane.

— Je sais que cette question va vous paraître déplacée, Annabelle, mais nous pouvons demander un peu plus.

— Charles peut vivre jusqu'à l'âge de quarante-trois ans, ça ferait presque le double de ce que propose Cédric.

— Il en a les moyens, tranche Jane. Et le juge sera sensible au fait que cet argent servirait à répondre aux besoins de votre frère handicapé. Bien sûr, votre mari refusera sûrement, mais m'autorisez-vous à tenter le coup ?

Annabelle ne sait pas, elle ne sait plus, mais elle acquiesce.

Jane termine de prendre des notes, puis raccompagne Annabelle. Juste avant qu'elle ne sorte des locaux, l'avocate lui pose une main sur l'épaule.

— Ce ne sont que des bonnes nouvelles, Annabelle. Tâchez de ne pas trop penser à l'avenir. À chaque jour suffit sa peine.

Annabelle lui sourit.

Elle a raison, à chaque jour suffit sa peine.

*

Les semaines suivantes, les besoins d'Albertine se font de plus en plus importants. Elle a du mal à se rendre seule aux toilettes, ou à se laver. Porter une simple assiette pleine est devenu difficile et marcher l'étourdit rapidement. Jacques fait venir une infirmière chaque jour, mais l'état de sa grand-mère demande une surveillance continue.

Un jour, alors qu'elle l'a au téléphone et lui donne de ses nouvelles, Jacques lui propose d'augmenter ses heures de travail ainsi que sa rémunération pour rester avec Albertine nuit et jour. Annabelle rejette l'idée d'être davantage payée, mais elle n'a pas besoin de réfléchir très longtemps pour lui répondre. Ce sera oui. Il peut compter sur elle.

Le jeudi, après déjeuner, lorsque Annabelle arrive au Néon d'argent, c'est Éric qui est derrière le bar. Il n'y a que deux clients dans la salle, alors elle demande si elle peut lui parler en privé.

Elle lui explique la situation et lui annonce qu'elle ne pourra pas continuer à travailler ici. Éric est très compréhensif et lui avoue qu'il n'avait pas misé sur elle sur le long terme, mais que si, pour une raison ou pour une autre, elle avait de nouveau besoin de travailler, le Néon lui serait toujours ouvert.

Une semaine de préavis, c'est tout ce qu'il lui demande. C'est pour la remercier du coup de pouce « Jane Stewart ». Sans son intervention, le Néon d'argent ne s'en serait pas sorti.

Annabelle quitte le bar après son service, à 18 h 30. Il fait beau, elle décide de marcher un peu avant de prendre le métro.

Quelques rues plus loin, un fleuriste est encore ouvert, elle s'y rend pour acheter un bouquet de pivoines pour Albertine. La saison est un peu en avance, et elle les adore.

Annabelle pénètre dans le magasin et s'agenouille pour humer les boutons de fleurs odorants. La vendeuse la rejoint et lui fait choisir les meilleures tiges, puis va constituer le bouquet dans l'arrière-boutique. Annabelle se retourne et s'immobilise brusquement. De l'autre côté de la rue, sur le trottoir, juste devant la vitrine d'un bouquiniste, se tient Antoine.

Elle ne l'a pas vu depuis trois mois et demi, alors l'apercevoir ici lui fait un choc. Comme animée par une énergie qu'elle ne contrôle pas, Annabelle ouvre la porte de la boutique et reste plantée devant, à le regarder. Puis il se retourne et la voit.

Il se passe un long moment où ils se dévisagent sans bouger. Elle a envie de dire quelque chose, de faire un pas vers lui, mais elle n'y arrive pas. Ses pieds sont comme cloués au sol.

L'électrochoc arrive lorsqu'une femme sort de chez le bouquiniste. Une brune longiligne. Elle porte une lourde encyclopédie reliée.

Antoine regarde toujours Annabelle, puis la femme s'approche de lui, tout sourire, lui embrasse la joue et le prend par le bras avant d'avancer sur le trottoir.

Antoine tourne la tête dans sa direction, lui jette un dernier regard, puis c'est fini.

Le cœur d'Annabelle se comprime.

Il a quelqu'un...

Elle pourrait se dire qu'elle n'aurait jamais cru que ça lui fasse aussi mal, mais c'est faux. Elle a toujours su que s'il refaisait sa vie, elle ne le supporterait pas. Annabelle se sent comme déchirée de part en part, vide et abandonnée.

— Madame ? Votre bouquet est prêt.

La respiration heurtée, elle se retourne sur la vendeuse et s'efforce de sourire.

— Je vous remercie.

Annabelle paie les fleurs et s'en va, le pas incertain. Une page de sa vie vient définitivement de se tourner.

24

Il s'est écoulé trois semaines depuis qu'Annabelle travaille à plein temps pour Albertine. Sa bonne fée ne mange presque plus. Ses repas se résument à quelques bouchées, par-ci par-là. Elle n'a plus beaucoup d'énergie et refuse catégoriquement de sortir. Même le médecin se déplace pour l'ausculter, désormais. Quand Annabelle lui demande ce qu'elle veut faire, Albertine répond qu'elle n'a envie de rien, ou alors qu'elle veut juste regarder ses photos.

Annabelle les connaît par cœur tant elles les ont usées au bout de leurs doigts. Albertine est mélancolique, elle pense beaucoup à sa fille Ghislaine, et plusieurs fois, alors qu'Annabelle ne l'avait jamais entendue le dire, elle a exprimé qu'elle lui manquait.

Jacques est inquiet et Annabelle ne peut rien lui dire qui ferait diminuer ses craintes. Alors, il a décidé de venir sous quinze jours, pour l'anniversaire d'Albertine – elle est née le 15 mai – et de rester jusqu'à ce que sa grand-mère se porte mieux. Mais est-il seulement possible de l'envisager ? Albertine aura quatre-vingt-douze ans le mois prochain, son corps est fatigué et son esprit ne demande qu'à se reposer.

Quand Annabelle pense à ce que sera la vie sans elle, son cœur se serre. Albertine a pris tant de place. Tout son univers tourne autour d'elle, désormais, et ses journées sont rythmées selon ses besoins et ses envies. Parfois, elles s'installent dans le canapé, regardent un téléfilm, et Annabelle s'endort, souvent réveillée par la main d'Albertine qui lui caresse la cuisse ou le bras.

Annabelle a toujours su qu'Albertine était particulière pour elle. Quand elle s'occupait de plusieurs usagers, la nonagénaire était de loin sa préférée, mais jamais elle n'aurait pensé que de leur amitié naîtrait un amour aussi grand. Annabelle a tant reçu de cette vieille dame ; de la joie, de l'affection, de l'aide, de la tendresse, qu'elle n'a qu'une crainte, la voir s'endormir avant d'avoir pu lui donner autant.

Un après-midi, Annabelle rend visite à Charles et ce dernier lui dit qu'il aimerait rencontrer sa bienfaitrice. Annabelle lui explique que Mme Lilas est bien trop fatiguée pour faire le déplacement et que faire monter Charles dans l'ascenseur de l'immeuble sera mission impossible. Comme il a quand même très envie de la remercier, il décide alors de faire une vidéo dans laquelle il lui exprimera toute sa gratitude.

Annabelle trouve l'idée merveilleuse. Elle le filme avec son téléphone portable, garde toutes les séances où il bafouille, celles où il jure parce que sa sœur lui fait des grimaces pour le déconcentrer, puis elle montre la vidéo à Albertine.

Mme Lilas a toujours été une femme solide et maîtresse d'elle-même, mais à la vue de Charles dans son immense fauteuil, de son visage réjoui et de son œil pétillant, elle est submergée d'émotion et se met à pleurer à chaudes larmes. Puis elle se prête au jeu à son tour, et se laisse filmer pour répondre à Charles, lui répétant vingt fois à quel point elle est heureuse de lui avoir apporté son aide.

Annabelle sait que le compte à rebours a commencé, que ces vidéos sont précieuses, et que dans dix ou quinze ans, elle les regardera en se rappelant combien ces deux êtres étaient chers à son cœur et combien ils étaient exceptionnels.

Un matin, Albertine se lève avec davantage de vitalité que d'habitude. Elle demande à Annabelle si elle veut bien la coiffer. Alors, avec une douceur infinie, elle lui remonte les cheveux en un de ces chignons que la nonagénaire aime tant porter. La peau d'Albertine est si fine qu'Annabelle a peur de la blesser en plantant les épingles dans ses mèches argentées. Mais Albertine sourit, elle se trouve jolie, elle met même un peu de fard sur ses joues. Puis Annabelle l'aide à s'installer dans son fauteuil vert.

— Il fait très beau, vous voulez bien ouvrir les croisées ? lui demande Albertine. J'aimerais profiter du soleil.

Annabelle s'exécute. Depuis la fenêtre, le paysage est magnifique. Le printemps a habillé le parc Monceau de mille fleurs et de différentes tonalités de vert.

— Vous vous sentez mieux, aujourd'hui, fait-elle remarquer en glissant un châle crocheté sur les épaules d'Albertine.

Laquelle sourit.

— C'est parce que je suis bien entourée. Savez-vous ce qui me ferait plaisir ?

— Non, dites-moi.

— Que vous me fassiez des lasagnes et une tarte aux pommes. Je n'en mangerai pas beaucoup, mais j'en ai très envie.

Ce regain d'énergie remplit Annabelle de joie.

— Ah, mais voilà une merveilleuse idée ! Il faut juste que j'aille chercher quelques ingrédients à la supérette, je n'en ai pas pour longtemps.

— Je suis bien installée et ne m'envolerai pas, lui assure Mme Lilas. Gardez bien les factures pour que je vous rembourse, d'accord ?

Annabelle sourit. Albertine a toujours la même rengaine quand elle part faire des courses, mais Annabelle fait chaque fois mine de les avoir perdues et de ne pas se souvenir du montant dépensé. C'est son plaisir à elle.

— À tout de suite, lui dit-elle en l'embrassant sur le front.

Annabelle quitte l'appartement d'un pas guilleret et ne prend pas l'ascenseur, juste pour le plaisir de sautiller sur les marches.

Elle gagne rapidement la supérette, commence à faire ses courses quand la messagerie de son téléphone retentit. Son cœur fait un bond, c'est un message d'Antoine.

Je suis à deux pas du parc Monceau. Aurais-tu quelques minutes à m'accorder ? Antoine

De quoi veut-il lui parler ? Ce n'est certainement pas une visite de courtoisie. Il a été très clair lors de leur dernier rendez-vous, il a dit ne plus jamais vouloir la voir. Ça doit être important. En rapport avec Cédric peut-être ? Le procès aura lieu la semaine prochaine, ça doit être ça, sûrement. Annabelle a les mains tremblantes quand elle répond.

J'ai très peu de temps, mais je suis au Monoprix, rue de Lisbonne. On peut se retrouver devant dans cinq minutes, si tu le souhaites.

Très bien. À tout de suite.

Il ne lui reste que quelques ingrédients à récupérer, mais elle en achète beaucoup plus, les empile dans son sac sans réfléchir tant elle est nerveuse. Prenant conscience de ce qu'elle fait, Annabelle tente de se calmer, inspire profondément et tâche de faire s'atténuer le nœud qui se forme dans son estomac et l'adrénaline qui lui comprime le ventre. Depuis qu'elle l'a croisé, quelques semaines plus tôt, elle est hantée par la femme qu'il accompagnait. Elle veut savoir, entendre de sa bouche qu'il a trouvé quelqu'un. Oh, elle en souffrira, mais peut-être qu'ensuite, elle pourra faire définitivement son deuil.

Annabelle se dirige vers la caisse et paie ses courses avant de les mettre dans son cabas. Quand elle sort, Antoine n'est pas encore arrivé. Comme il y a beaucoup de voitures garées de ce côté-ci de la route, elle traverse et se met en évidence à côté de l'arrêt de bus. La voiture d'Antoine stoppe à son niveau. Il se penche et ouvre la portière passager.

— Monte, je n'arrive pas à me garer.

Prise au dépourvu, elle s'exécute, attache sa ceinture d'une main tremblante et pose son cabas sur ses genoux.

— Je suis désolée, Mme Lilas m'attend, je ne pourrai pas rester longtemps.

— Je n'ai besoin que de quelques minutes, dit-il sans la regarder.

Il bifurque dans une rue à droite et fait le tour du pâté de maisons pour la ramener avenue Ruysdaël. Il arrête sa voiture en double file devant l'immeuble de Mme Lilas, serre le frein à main et se tourne vers Annabelle.

Elle ne respire plus.

— C'était ma sœur.

— Co... comment ? bégaie-t-elle.

— La femme avec qui tu m'as vu, c'était ma sœur.

Quelque chose se rompt en Annabelle, un soulagement tel qu'elle se mettrait presque à pleurer, mais elle se retient et essaie de comprendre pourquoi il se justifie, pourquoi il le lui dit au bout de trois semaines, pourquoi il est là.

— Je... OK.

— Elle pesait trente kilos de plus quand nous étions ensemble, toi et moi, tu n'as pas dû la reconnaître.

— Je... oui, c'est vrai. Elle a beaucoup changé.

Un silence pesant s'installe pendant lequel Antoine la dévisage. Elle déglutit.

— C'est ce que tu voulais me dire ?

— Oui.

— Pourquoi ?

— Parce que je ne supporte pas l'idée que tu puisses imaginer que j'aie trouvé quelqu'un d'autre.

Elle baisse les yeux et serre plus fort son sac de courses contre elle.

— Voilà, c'est tout, conclut-il.

— D'accord.

Elle voudrait prolonger le moment, lui parler de son travail, de Cédric, n'importe quoi pour rester un peu plus avec lui, mais elle ne le fait pas. Elle se détache et actionne la poignée pour sortir.

— Annabelle... dit-il alors qu'elle a déjà un pied dehors.

— Oui ?

— Prends soin de toi.

Les larmes menacent de couler. Elle s'y refuse. Pas devant lui. Alors elle acquiesce, s'extirpe de la voiture et referme la portière.

Avant de pénétrer dans l'allée, elle jette un dernier regard derrière elle, la voiture d'Antoine n'a pas bougé.

Ce moment est douloureux. Ce n'est pas lui le problème, c'est elle. Elle et ses démons, ses craintes, son impossibilité d'avancer dans le bon sens et son manque de confiance. Pourquoi est-il venu ? Parce qu'il l'aime. Parce qu'il veut qu'elle le sache. Parce qu'il ne supporte pas l'idée qu'elle puisse imaginer qu'il l'a déjà oubliée et remplacée. Alors qu'est-ce qui ne tourne pas rond, chez elle ? Pourquoi les fait-elle souffrir autant alors que ce qu'elle éprouve pour lui est en tout point identique à ce qu'il ressent pour elle ?

De rage, en colère contre elle-même, elle monte les quatre étages jusqu'à l'appartement d'Albertine et, juste avant d'ouvrir la porte, se compose un visage souriant. Mme Lilas va mieux, aujourd'hui, il n'est pas question de laisser ses états d'âme gâcher une occasion rare de la voir sourire. Peut-être qu'elles pourraient même aller faire deux ou trois pas dans le parc si elle en est capable.

— Je suis revenue ! lance Annabelle en posant les courses dans la cuisine.

Elle revient dans le salon, Albertine est toujours dans son fauteuil tourné vers le parc.

— J'ai pris plus de choses qu'il n'en faut. Je vais vous préparer un repas de reine !

Comme Albertine ne répond pas, Annabelle s'approche. Elle s'est endormie.

Le soleil tape sur le fauteuil, Annabelle ne referme pas la fenêtre, mais resserre le châle sur les épaules d'Albertine, s'attendant à la sortir du sommeil. Mais la vieille dame ne réagit pas et le cœur d'Annabelle s'arrête.

— Albertine ?

Rien.

— Albertine ? répète-t-elle en la secouant un peu. Madame Lilas ?

Un torrent d'angoisse emporte Annabelle. Les mains tremblantes, elle récupère son téléphone dans son sac et envoie un message à Antoine.

C'est Albertine... Viens vite.

Antoine vient tout juste de redémarrer quand il reçoit le message d'Annabelle. Il arrête de nouveau sa voiture, met les warnings, prend sa sacoche dans le coffre et se précipite vers l'immeuble. Il ne sait pas ce qui se passe, mais Albertine, c'est la dame avec qui Annabelle vit, et celle-ci a déjà été sujette à plusieurs malaises. Quand il sonne à l'interphone, il se félicite de toujours avoir avec lui sa valisette de secours.

Annabelle lui ouvre. Il monte les marches quatre à quatre, la porte est déjà ouverte quand il atteint le palier. Il pénètre dans l'appartement.

— Annabelle ?

Son amour de jeunesse apparaît, elle a les yeux rougis et de grosses larmes lui coulent sur les joues.

— Elle ne respire plus... dit-elle quand il la prend dans ses bras.

— Où est-elle ?

— Dans le salon...

Il embrasse Annabelle sur le front et se détache pour aller voir Albertine.

Elle semble paisiblement endormie, le visage détendu et les lèvres entrouvertes. Il n'a pas besoin de prendre son pouls pour savoir qu'elle s'est éteinte, mais il le fait par acquit de conscience. Puis il se tourne vers Annabelle qui ne cesse de pleurer.

— Elle est partie...

— Mais elle allait mieux, ce matin, sanglote-t-elle. Elle m'a demandé de la coiffer et de lui préparer des lasagnes. Je suis sortie pour faire des courses...

— Je suis désolé.

— Elle est morte toute seule ! pleure-t-elle de plus belle.

Que dire ? La vie est ainsi faite. S'il n'était pas aussi cartésien, il dirait que les gens sentent leur dernière heure venue. Combien de fois a-t-il vu un regain d'énergie chez ses patients avant qu'ils ne s'éteignent ? Combien de fois a-t-il deviné en eux le besoin de partir seuls, loin des regards attristés ?

Mme Lilas avait sans doute senti la mort la frôler, et elle était prête à l'accueillir.

— Je... je dois prévenir son petit-fils, dit Annabelle en reniflant. Il va être effondré, il devait arriver à la fin de la semaine. Albertine aurait fêté son anniversaire dans quelques jours...

La mort choisit toujours mal son heure. C'est ainsi.

Antoine se charge d'appeler le SAMU. Puis il se tourne vers les fenêtres donnant sur le parc qu'admirait Mme Lilas avant de s'éteindre, en se disant que peut-être, son âme demeurera quelque part, par là.

*

Annabelle a perdu bien plus qu'un employeur et qu'un travail confortable. Elle a connu Albertine moins d'une année, mais elle a l'impression que c'est toute sa vie qui en a été chamboulée. La vieille dame aura laissé en elle une empreinte indélébile.

Albertine Petit, épouse Lilas, a été inhumée ce matin au cimetière du 17e arrondissement de Paris, la veille de ses quatre-vingt-douze ans, dans le caveau familial. Étant donné son grand âge, elle n'avait plus beaucoup d'amis, mais des voisins, des commerçants, les enfants et petits-enfants de ceux qui sont partis avant elle étaient présents pour lui rendre un dernier hommage. Jacques, son petit-fils, était aussi affecté que rongé par la culpabilité. Il a dit que si son travail lui avait tout donné, il lui a aussi pris un temps précieux qu'il regrette d'avoir cédé. Annabelle a longtemps réfléchi à cette phrase prononcée par lui, à l'église, dans une dernière lettre écrite à sa grand-mère. Elle en a eu le cœur serré. Oui, le temps fuit et emporte avec lui tout ce qu'on laisse échapper. Et elle ? Qu'est-elle en train d'abandonner ?

Selon les dernières volontés d'Albertine, Annabelle pourra rester dans l'appartement autant de temps qu'elle le voudra, mais elle en est incapable. Alors, elle est en train de plier ses vêtements, de réunir ses affaires, de sentir une dernière fois l'odeur du parfum d'Albertine encore présent dans chaque pièce. Elle va tant lui manquer.

Annabelle gagne le salon avec une valise de plus que quand elle est arrivée ici. Jacques et Antoine l'attendent. Ce dernier ne l'a pas lâchée depuis la mort d'Albertine, et aujourd'hui encore, il est là pour la soutenir et l'accompagner chez ses parents où elle restera le temps de trouver un logement. Quant à Jacques, il fait un effort considérable pour rester digne et droit, mais il a besoin de rester seul pour permettre à son chagrin de s'exprimer.

— Merci pour tout ce que vous avez fait pour ma grand-mère, déclare-t-il à Annabelle.

— Ce n'était pas plus un travail qu'un sacrifice ou un devoir. Je l'aimais profondément et j'ai adoré chaque minute passée avec elle.

— Et elle le savait.

Elle lui sourit. Elle a, en tout cas, fait de son mieux pour qu'Albertine le sache.

— Je vais rester une semaine ou deux pour mettre en ordre différentes formalités administratives. Je vous recontacte très vite pour votre solde de tout compte.

— Ne vous inquiétez pas pour ça, le rassure Annabelle. Et si, dans l'intervalle, vous avez besoin de quoi que ce soit, n'hésitez pas à me contacter.

— Merci, Annabelle, à bientôt, dit-il en lui tendant la main.

— À bientôt, Jacques.

Jacques et Antoine se saluent aussi, puis Antoine porte les valises d'Annabelle jusqu'à la voiture. Lorsqu'elle s'est installée sur le siège passager, elle se tourne vers lui.

— Merci pour ton aide.

— Je t'en prie, c'est normal. Comment te senstu ?

Annabelle soupire. Elle a les traits tirés, les yeux rougis, le cœur lourd.

— Vide. J'ai perdu une amie chère. Mais la vie continue.

— Oui, dit-il en posant sur elle un regard bienveillant. La vie continue.

Elle lui sourit, ils se regardent, conscients qu'une attirance indestructible, insensée et électrique les a toujours poussés l'un vers l'autre. Quand ils étaient ensemble, un désir explosif les tenaillait. Et c'est encore lui qui brûle en ce moment même alors que le moment s'y prête peu. Elle a envie de se serrer contre lui, de sentir la chaleur de ses bras, de se perdre contre sa peau et de tout oublier. Et elle sait, elle sait qu'il ressent la même chose.

— Antoine... commence-t-elle. Tu sais ce que j'éprouve pour toi, je n'ai jamais réussi à le cacher. Il n'y a pas un jour sans que je ne pense à toi, mais je ne suis pas prête à dépendre de quelqu'un.

Il est sur le point de dire quelque chose, puis se ravise, conscient qu'elle n'a pas fini de parler.

— Je sais aussi que me caler sous ton aile pour m'empêcher de voler n'est pas ton intention, que tu n'es pas comme Cédric, mais il faut que ça vienne de moi. Il faut que j'arrive à briser moi-même mes chaînes et que j'aie de nouveau confiance. J'ai conscience que je te demande beaucoup, et tu n'es pas obligé de souffrir autant, mais s'il te plaît, attends-moi...

Antoine la regarde longuement, puis il lâche, telle une bombe dans un océan de silence :

— Je ne peux pas. Je t'ai déjà trop attendue.

— Je comprends, dit-elle, le cœur brisé, en baissant les yeux.

Les mâchoires d'Antoine sont crispées. Il se retient pour ne pas en dire davantage, comme s'il voulait éviter que les mots la blessent.

Alors, il appuie sur le bouton de contact, s'accroche à son volant et prend la route. Ils ne décrochent plus un mot.

Quand ils arrivent chez les parents d'Annabelle, il refuse de descendre de la voiture. Elle n'insiste pas. Il ne les a pas vus depuis vingt ans, alors à quoi bon ?

Annabelle lui embrasse la joue avant qu'il ne remonte dans son véhicule.

— Merci.

25

Fin mai

Annabelle ne comprend pas trop pourquoi on lui a donné rendez-vous dans cette étude notariale du 1er arrondissement. Du moins, si elle se doute qu'Albertine n'est pas étrangère à cette situation, elle ne sait pas précisément de quoi il retourne.

Dans la salle d'attente, Jacques, le petit-fils d'Albertine, semble très détendu. À n'en point douter, il sait déjà pourquoi Annabelle a été convoquée.

— Tout va bien se passer, lui souffle-t-il quand ils entrent dans le bureau de Me Ruben.

Le notaire, un sexagénaire petit et rondouillet, prend place derrière un massif bureau en chêne et les invite à s'asseoir.

— Cher maître, dit-il à l'attention de Jacques, je vous remercie de vous être libéré et déplore de ne pas avoir pu vous recevoir pendant que vous étiez encore à Paris. L'administration française est bien plus lente et tatillonne qu'il n'y paraît.

Jacques sourit.

— Cher maître Ruben, il n'y a bien que vous pour croire le contraire. Mais je vous rassure, voyager en avion est devenu aussi simple que prendre le train. Je serai de retour à Saint-Paul-de-Vence dès ce soir.

— Bien ! Madame Berckin, continue ce dernier en se tournant vers Annabelle, je vous remercie de vous être déplacée. Je suppose que vous avez laissé vos papiers d'identité à ma secrétaire ?

— Tout à fait.

Il chausse des petites lunettes rondes et se saisit de la paperasse placée devant lui.

— Nous allons donc procéder à la lecture du testament de Mme Petit Albertine, épouse Lilas. Mais avant cela, j'ai besoin de vérifier deux ou trois données avec vous, madame. Vous êtes en instance de divorce, n'est-ce pas ?

— Tout à fait, celui-ci devrait être prononcé le 14 juin.

Dans deux semaines.

Le procès de Cédric contre Gérard Lopez l'a considérablement affaibli. Annabelle ne sait toujours pas si la demande de revalorisation de la prestation compensatoire sera acceptée, mais Cédric a montré une volonté de ne pas courir deux lièvres à la fois et d'accorder à Annabelle un divorce rapide, presque à l'amiable.

— Très bien, dit Me Ruben. Mme Lilas voulait s'assurer que vous soyez libérée de toute obligation maritale, c'est pourquoi une partie de l'héritage qui vous revient ne vous sera remise que passée la date de votre divorce.

Annabelle blanchit et cherche le regard de Jacques.

— Une partie de l'héritage ?

— Ma grand-mère vous a couchée sur son testament, Annabelle, c'est la raison de votre présence ici. Je pensais que vous l'aviez compris.

— Oui, mais... je pensais qu'il s'agissait de me léguer un objet ou de me transmettre un message, pas de... Jacques, les biens de votre grand-mère vous reviennent. Je la connaissais depuis trop peu de temps, je ne devrais pas être ici.

— Ma chère Annabelle, ce n'est pas plus à vous qu'à moi d'en décider. Ma grand-mère avait toute sa tête et jamais je ne me serais opposé à ses dernières volontés.

Le notaire toussote.

— Madame Berckin, sachez que vous avez le droit de refuser cet héritage. En attendant, avant de faire des plans sur la comète, si vous le voulez bien, nous allons procéder à la lecture dudit testament.

Annabelle prend sa respiration et accorde toute son attention à ce qui va être lu.

Elle a toujours su qu'Albertine avait hérité d'une grande fortune de sa famille, mais Annabelle était bien loin de la vérité. Toute sa vie, Albertine aurait pu ne jamais travailler et vivre uniquement de ce que lui rapportaient les nombreux appartements dont elle était propriétaire. Annabelle écoute Me Ruben faire la liste des capitaux immobiliers et mobiliers – dividendes d'actions, placements divers, épargne et assurance vie – que possédait la vieille dame et dont hérite Jacques. Quand elle était en vie, c'est Jacques qui administrait sa fortune, Albertine n'avait aucune dette.

Puis vient le tour d'Annabelle. Elle hérite d'un appartement de 70 mètres carrés, un F3 rue Sainte-Anne, dans le 1er arrondissement, inoccupé depuis cinq ans. Mme Lilas a aussi tenu à ce que la somme de 30 000 euros soit versée sur le compte de l'association créée par les Saulier, pour Charles. Et enfin, dans l'hypothèse où Annabelle perdrait subitement son emploi de dame de compagnie en raison du décès d'Albertine, une indemnité compensatoire de 60 000 euros lui serait versée.

Annabelle en reste sans voix, comme immobilisée sur sa chaise.

— Compte tenu de votre situation maritale, lui rappelle Me Rubens, la propriété du bien ne prendra effet qu'après votre divorce officiel. Le versement de vos indemnités compensatoires ainsi que le don fait à l'association « Charles pour la vie » seront effectifs ce jour. Un chèque de banque vous sera remis par mon clerc, le versement à l'association est en cours. Monsieur Lilas, madame Berckin, avez-vous des questions ?

Lorsque Annabelle sort de l'étude notariale avec Jacques, un sentiment de légèreté et de lourdeur mêlées l'empêche de respirer correctement. Jacques la sent fébrile et la prend par le bras.

— Chère Annabelle, ma grand-mère avait pour habitude de dire que rien dans la vie n'est le fait du hasard. Elle croyait profondément à la destinée. Savez-vous ce qu'elle m'a dit à votre sujet après votre premier après-midi ensemble ?

Annabelle secoue la tête. Elle a la gorge si sèche.

— Qu'elle voyait ma mère dans votre regard et dans vos gestes. Elle était certaine que vous auriez une grande importance dans sa vie.

Annabelle avale sa salive, retenant à peine ses larmes.

— Je n'ai pas le sentiment d'avoir mérité quoi que ce soit ni de devoir être récompensée pour les quelques instants de bonheur que je lui ai apportés, parce que... elle m'en a offert tellement plus. Votre grand-mère est arrivée dans un moment de ma vie où je côtoyais le désespoir. Elle a été mon phare dans la nuit ; après elle, plus rien n'a été pareil. Elle me manque tellement...

Jacques sourit.

— Elle vous aimait infiniment et elle a voulu que vous le sachiez.

Il regarde sa montre et sort son téléphone portable.

— Je dois appeler un taxi maintenant si je veux pouvoir prendre mon vol, s'explique-t-il en pianotant sur son smartphone. Voilà, dans dix minutes !

Il regarde Annabelle en souriant et fouille dans la poche intérieure de sa veste.

— Juste une dernière chose. Vous ne pourrez pas vivre dans l'appartement dont vous avez hérité avant que tous les papiers ne soient en règle, mais vous pouvez quand même y aller pour y jeter un œil.

Et il lui tend un trousseau de clés.

— Je... merci, dit Annabelle d'une voix rendue toute petite par l'émotion.

— Je suis heureux d'avoir croisé votre route, Annabelle. J'espère que nous aurons l'occasion de nous revoir.

— Je l'espère aussi, Jacques, lui dit-elle en lui serrant la main chaleureusement. À bientôt.

Les clés de l'appartement dans les mains, Annabelle est encore chamboulée par tout ça, elle a du mal à croire que son destin ait pu prendre une telle direction. Bien sûr, elle a perdu une personne chère à son cœur, et elle se retrouve de nouveau sans travail, mais elle réalise que personne avant Albertine ne lui avait jamais témoigné une telle reconnaissance.

La respiration un peu saccadée, elle regarde le trousseau de clés, l'adresse est annotée sur une étiquette. L'appartement dont elle a hérité est à deux pas, vingt petites minutes à pied. Elle ne résiste pas à l'envie de s'y rendre, et marche en serrant contre elle les documents que lui a remis Me Ruben, consciente d'avoir une chance, grâce à Albertine, de se reconstruire dans les meilleures conditions.

Le quartier est très animé, à deux pas du jardin des Tuileries, et regorge de boutiques en tout genre et de restaurants japonais. Annabelle pousse la porte du 11 bis et emprunte l'ascenseur jusqu'au troisième étage. Sur le palier, une seule porte voisine.

Elle entre dans un hall assez vaste. Pas de lumière, l'électricité ne fonctionne pas. Annabelle traverse la pièce à vivre, ouvre les volets intérieurs pour mieux y voir, les fenêtres donnent sur un petit balcon qui se jette sur la rue Sainte-Anne. La peinture est défraîchie, mais les moulures au plafond sont en excellent état, et le parquet, un peu usé, donne du cachet à la pièce. Elle continue sa visite et longe le couloir distribuant deux chambres et une salle de bains. C'est spacieux, en relatif bon état, et toute une partie de l'appartement donne sur la cour intérieure, à l'abri des brouhahas de la rue. Elle se voit vivre ici. Elle l'imagine, cet appartement, meublé et décoré, respirant la sérénité et la liberté.

Annabelle inspire un grand coup et laisse échapper un rire nerveux, toute proche de fondre en larmes. Ce qui se passe est irréel. Il lui a fallu prendre une seule décision importante pour que son existence tout entière se déverrouille et lui découvre des voies qu'elle n'aurait jamais espéré emprunter.

Elle revient sur ses pas et ouvre la dernière porte. Il s'agit de la cuisine. Équipée, spacieuse et propre, ce sera sans doute la seule pièce qui n'aura pas besoin d'être rafraîchie. Sur le plan de travail, Annabelle remarque un paquet sur lequel est posée une enveloppe. Intriguée, elle s'en approche et lit « Pour Annabelle ».

Elle la décachette, le cœur battant.

« Le véritable amour ne gèle jamais en hiver, alors pensez toujours à moi comme au printemps.

A. Lilas »

La lettre sent le parfum d'Albertine. Elle ouvre le paquet et, submergée d'émotion, laisse couler ses larmes en découvrant la robe couleur de lune, et celle couleur soleil, qu'elle avait un jour portées.

*

— Comment vous sentez-vous ? demande Jane à Annabelle en sortant du bureau du juge, quinze jours plus tard.

Annabelle respire un grand coup avant de répondre :

— Soulagée.

Le visage de Jane rayonne.

— Annabelle Saulier, je suis heureuse de vous avoir accompagnée dans cette quête de la délivrance.

Annabelle prend les mains de Jane et lui sourit.

— C'est moi qui vous remercie, pour tout ce que vous avez fait pour moi.

— J'aurais préféré réussir à faire augmenter davantage la prestation compensatoire.

700 000 euros, c'est ce qu'Annabelle a obtenu.

— Le montant était exorbitant, c'était impossible, vous le saviez bien. Ce que vous avez obtenu m'aidera déjà beaucoup à soutenir Charles.

Jane hoche la tête puis regarde derrière Annabelle.

— Votre taxi est arrivé. Si vous avez le moindre problème, contactez-moi.

— Il n'y a pas de raison ! Merci encore pour tout.

— De rien ! Soyez heureuse, ce sera ma plus belle récompense. À bientôt, Annabelle.

L'ex-Mme Berckin regarde s'éloigner l'avocate, et, avant de monter dans le taxi, se retourne une dernière fois sur le palais de justice. Cédric en ressort au même moment, digne, la tête haute. Même si pour lui, le pire est à venir.

Leurs regards se croisent. En dépit de tout ce qu'ils ont vécu, en dépit de ces vingt dernières années et de ce qu'elle a enduré, Annabelle ne lui souhaite pas d'être privé de son droit d'exercer. La situation a révélé les vrais amis de Cédric. Ils sont peu nombreux, c'est un homme seul. Elle le plaint.

Annabelle monte à l'arrière du taxi et salue le chauffeur.

— Institut Hermus, s'il vous plaît.

Charles vient juste de finir de déjeuner lorsque Annabelle arrive. Elle le trouve dans le petit salon, devant la baie vitrée, le regard perdu dans les jardins de l'institut. Charles est la première personne avec qui elle a eu envie de fêter son divorce. Macarons au café et champagne obligent !

Elle se positionne derrière son frère, tout sourire, et se met à chanter :

— Libérée, délivrée, je ne mentirai plus jamais !

— Par pitié ! grogne-t-il en tournant son fauteuil. Tu ne crois pas que j'en ai déjà bien assez comme ça ? Je n'ai pas en plus envie de finir complètement sourd !

— C'est fini ! s'exclame-t-elle en montrant la bouteille de champagne.

— Revoir sa tête de rat ne t'a pas trop donné envie de vomir ?

— Je ne l'aurais jamais cru, mais ça n'a pas duré plus de trente minutes. Le temps de signer les papiers, et je m'appelais de nouveau Saulier.

— Un nom qui te va quand même mieux, se réjouit son frère.

— Je récupère deux coupes et on va les boire dans le parc ? Dis oui, il fait si beau !

Charles n'est pas spécialement casanier, mais il trouve que se balader dans les jardins est une activité de vieux, sauf avec Annie, mais cette fois-ci, il ne refuse pas. Annabelle marche à côté de lui jusqu'aux bancs installés devant un saule pleureur centenaire. L'un des plus beaux de la région, selon le directeur, M. Eddé. Annabelle s'assoit, débouche la bouteille et leur sert un verre.

— Je ne lève pas le mien, mais le cœur y est ! se moque Charles.

Annabelle sourit, glisse une paille dans la coupe de son frère et la porte à ses lèvres.

— Pouah ! Il est chaud !

— Peu importe, non ? s'amuse-t-elle.

— Ouais, dit-il en grimaçant. Alors ? Tout se termine comme tu le voulais ?

Annabelle acquiesce.

— J'ai conscience que ça aurait pu être pire. Jane n'a pas réussi à obtenir la somme que nous avions demandée, mais quand même 200 000 euros de plus. Ça nous laisse quelques mois d'avance pour l'institut. Et si ça ne suffit pas, je revendrai l'appartement que Mme Lilas m'a légué. Il est très bien situé, en excellent état, je ne me fais pas de souci.

Le visage de Charles s'assombrit.

— Quoi ? s'inquiète-t-elle.

— Tu as déjà tout prévu, n'est-ce pas ?

— C'est-à-dire ?

— Sauf le jour de ma mort, et c'est bien ça le problème.

Annabelle accuse un mouvement de recul. Aucun cynisme dans la voix de Charles, juste une profonde tristesse.

— Charles, pourquoi dis-tu une chose pareille ?

— Ma sœur, je sais que tu m'aimes plus que tout au monde, et si je n'ai pas toujours été très expressif, sache que c'est partagé.

— Charles...

— Laisse-moi finir. Ça fait trente ans que je suis malade et environ dix ans que je suis totalement cloué dans ce fauteuil. Papa et maman ont beaucoup sacrifié pour que j'aie l'enfance la plus douce possible, mais c'était leur rôle de parents. Toi... tu as étouffé tes plus belles années et subi plus que je ne me l'étais imaginé, pour moi, et tu es ma sœur.

— Personne ne m'a jamais rien imposé.

— Là n'est pas la question, Annabelle. Alors que ta vie prend enfin une tournure plus positive, que s'ouvrent à toi des perspectives d'avenir réjouissantes, c'est au mien que tu penses. Encore et toujours. Est-ce que tu peux imaginer une seule seconde ce que je ressens ? J'ai d'abord été en colère d'apprendre que tu m'avais menti toutes ces années, mais en réalité, je l'étais davantage contre moi d'avoir été un tel fardeau. Ce n'est pas une vie, tu mérites tellement mieux. Tu mérites d'être heureuse.

— Si tu l'es, je le suis, dit-elle d'une voix étouffée.

— C'est des conneries, ça ne devrait pas être le cas. Tu sais quoi ? Le mois dernier, j'ai vu un film qui m'a vachement fait rire, c'est l'histoire d'une meuf qui déteste les comédies romantiques et qui un matin, se retrouve à en vivre une. Bref, on s'en fout, ce qui compte, c'est cette phrase que dit un personnage, « Vous pouvez rechercher dans l'univers tout entier et ne jamais trouver un être plus digne d'amour que vous-même ». Et c'est ce que je pense de toi, ma sœur. Je mérite sans doute d'être aimé par toi, mais tu le vaux mille fois plus.

Annabelle a du mal à déglutir à cause de l'énorme boule qui s'est formée dans sa gorge.

— Tu veux bien faire quelque chose pour moi, *sister* ?

— Oui.

— Pense un peu à toi. Cet argent en plus, cet appartement, tu dois t'en servir pour te reconstruire, pas pour remplumer le matelas moisi sur lequel je suis déjà et qui finira tôt ou tard par crever.

— Ne dis pas ça...

— Hé, frangine ?

Elle lève les yeux.

— Je dis ce que je veux ! Et je vais même ajouter ça : je ne sais pas pour combien de temps j'en ai, mais je veux quitter ce putain de monde en me disant que je n'ai honte de rien. Si tu te sacrifies encore, ce ne sera pas le cas et ce sera ta faute. Alors s'il te plaît, pense à toi et jouis un peu de la vie. Et si tu le peux, rattrape le temps perdu.

Annabelle pose sa coupe de champagne sur le banc. Elle a peur, et elle a confiance, mais elle doit trancher. Alors, elle sourit à son frère pour ne pas pleurer et ouvre des bras tremblants.

— Je peux te serrer contre moi ?

— Je veux, mon neveu !

Annabelle se colle contre son frère à l'en étouffer.

Pourquoi, à cet instant, n'a-t-elle plus peur du vide ? Parce qu'à cette minute, le visage de son frère dans son cou, c'est un peu l'image d'un bonheur parfait. Et rien ni personne ne saurait le briser.

Annabelle repart convaincue que le seul chemin possible, celui qui mènera à la délivrance la plus totale, passe par le renoncement, celui de croire que sans elle son frère est perdu. Toutes ces années, Annabelle a oublié l'essentiel : Charles aura toujours bien plus qu'un toit luxueux sur la tête, il possédera à jamais l'amour des siens.

La peur suffit-elle à faire taire ses aspirations, ses souhaits et ses rêves ? Peut-elle immobiliser quelqu'un au point de se renier, d'éluder tout ce qui pourrait le rendre heureux ?

Annabelle n'a même plus envie de réfléchir au pourquoi du comment, à si c'est bien ou non, à si elle est capable de faire confiance ou pas. Pourquoi jouer les fier-à-bras en faisant croire qu'il n'y a rien de plus sécurisant que l'indépendance de son cœur ? Elle l'aime. Elle l'a toujours aimé et sans doute l'aimera-t-elle encore longtemps. Tout ce qu'elle veut, c'est balayer ses craintes d'un revers de la main et avancer vers lui. Elle veut pouvoir y arriver.

« Rattrape le temps perdu », a dit Charles. Et ces mots la hantent depuis des jours. Elle ne pourra jamais revenir en arrière et effacer les blessures du passé, mais elle peut aller de l'avant et décider de ne plus porter le poids des années comme un boulet.

Sa situation sociale n'a jamais été aussi positive, Annabelle a toute la vie devant elle pour se fabriquer l'existence qu'elle a toujours rêvé d'avoir. Alors ça lui prend comme ça, d'un coup.

Elle entre dans la cuisine, ouvre les placards, le frigo, et en sort farine, sucre, œufs, levure, vanille et citron. Un saladier, un fouet, un four préchauffé, Annabelle s'active.

— Qu'est-ce que tu fais ? demande Évelyne Saulier en entendant le bruit des ustensiles qui tintent.

— Des gâteaux !

— Ah ? Pour quelle occasion ?

— C'est pour un ami.

Comme Annabelle n'ajoute rien de plus, sa mère s'approche pour regarder par-dessus son épaule.

— Tu y mets du cœur, dis-moi.

— Tout à fait ! Tu as un moule à muffins ?

— Juste au-dessus de ta tête, lui répond-elle, de plus en plus intriguée. Et qui est cet ami ?

Annabelle beurre le moule du bout des doigts et se tourne vers sa mère.

— Madame Saulier, ne vous a-t-on jamais dit que la curiosité était un vilain défaut ?

Frustrée, sa mère prend une moue boudeuse qu'Annabelle ne lui avait pas vue depuis des siècles. Puis Évelyne ajoute, l'air de rien :

— Il y a un peu de gingembre en poudre dans le tiroir à épices.

— Maman !

— Ben quoi ? On ne sait jamais.

Et elle quitte la pièce avec un clin d'œil.

Annabelle termine ses gâteaux, les cuit, les laisse refroidir sur une grille et rejoint sa chambre dont elle n'a pas changé la déco depuis qu'elle est de retour chez ses parents.

Elle ouvre le tiroir de la table de nuit et en ressort l'écrin de velours rouge contenant la bague que lui avait offerte Antoine. Elle prend le double anneau et le serre fort dans sa main, puis ferme les yeux en une prière muette.

Tenter le tout pour le tout pour ne rien regretter.

*

Un seul muffin, Annabelle n'en a pris qu'un seul, bien emballé dans un joli papier de soie rose entouré d'un ruban. Son précieux cadeau sous le bras, elle avance d'un pas déterminé en direction de la clinique. Elle sait qu'elle peut y croiser Cédric, mais elle s'en moque. Elle n'est plus sa femme, désormais, et se donne le droit d'aller là où bon lui semble.

Elle pénètre dans le vaste hall d'entrée et se dirige tout droit vers les ascenseurs. Le service d'oncologie pédiatrique est au quatrième étage. Elle n'y a encore jamais mis les pieds, c'est une grande première.

Elle monte avec la fébrilité d'une adolescente, si bien qu'arrivée au troisième, lorsque l'ascenseur stoppe, elle est à peine consciente de la présence du nouveau venu. Elle continue à regarder ses chaussures et à compter les secondes qui la séparent de son but.

— Bonjour, madame Berckin.

Elle lève les yeux. Un médecin en blouse blanche la dévisage avec étonnement. Il s'agit d'un prothésiste orthopédique qu'elle a souvent reçu à dîner du temps où elle était encore mariée à Cédric. Pas méchant pour deux sous et totalement sous la coupe de son ex-mari. Raison pour laquelle il doit être au courant de leur situation famille. L'appeler Mme Berckin est une question d'habitude, et Annabelle est justement ici pour casser la routine.

— Bonjour, docteur Martin. Saulier est mon nom désormais, prend-elle plaisir à indiquer.

— Oh, je... oui, bien sûr.

Le prothésiste est tout penaud lorsque l'ascenseur s'arrête au quatrième.

— C'est ici que je descends, mes hommages à votre épouse, docteur Martin !

Annabelle sort avec le sourire. Consciente d'avoir perturbé ce pauvre homme, mais ô combien heureuse de pouvoir clamer haut et fort sa toute nouvelle liberté.

Les portes se referment, elle se retrouve devant un long couloir, et au bout, le bureau d'Antoine. Elle le sait, à chaque étage tous les chefs de service sont installés au même endroit.

Annabelle prend une profonde inspiration et serre le muffin emballé contre sa poitrine.

Tenter le tout pour le tout pour ne rien regretter.

Elle avance d'un pas hésitant, mais ne s'arrête pas, et passe devant les chambres des enfants hospitalisés, veillant à ne pas jeter un œil dans leur direction pour rester concentrée sur la raison pour laquelle elle est venue.

La porte d'Antoine est fermée, elle se met devant et s'apprête à frapper.

— Je peux vous aider ? demande une femme derrière elle.

Annabelle se retourne et fait face à une dame d'une quarantaine d'années. De toute évidence, il s'agit de la nouvelle assistante d'Antoine.

— Vous avez rendez-vous avec le docteur Saint-Armand ? reprend-elle en vérifiant son agenda.

— Non, j'arrive à l'improviste.

Et pour seul argument, elle brandit le muffin.

— J'ai peur qu'il n'ait pas encore terminé ses consultations.

— Pensez-vous que je puisse l'attendre à l'intérieur ?

— Pardonnez-moi, mais vous ne vous êtes pas présentée. Vous êtes madame... ?

— Berckin, répond spontanément Annabelle, et uniquement parce que le nom de son ex-mari pourrait être un passe-droit.

L'assistante fronce les sourcils, s'apprête à répliquer quelque chose, et est arrêtée dans son élan par la sonnerie du téléphone. Par politesse, Annabelle attend. Puis, voyant que ça dure un peu, elle se paie le culot de pousser la porte du bureau d'Antoine.

— Madame Berckin, non ! Ne quittez pas s'il vous plaît, dit-elle à son interlocuteur. Madame Berckin, vous ne pouvez pas rester ici.

Loin de s'en faire, Annabelle s'assoit dans le fauteuil en cuir en face du bureau et croise les jambes, un sourire accroché aux lèvres, se surprenant elle-même de son audace.

— Vous n'avez qu'à l'appeler, et il me mettra dehors si ça lui chante.

L'assistante la regarde, effarée. Ne sachant pas trop comment réagir, elle finit par quitter le bureau en prenant soin de bien laisser la porte ouverte, puis raccroche en vitesse avant de biper Antoine.

Le cœur d'Annabelle bat à toute vitesse. Elle est très incertaine de la réaction d'Antoine quand il la verra ici et quand elle lui dira pourquoi elle est là.

— Le docteur sera là dans une minute ! lui annonce l'assistante d'un ton pincé.

Le paquet sur les genoux, le tissu de sa robe rouge lui retombant avec élégance sur les jambes, elle attend. Annabelle retient sa respiration, la réponse à ses questions arrive à grands pas dans le couloir.

— Annabelle ? Qu'est-ce que tu fais ici ?

Elle ne prend pas la peine de se lever et se contente de faire tourner le fauteuil face à Antoine. Ne pas lui montrer qu'elle est morte de trouille et s'en tenir à ce qu'elle a prévu.

Tenter le tout pour le tout pour ne rien regretter, se répète-t-elle comme un mantra.

Antoine est déconcerté par sa présence. Ils ne se sont pas revus depuis le déménagement d'Annabelle chez ses parents. C'était il y a un mois.

— Bonjour, Antoine. Je sais que tu es occupé, mais je voulais te remettre quelque chose d'important. En main propre.

Puis elle choisit enfin de se lever.

L'oncologue la regarde d'un air suspicieux.

— Quoi donc ?

— Ceci ! dit-elle en souriant, lui tendant le muffin et son emballage coloré. Un gâteau.

Cette fois, il fronce les sourcils.

— Un gâteau ?

— Oui, un muffin.

L'expression d'Antoine se durcit, puis il se retourne et ferme la porte derrière lui, son assistante n'ayant pas raté une miette de la scène.

Annabelle ne flanche pas et reste souriante.

— Annabelle, nous ne nous sommes pas vus depuis des semaines et, du reste, nous n'étions pas supposés nous revoir, et tu débarques ici avec un muffin ? Ne penses-tu pas avoir une attitude pour le moins étrange ?

— Oh, tu ne les aimes plus ? fait-elle mine de ne pas comprendre.

— Je n'aime plus quoi ?

— Les muffins. Tu adorais ça quand tu étais plus jeune. Et il est au citron !

— Il est au... Nom d'un chien, Annabelle, à quoi tu joues exactement ?

Elle hausse les épaules.

— Je suis juste venue t'offrir un gâteau, mais si tu n'en veux pas...

— Là n'est pas la question, tu...

À court de mots, il se passe une main dans les cheveux en soupirant.

— C'est complètement dingue !

Le cœur d'Annabelle s'emballe. Antoine n'est jamais déstabilisé, et ça le rend encore plus attirant. Alors, elle s'approche d'un pas léger et lui tend le gâteau.

Antoine le regarde un instant, puis se décide à le prendre.

— Ne tarde pas à le manger, plus c'est frais, mieux c'est. Et puis, quand on a l'estomac plein, tout nous paraît plus clair. Bien, je ne vais pas te prendre plus de temps. Tu as tes consultations, conclut-elle avec un clin d'œil.

Puis elle se lève sur la pointe des pieds, pose un baiser sur la joue d'un Antoine tendu comme un arc, ouvre la porte, la referme sans bruit, et disparaît à pas lents dans le couloir.

Pourvu que ça marche...

Antoine ne sait plus où il en est. Il est là, comme un con au milieu de la pièce, un ridicule gâteau à la main emballé dans un papier rose. Qu'est-ce que c'est que cette embrouille ?

Il regarde le muffin, incapable de décider ce qu'il convient de faire. L'ouvrir et voir de quelle mauvaise farce il s'agit – encore qu'il voie mal Annabelle en faire –, ou la rattraper et lui demander des explications. Le choix numéro deux étant peu opportun vu l'endroit, il se rabat sur le gâteau et se décide à le déballer.

Pas de doute, ça sent le citron. Trouvant la situation ubuesque, il pousse le grotesque jusqu'à goûter au muffin, du reste délicieux, puis, pour une raison qu'il ignore, il ne résiste pas à l'envie de le couper en deux. Le gâteau se rompt de part en part et laisse échapper un petit bruit métallique sur le carrelage.

Interdit, Antoine regarde le double anneau se trouvant par terre. Il le ramasse et met quelques secondes avant de comprendre ce dont il s'agit.

— La bague d'Annabelle...

Ce qui se passe dans sa tête, à cet instant, est indéchiffrable. Tout se mélange et se bouscule. Ses espoirs, ses déceptions, ses attentes et rêves déchus ;

la bouche d'Annabelle, son corps sur le sien, les vingt années qui viennent de s'écouler, les quarante autres qui se profilent, et, enfin, ce que représente cette bague. Ce pour quoi elle se retrouve là.

Il se débarrasse du gâteau et sort en trombe de son bureau.

— Par où est-elle allée ? demande-t-il à l'assistante déboussolée.

— Mme Berckin ?

— Oui, Annabelle ! Par où est-elle allée ? Elle est partie ?

— L'ascenseur, répond-elle d'une voix incertaine.

Antoine fonce comme un dératé à travers le couloir, appuie sur le bouton de l'ascenseur qu'il trouve trop long à arriver. Il s'apprête à emprunter les escaliers de secours quand il la voit, souriante et debout devant les fenêtres de l'espace famille. Elle lui fait un petit signe de la main.

— Je suis là. Mon gâteau était bon ?

Un grondement sourd s'échappe de la gorge d'Antoine, puis il fond sur elle. Se moquant comme d'une guigne de l'endroit où ils se trouvent, il l'embrasse à pleine bouche.

— Je ne t'aurais pas encore attendue vingt ans, dit-il entre deux baisers.

— Je sais me faire désirer !

Antoine baisse les paupières sur la femme qu'il a toujours aimée et enregistre son doux visage à cet instant, le bleu profond de ses iris, les petites rides d'expression au coin de ses yeux, ses lèvres pleines, la maturité de son regard. Elle n'a jamais été aussi belle.

— Oui ? dit-elle en battant des cils.

— Rien, ne dis plus rien...

« Mais vous qui mieux qu'Âme qui vive
Savez charmer en racontant,
Et dont l'expression est toujours si naïve,
Que l'on croit voir ce qu'on entend ;
Qui savez que c'est la manière
Dont quelque chose est inventé,
Qui beaucoup plus que la matière
De tout Récit fait la beauté. »

Peau d'âne, Charles PERRAULT

La communauté Charleston a aimé !

Chez Charleston, nous sommes convaincus que, loin d'être une aventure solitaire, la lecture est une invitation au partage. Nous échangeons constamment avec nos lecteurs et lectrices, et nous sommes fiers de la belle communauté d'amoureux des livres que nous formons tous ensemble. Chaque année, nous choisissons au sein de cette communauté vingt lectrices et lecteurs qui nous accompagnent tout au long de l'année et découvrent nos romans en avant-première. Voici leurs avis !

« Un joli roman qui traite de sujets sensibles. J'ai dévoré ce gâteau d'amour ! »

@monrevedete

« Un concentré d'émotions ! Une histoire de quête de liberté qui porte de très beaux messages. »

@mapetiterevolutionlitteraire

« Sophie Jomain a su aborder avec humour, amour et délicatesse le sujet de la souffrance psychologique. »

@les_lectures_parisiennes

« Une belle réussite, un roman à lire de toute urgence. »

@dans_tous_mes_etats

« Cette lecture aura eu le don de me faire passer par toutes les émotions... Un coup de cœur. »

@djustinee

« Sophie Jomain a un talent de conteuse et une capacité à me toucher indiscutables. J'ai beaucoup aimé la plume ainsi que la profondeur du récit. »

@unlivreabordeaux

DANS LA MÊME SÉRIE !

Quand il voit débarquer dans son cabinet la ravissante, mais ô combien extravagante, Gabrielle Géris, Adrien de Bérail est loin d'imaginer qu'il se laissera convaincre de l'embaucher comme baby-sitter. Veuf et très accaparé par son métier d'avocat, il lui faut de toute urgence une personne capable de prendre soin de ses deux chérubins, Paul et Sophie, tout juste âgés de neuf ans. C'est donc en dépit de ce que lui crie la raison qu'il accepte sa folle candidature. Une personnalité audacieuse et un toupet incroyable pour un petit mètre soixante sur talons… Qui sait ? La jeune femme pourrait bien se révéler être la perle rare…

Alliant humour et tendresse, Sophie Jomain nous embarque dans un récit qui ne manque pas de piquant. Une belle leçon sur la quête du bonheur !

« Bienvenue à l'aéroport de Paris Charles-de-Gaulle. Le ciel est dégagé et la température au sol est de 19 degrés. Nous vous prions de rester assis et attachés jusqu'à l'extinction du signal. »

Jane Stewart a imaginé des milliers de fois le jour où elle reviendrait à Paris et où elle reverrait Martin. Elle sait quoi lui dire, de quelle manière le regarder, où éviter de poser les yeux, mais elle n'est pas prête. Car si elle est décidée à laisser le passé derrière eux, Martin, lui, voudra l'affronter, à n'en pas douter.

Reprendront-ils les choses là où ils les ont laissées avant que leur vie ne vole en éclats, avant le crime dont elle s'est rendue coupable ? Il est trop tard pour réfléchir, elle ne peut plus reculer.

Sophie Jomain nous propose un roman sensuel et envoûtant qui met en scène une relation où le désir de vengeance de l'un répond à la culpabilité de l'autre…

Ce roman vous a plu ? Dites-le-nous !

Rejoignez la communauté Charleston
et échangez sur vos lectures

Retrouvez-nous sur

editionscharleston.fr

et sur

Inscrivez-vous à notre newsletter et recevez
des informations sur nos nouveautés, nos événements,
nos jeux-concours… et des cadeaux !

CHARLESTON
L'ÉDITEUR DU FÉMININ

PEFC PEFC/14-38-00277

Cet ouvrage est composé de matériaux issus de forêts gérées durablement certifiées PEFC™.
Le Programme de reconnaissance des certifications forestières (PEFC™) est le plus grand organisme mondial indépendant de contrôle pour une gestion durable des forêts. Pour en savoir plus, consultez le site www.pefc-france.org

Achevé d'imprimer en février 2024
par Novoprint
Dépôt légal : mars 2024
Imprimé en Slovaquie